Blümen bar

Das Buch
Im Mittelpunkt des neuen Romans von Matias Faldbakken stehen Lucy, afrikanisch-skandinavische Anarchistin, und ihr Ex-Mann Slaktus, Fitnessfanatiker und *Gewaltintellektueller*. Zusammen mit ihren hyperaktiven Zwillingssöhnen, deren ätzendes Lachen jede Moral untergräbt, ist die einstige Familie in ein neues Projekt von Slaktus eingebunden: der Entwicklung des Online-Slasher-Games *Deathbox*. Dieses ist nicht nur von Horrorfilmen aus den 70er-Jahren inspiriert, sondern auch von Joseph Conrads Klassiker »Herz der Finsternis«. Das Spiel bildet den Hintergrund für ein groteskes Familiendrama, in dem Lucy Opfer und Heldin zugleich ist.

Der Autor
Matias Faldbakken, geboren 1973, lebt als Schriftsteller und bildender Künstler in Oslo. 2001 erschien sein umstrittener und viel diskutierter Debütroman »The Cocka Hola Company«, 2005 vertrat er Norwegen bei der Biennale in Venedig. Faldbakken gilt als eine der wichtigsten literarischen Stimmen einer neuen Generation. Seine Romane wurden in Deutschland auch für das Theater inszeniert.

Der Übersetzer
Max Stadler, geboren 1981, hat sich nach Lehrjahren in Berlin, Freiburg und Uppsala in Straßburg niedergelassen, wo er als Übersetzer tätig ist.

Matias Faldbakken

UNFUN
Skandinavische Misanthropie III

aus dem Norwegischen von
Max Stadler

Blumenbar Verlag

Für Siri

Stay with the negative. All the time.

AD REINHARDT

TUCK

Tyrell: »What … what seems to be the problem?«
Batty: »Death.«

BLADE RUNNER (1982)

Das hier ist ein absurdes Zimmer. Ein Ort, um sich dane-
benzubenehmen. Der Tod steht an die Wände geschrieben.
Meine rechte Gesichtshälfte wird ganz schlaff. Die Wohnung stinkt. Ein *Deathbox*-Plakat und ein *Not Life*-Plakat
hängen zur Rechten und zur Linken eines *Born to Die*-Pos-
ters, auf dem *I am the U in Suicide* steht. Gesunde Kerle.
Was für Gene. Vielleicht sollte der Familienstammbaum
hier zu Ende sein.

Atal und Wataman haben behauptet, der Katalog läge auf
dem Fernsehtisch, aber in diesem kleinen Rattenloch gibt
es keinen Fernsehtisch; ein riesiger Flachbildschirm liegt
zusammen mit einem Haufen Abfall und Brettern auf einer
fleckigen Schaumstoffmatratze. Ein Fernsehtisch? Nirgends. Keine Ahnung, was hier am meisten zu diesem er-
bärmlichen Anblick beiträgt. Die Spuren von Schlaf und
sexueller Aktivität (das Gewirr aus Decken und Schlaf-
säcken, in dem die Jungs offensichtlich schlafen)? Die Spuren von Alkoholkonsum und Nahrungsaufnahme (drecki-
ge Teller und Tassen auf jeder ebenen Fläche, Leergut in
allen Farben des Regenbogens, wo man auch hinsieht)?
Oder sind es vielleicht die Spuren übermäßigen Unterhal-
tungsmittelkonsums (verstreute Spielkonsolen, Stapel von
Slasherfilmen, unzählige alte, sich in den Ecken türmende

Bildschirme und Computerlaufwerke)? Vielleicht ist es einfach die Abwesenheit von Büchern. Vielleicht sind es die verhängten Fenster. Die dicken Bündel von Geldscheinen auf dem Stuhl neben dem Waschbecken. Und die zahllosen alten Snusdosen, überall liegen diese Dosen.

Kein Schwein geht ans Telefon. Ich rufe Atal an, er hebt nicht ab. Ich rufe Wataman an, er hebt nicht ab, warum geht denn keiner ran? Ach, sieh mal an, da ist ja ein Buch, ein einziges, ganz verloren wirkendes Buch, unter einer Take-away-Schachtel voller Nudeln, die so trocken sind, als wären sie nie gekocht worden. »*Men, Women and Chain Saws: Gender in the Modern Horror Film*«. Ich erinnere mich daran, verdammt noch mal, ist das etwa Slaktus' altes Exemplar? Ja, hier steht auch sein Name auf der ersten Seite, dieser Idiot, als ob er das Buch jemals wiedersehen würde. Im vierten Kapitel liegen ein paar zusammengefaltete Ausdrucke mit einer Erläuterung des Final-Girl-Konzepts, ein Text voller Weisheiten aus dem Internet. Ich lese ihn durch, während ich weiterhin versuche, abwechselnd Atal und Wataman zu erreichen.

The reason that the Final Girl can emerge victorious at the end of a slasher movie is that she remains a girl – a child who does not take any independent steps toward adulthood. The traditional acts »punished« by the slasher are drinking, smoking and sex – all of the fun things that adults are allowed to do and children aren't.

Schwer zu sagen, ob man es benutzt hat, aber ein blassgelbes Kondom hängt am Hals einer der Wodkaflaschen, als würde sie eine Krawatte tragen. Jemand hat zwei ausgetrocknete Snuskügelchen auf die Flaschenöffnung gepappt, ein Augenpaar, vielleicht auch eine Frisur mit Mittelscheitel. Unter der Flasche liegt eine Zeitschrift namens *Teenscape*. Auf dem Titelblatt ist ein erwachsener Mann mit auf beiden Seiten abstehenden Zöpfen in einer Schuluniform abgebildet.

The slasher is a demon of the threshold. He defends the barrier between the world of children and the world of adults, and will not allow anyone to pass. If you look at the background story for all of the classic slasher figures – Freddy, Jason, Michael Myers – you find that every one of them emerges from a torturous realm of abuse as a child.

Gegenüber dem *Born to Die*-Poster und neben einem ausgeschnittenen Homer-Simpson-Kopf hängt eine Karte von Afrika. Vermutlich wurde sie aus einem Klassenzimmer geklaut; die Jungs benutzen sie offensichtlich als Merkzettel, sie ist von oben bis unten mit Schlagworten und Sätzen bekritzelt, die alle wieder durchgestrichen wurden. *Cash from Chaos* steht auf Kap Horn. *Funny money* über Nairobi. Oberhalb von Lagos befindet sich die Zeichnung eines Riesenschwanzes, der in ein kleines Gesicht verwandelt worden ist, daneben steht der Name »Seth Noseworthy«. Der Katalog für die in Frankreich hergestellten Steinsägen ist nicht in Sicht. Die Steinsäge, die Slaktus braucht, wird direkt ans Pariser Straßenbauamt geliefert; das Unternehmen hat nicht mal eine Website oder ähnliches, nur einen Bestellkatalog, den Slaktus den Jungs in einem Anfall von Dummheit gegeben hat. Widerwillig rufe ich ihn an, aber auch er hebt nicht ab.

The slasher cannot grow up, and he does not want any other child to grow up either. And anyone who steps onto the doorstep of adulthood – who begins to embrace adult pleasures and take the risks associated with them – must be destroyed before they can make the transition. That is his mission, and his power: he slams the door.

Ich gehe ins Badezimmer, das Klo ist quasi lebendig, und da, eingequetscht zwischen Dutzenden von Zeitschriften mit identischem Inhalt, ist etwas, das wie ein Katalog aussieht. Jepp, da ist er, mit dem Post-it-Zettel auf Seite 153 und allem Pipapo. Ich schlage ihn auf und erblicke die mit einem Marker fett umrandete Wundermaschine. »TUCK« steht mit Riesenbuchstaben über der Abbildung der Steinsäge. So sieht Tuck also aus. Ich lese die Produktangaben. Das Scheißteil wiegt 14 Kilo. Und das soll ich aus Paris mit nach Hause schleppen? Fahr zur Hölle, Slaktus.

At the end of the slasher film, the Final Girl's beauty and purity are victorious: throughout the film she has not taken a drink, smoked a cigarette or a joint, or taken too keen an interest in anyone's penis, and that is the source of her power over the demon. Ultimately, Final Girl and slasher are on the same side.

PATSCH. SPUCK. VIER FINGER.

At least I hate myself as much as I hate anybody else.

R. CRUMB

Paris war beschissen, wie erwartet, ich hasse die Pariser Grandeur, die Zugreise war beschissen, wie erwartet, Kiel war beschissen, wie erwartet; ich komme aus der Kabine, die ich mit Tuck, der Steinsäge, teile, frisch geduscht, halb geil, herausgeputzt, und bestelle einen Wodka mit Eis. Die Fähre legt ab, und der Rülpser meines Nebenmannes übertönt das Bootshorn. Männlicher Durchschnitt in voller Aktion. Die Bar ist zu zwei Dritteln gefüllt, es ist fünf vor sieben, in zwölf Stunden sind wir in Oslo, ganze zwölf Stunden, um alles Mögliche anzustellen. Schnaps zu trinken. Faustschläge zu verteilen. Schwänze zu lutschen. Hier gibt es mehr Männer als Frauen, aber es könnte schlimmer sein. Das Verhältnis ist etwa 65 zu 35. Mit anderen Worten: recht gute Chancen.

Der Mann und sein Körper, ein tragisches Kapitel. Wie in aller Welt hat es die Natur nur fertiggebracht, dass fast alle Exemplare der männlichen Gattung so unattraktiv sind? Ich frage mich, wie oft ein durchschnittlich aussehender Mann im Laufe seines Lebens begehrt wird. Wirklich begehrt von einer Frau. Oft kann das nicht sein.

Die Männer um mich herum haben sich gewaschen. Sie haben sich Klamotten gekauft, von denen sie glauben, dass sie ihnen stehen, haben diese Klamotten über ihren Hin-

tern hoch- oder über ihren Bauch runtergezogen; diese
Klamotten sind nicht billig, es sind Billigversionen wirklich
teurer Klamotten. Sie haben sich die Haare zurechtgelegt.
Sie haben ein, zwei Drinks intus; alle sind auf dem Weg
nach oben. Zuversicht liegt in der Luft oder, besser gesagt,
das Versprechen von Rausch. Und der Rausch beinhaltet
ein weiteres Versprechen, und zwar das Versprechen, dass
im Rausch – ja, da kann es geschehen. Im Raum, den der
Rausch öffnet, wird etwas greifbar, was sonst außer Reichweite liegt. Mehrere Männer nehmen mich in Augenschein, genauso wie ich sie in Augenschein nehme. Aber
sie haben keine Chance. Meine Entscheidung ist bereits gefallen. Zu ihrem Nachteil. Ein Großteil der männlichen
Aufmerksamkeit gilt einer Frau, die mir den Rücken zuwendet; ich habe ihr Gesicht noch nicht gesehen, aber das
will nicht heißen, dass ich noch nicht genug gesehen habe.
Gute Gene erkennt man von hinten wie von vorn, Ärsche
sagen mehr über Gesichter als Gesichter über Ärsche.
Rausch hin oder her, sie ist unerreichbar für den ganzen
Haufen, denke ich – außer für mich.

Technisch gesehen kann eine Frau einen Mann begehren,
bevor der Geschlechtsverkehr stattfindet, aber das hat
nichts mit dem Begehren zu tun, das man vom männlichen Geschlecht kennt. Kopulation ist für eine Frau nicht
dieselbe Lösung wie für einen Mann. Es ist keine Lösung,
penetriert zu werden. Es ist keine Lösung, von der Natur
so geschaffen zu sein, dass die physischen Grenzen des
Körpers überschritten werden müssen, um teilhaben zu
können. Der Frau wird die Möglichkeit verwehrt, das
wirklich Private zu bewahren, solange sie einen Schlitz
zwischen den Beinen hat, in den Männer hineinstoßen,

weil sie sowohl mental als auch physisch dazu geschaffen sind.

Ich frage die Frau, ob sie einen Wodka möchte, sie dreht sich um, und wie erwartet sieht ihr Gesicht nett und gesund aus, nicht fotoschön, einfach nur verführerisch gesund. Sie wirkt ein wenig überrascht, sagt aber Ja. Ihre Zähne sind weiß, und ich prüfe mit einem Blick ihre Fingernägel, ihre Nackenhaare und das Weiß ihrer Augäpfel, um mich zu versichern, dass sie in guter Verfassung ist und Haarwuchs sowie andere potenzielle Gefahren unter Kontrolle hat. Das ist von entscheidender Bedeutung, wenn Geschlechtsverkehr stattfinden soll.

Geschlechtsverkehr ist gleichzusetzen mit der Überschreitung weiblicher Grenzen und dem Eindringen in den weiblichen Körper. Geschlechtsverkehr, der Reproduktionsakt, im »natürlichen« und »normalen« Sinne bedeutet, dass der weibliche Körper eingenommen und besetzt wird und man wiederholt in ihn stößt. Es gebe keinen anderen Weg, es zu tun, sagt man uns, die Natur habe Männer und Frauen nun mal so geschaffen. So sei es eben. Wer dieses Argument akzeptiert, muss auch akzeptieren, dass Frauen Männern von Natur aus unterlegen sind, und zwar sozial, wirtschaftlich und in Bezug auf ihren allgemeinen Wert. Sie werden als Menschen beschrieben, als unverletzliche Persönlichkeiten, als Individuen – aber sie haben zugleich ein Loch zwischen den Beinen, in das sich Männer ihren Weg bahnen können und müssen und wollen. Frauen haben einen Eingang. Keine andere Körperöffnung stellt gleichermaßen einen Eingang dar. Weder der Mund noch der Anus. Die Vagina ist die Aufforderung zum Eintreten in die

Frau, und Geschlechtsverkehr ist damit der Schlüssel zum Verständnis des niederen Status der Frau.

Die Frau sieht, dass ich okay bin, und sagt, dass sie diese Fähre zum ersten Mal nehme, Kiel sei schlimmer, als sie gedacht habe, ich erwidere, Kiel sei schlimmer, als sie je verstehen könne. Ihre Freundin nickt eifrig und liefert ein paar plumpe Einwürfe, die ich drei-vier Minuten lang freundlich abtue, bis ein Schwede mit einem großen Lächeln und kleinen Zähnen anmarschiert kommt und sie auf einen Wodka einlädt. Schnaps ist das Passwort zum Inneren einer Frau, einem Inneren, das von vornherein nicht dafür geschaffen ist, für sich zu sein. Die Natur oder Gott haben bestimmt, dass Frauen weniger Privatleben haben sollen, weniger körperliche Integrität und ein schwächeres Selbstbewusstsein, weil ihr Körper physisch belagert und im Zuge dieser Belagerung erobert werden kann. Dieses eingeschränkte Privatleben, diese geringere Integrität, dieses geringere Ego legen demzufolge per Definition ihre geringere Bedeutung fest, nicht nur im Bereich des Sozialpolitischen, sondern auch im Sinne der nackten, reinen Existenz. Sie sind durch die Art, wie sie geschaffen sind, definiert; das Loch, dass gleichzusetzen ist mit dem Eingang, und der Geschlechtsverkehr – der entscheidende Akt des Lebens – haben Konsequenzen, die innerlich sind, nicht sozial aufgezwungen.

Die Shots stehen aufgereiht, wir haben angefangen, ein bisschen zu lachen, ich selbst lache ja ständig ohne besonderen Grund, und mein Lachen steckt die Frau an. Sie ist es, nicht ich, die zuerst den Körperkontakt sucht. Sie lehnt sich nach vorn, legt ihre Hände auf meine Oberschenkel und flüstert, dass der Schwede ihrer Freundin als Auto wohl ein Volvo 740 wäre. Mit einem Besoffenen am Steuer, erwidere ich. Die Frau kichert und lässt ihre Hände liegen. Gebongt.

Die Fähre hat begonnen, heftig zu schaukeln, wir sind weit draußen. Slaktus ruft unablässig an, aber ich gehe nicht ran; er bildet sich wahrscheinlich ein, dass ich es nicht rechtzeitig aufs Boot geschafft habe, oder er ist sauer auf die Jungs, oder aber er will einfach nur nörgeln und stressen, weil der und der morgen in die Stadt kommt und alles bereit sein muss. Ich habe dabei, was ich dabeihaben soll, Steinsäge Tuck hat in Paris den Besitzer gewechselt, sie liegt jetzt in der Hockeytasche im Kleiderschrank meiner Kabine. Ich schalte mein Telefon aus und bestelle uns noch mehr Shots, die Frau kippt einen nach dem anderen runter, der DJ dreht die Chartmusik lauter, und, begleitet von hoffnungslosem Nu-Metal, fangen wir an, uns zu befummeln. Ich sehe aus den Augenwinkeln, dass zwei-drei der Kerle an der Bar reagieren. Wohl neidisch, denke ich, und ohne es laut auszusprechen, beschließen wir, nach unten zu gehen. Sie besteht auf ihre Kabine, weil »sie mir etwas zeigen will«, was sich als ein Dildo erweist. Warum nicht, denke ich, Penetration beschäftigt mich ohnehin schon.

Sie schält sich aus ihrem Würstchen-engen Rock und den hautengen Hotpants und wartet glücklicherweise nicht mit irgendwelchen Überraschungen auf: Titten – ja. Arsch – ja. Haare – nein. Na ja, eine kleine Überraschung bietet sie mir doch, denn es zeigt sich, dass sie den Dildo bei mir anwenden will, nicht bei sich selbst. Ich hatte angenommen, dass Frauen wie sie Hilfsmittel als – ja, was denn? – Hilfe zur Selbsthilfe besitzen. Diesmal halt nicht. Aber wie schon gesagt, Penetration beschäftigt mich sowieso, ich lasse sie also machen, was sie will, und rolle mich so zusammen, dass die Knie hinter den Ohren hängen. Es macht erst richtig Spaß, wenn der Anus der höchste Punkt des Körpers ist, weißt du.

Finger. Dildo. Finger. Zunge. Patsch. Finger. Patsch. Dildo. Zähne. Patsch. Zähne. Dildo. Dildo. Dildo.

Drei Finger. Patsch. Spuck. Vier Finger. Zunge. Zunge. Spuck. Vier Finger. Drei Finger. Patsch. Spuck. Dildo.

(Pause)

Patsch. Dildo. Patsch. Zunge. Zähne. Zunge. Zunge. Zunge. Haar. Zunge. Haar. Patsch. Zunge. Haar. Dildo. Haar. Beiß. Patsch. Beiß. Zwick. Spuck.

Und patsch.

Die Frau zieht sich wieder an, während ich nackt auf dem Bett liege und rauche. Sie fragt mich, ob ich Kinder habe; ich hätte nicht gedacht, dass sie meine Schwangerschaftsstreifen bemerken würde, sie sind quasi unsichtbar, oberhalb der Hüftknochen ist die Haut einen halben Ton heller. Zwei, antworte ich. Oder eigentlich drei. Und wie heißt du noch mal? Lucy, sage ich und frage sie, ob sie mit nach oben in die Bar geht. Es ist halb eins, sagt sie und lacht, als die Tür ins Schloss kracht.

Am nächsten Tag wird sie vom Zoll zur Seite gebeten. Mit größter Mühe schleppe ich die Hockeytasche mit der

Steinsäge drin, ich verstecke mich hinter zwei alten Zech-
brüdern, die vom Bier so aufgebläht sind, dass sie von hinten wie ein älteres lesbisches Paar aussehen. Ich schlüpfe an
der Kontrolle vorbei und lande auf dem Parkplatz, wo ich
auf die Jungs warte. Wie, zum Teufel, sieht es denn hier
aus? Das ist mein Heimatland. Nicht einmal meinem
schlimmsten Feind würde ich wünschen, an einem solchen
Ort zu enden. Aber das ist sowieso nicht nötig. Mein
schlimmster Feind wohnt hier bereits.

Enter Atal und Wataman.

»Mama!« Breit grinsend hängt Atal aus dem Fenster von
Slaktus' alter Schrottkarre, eine riesige Prise Snus verdeckt
seine kreideweißen Zähne. Wataman streckt sich quer
über ihn und winkt wild mit den Armen, auch er hat einen ordentlichen Batzen Snus im Mund. Ich bitte sie, die
Tasche mit Tuck zu nehmen und in den Kofferraum zu
legen.

»Weiß nicht, ob da noch Platz ist, Mama, hinten ist es voll,
wir haben ein bisschen eingekauft.«

Ein bisschen eingekauft. Im Kofferraum stehen sechs Kisten KiteKat, 20 Büchsen in jeder Kiste, sie haben 120 Büchsen Katzenfutter gekauft. Dazu haben sie ihr Lager mit 100
Rollen General-Snus aufgestockt, in jeder Rolle sind 10
Dosen, insgesamt macht das 1000 Dosen. Ich bitte sie, die
Tasche auf den Rücksitz zu legen, aber das erweist sich
ebenfalls als schwierig; auf dem Rücksitz stehen vier weitere Kisten mit Katzenfutter, plus 40 weitere Snusrollen,
das heißt, 400 weitere Dosen Snus. Verdammte Hurensöh-

ne. Ich frage sie, warum sie ständig so verdammt viel Snus und Katzenfutter kaufen.

»Because we can«, sagt Wataman.
    »HAHA!«, lacht Atal.

Ich lache auch. Dann nenne ich sie kleine Scheißer und bitte sie, die Hockeytasche mit der Steinsäge auf das Dach zu binden. Ich falte mich auf dem Rücksitz zusammen, die Knie bis ans Kinn gezogen wegen all dem Katzenfutter und Snus, während Atal und Wataman lachen und sich gegenseitig umarmen. Wie immer. Ich bitte sie, beim Fahren mit dem Unsinn aufzuhören, verdammt, das Auto schlingert hin und her, wir sind länger auf der entgegenkommenden Spur als umgekehrt, jeden Augenblick können wir angehalten werden. Entweder das, oder es gibt einen Frontalzusammenstoß.

»HAHA!«, lacht Atal, der Fahrer, und weicht einem Audi aus.
    »HÄHÄ!«, lacht Wataman, der Beifahrer, und küsst seinen Bruder auf die Wange.
    »Hehe«, lache ich, ihre Mutter.

An sich bin ich froh, dass ich Jungen bekommen habe. Das große Problem mit Mädchen oder Frauen ist, dass sie niemals allein sein wollen. Ehrlich gesagt, ich will ständig allein sein. Zwar fühle ich mich in meiner eigenen Gesellschaft nicht wohl, aber ich ziehe es trotzdem vor, allein zu sein; die Gesellschaft anderer bedeutet meine eigene Gesellschaft, plus die der anderen, und das ist eine Rechnung, die nicht aufgeht. Am liebsten bin ich zusammen mit Leuten, die auch sehr gern allein sind, und das sind zumeist Männer. Nicht dass dies auf meine Jungs zutrifft; dafür dass sie Männer sind, sind sie verdammt freundlich und sozial, sie schämen sich für nichts, ehrlich gesagt, aber wenigstens sind sie keine Frauen.

»Der Neger kommt morgen, bis dahin muss alles fertig sein, Slaktus ist ein totales Nervenbündel«, sagt Wataman.
    »Ein totales Nervenbündel«, hustet Atal.

Ich nicke. Wataman befingert alles, was in seiner Reichweite ist, er wühlt im Handschuhfach und findet dort eine halb volle Flasche Wodka.

»Oioi!«, lacht er und schüttelt die Flasche.
    »HAHA! Slaktus hat wieder angefangen zu trinken!« Atal reißt die Augen weit auf.
    »Bad news!«, grinst Wataman, während er die Flasche öffnet und ihren Inhalt beschnuppert. »Wodkaaaa!«, lacht er und nimmt einen tiefen Schluck. »Want some?« Er reicht seinem Bruder die Flasche.
    »Nope«, sagt Atal.
    »No?«
    »No thanks«, sagt Atal.
    »Why?«, fragt Wataman.
    »I'm driving.«
    »Driving?«
    »Yes, driving. I have licence to lose.«
    »Oh, do you now?«
    »Yes I do.«
    »Well you're obviously using it.«
    »What?«

»You're obviously using that licence«, sagt Wataman.

»Hä?«, sagt Atal.

»Your licence to lose, loser!«

»HAHA!« Atal lacht mit offenem Mund, den Snusbatzen gut sichtbar vor seinen Zähnen, er vergisst die Straße und muss das Lenkrad herumreißen, damit er nicht hinten auf ein Moped knallt.

»HÄHÄ!«, lacht Wataman.

»Verdammt, Slaktus ist wirklich ein totales Nervenbündel in letzter Zeit«, sagt Atal.

»Kann er mit Stress umgehen, Mama? War er überhaupt schon mal gestresst?«

Ich zucke die Schultern, weiß aber genau, nein, Slaktus kann nicht mit Stress umgehen. Ich weiß genau, dass man unbedingt vermeiden muss, Slaktus zu stressen. Wenn er gestresst ist, versteift er sich, und wenn er sich versteift, dann verliert er die Übersicht, und wenn er die Übersicht verliert, verliert er die Kontrolle, und wenn es eine Sache gibt, die Slaktus nicht erträgt, dann ist es, die Kontrolle zu verlieren. Dann wird er wütend. Und wütend darf er nicht werden. Es ist Jahre her, dass er zum letzten Mal wütend war. Und so soll es auch bleiben. Slaktus muss unwütend bleiben.

»Stellt euch vor, er wird wieder so unberechenbar wie in alten Tagen«, sagt Atal und blickt mich im Rückspiegel mit den kugelrunden Augen an, die er von seinem Vater geerbt hat.

»Oh! Ha!«, lacht Wataman mit Furcht und Freude in den Augen, »ohoho! Ohohohaha!«

»Hoho!«, lacht Atal. »Verdaaammt, wenn das passiert.«

22

»Haha! Da möchte ich nicht in unserer Haut stecken, Atal«, lacht Wataman.

»Nein-ha-ha! Verdaaaammte Scheiße. Nein, lieber Gott, nein«, kichert Atal und macht eine Geste, als würde er sich mit der Hand den Hals durchschneiden.

»Ich hoffe, er schläft tagsüber ein wenig«, denke ich.

CASTELLANETA

I seem to have overfilled the glasses.

ROSEMARY'S BABY

»Batman«, sagt Dan Castellaneta.

»What?«, fragt Slaktus.

»Batman, Turkey«, sagt Dan Castellaneta.

»What in the name of the Lord does Batman and turkeys have to do with anything? Where are you?«

»I'm in the City of Batman, in the country of Turkey«, sagt Dan Castellaneta.

Irgendwann in den 1990er-Jahren, als er auf dem Höhepunkt seine Karriere war, erwähnte Dan Castellaneta in einem Interview mit *Premiere*, dass er den eigenartigen Traum hege, in jene Dörfer zu reisen, in denen sich sein Vorbild Rudolph Valentino aufgehalten habe. Und dass er dies in der Zeit nach der Pensionierung tun werde. Jetzt sitzt er im Rollstuhl – vorzeitig pensioniert – auf einer Terrasse vor seinem Hotelzimmer in Batman, Türkei, und spricht mit Slaktus am Telefon.

»Kurd-harassing Turkey?«, fragt Slaktus mit skandinavischem Akzent.

»That's it«, antwortet Dan Castellaneta.

»We're supposed to record in three days«, sagt Slaktus.

»I know«, erwidert Castellaneta.

»So when will you be here?«

»In three days.«

»Preparations are …«

»I am prepared«, sagt Castellaneta.

»…«

»I am a professional, Mr Slaktus. And I am prepared. I will come to your country in three days and do my job.«

»Ok … so …«

»I agreed to do this because I like your script … your idea. I want to help you. There is not much of a fee involved so I will have to do this at my own pace.«

»Of course, Mr Castellaneta«, sagt Slaktus und gähnt.

»What was that?«, fragt Castellaneta.

»What?«

»Was that a yawn?«

»Yes, I need a nap«, sagt Slaktus.

Dan Castellaneta bekam nicht mehr viele Jobs, seitdem man ihn in der Mitte der ooer-Jahre als »the voice of an old generation« abgetan hatte. Aus der Spielfilmkarriere wurde nichts. Er bekam hie und da eine kleine Nebenrolle; bei einigen Drehs musste er allerdings mehrere Dutzend Male am Tag »Do'h!« rufen, um Techniker und Beleuchter zu unterhalten, und das verdarb ihm gründlich die Lust. Als man Homer Simpson zum Amerikaner der Gegenwart kürte, wurde Castellaneta depressiv und konzentrierte sich auf die Zusammenarbeit mit seiner Frau Deb Lacusta. Zusammen gaben sie eine Sammlung von Sketchen unter dem Titel *I am not Homer* bei Oglio Records heraus. Die CD wurde alles andere als ein Erfolg, und es ging weiter bergab. Castellaneta entschied sich, dem Showbusiness den Rücken zu kehren und verbringt seither seine Zeit damit, quer durch die Weltgeschichte zu reisen. Währenddessen übernimmt er gelegentlich – auf Grund eines gewissen Idealismus – Nebenjobs für kleinere und unabhängige Filmproduktionen, oftmals ohne Bezahlung zu verlangen. Im Ausgleich dazu erwartet er sich eine entspannte und ruhige Arbeitsatmosphäre. Dan Castellaneta ist allergisch gegen so gut wie alles, was in irgendeiner Weise an den Stress des Showbusiness erinnert. Deshalb reagiert er heute auch so empfindlich auf Slaktus. Er reißt sich zusammen:

»I will call you when I leave, and tell you when I land so you can send someone to pick me up, ok?«
  »Ok … ok«, sagt Slaktus.

Batman hat um die hunderttausend Einwohner. Die Stadt ist als eines der wichtigsten türkischen Rohölproduktionszentren bekannt. Die erste Ölraffinerie der Türkei wurde in Batman errichtet. Die Stadt Batman liegt am Fluss Batman, der einige Kilometer weiter südlich in den Tigris fließt. Blablabla. Dan Castellaneta liest alles, was er in den wenigen Stunden, die er dort ist, vor die Augen bekommt. Er erfährt, dass Batmans Geschichte bis in die Antike zurückreicht. Die Stadt wurde gegen 700 n. Chr. von den Arabern eingenommen, sowohl von Seljuken als auch Mongolen beherrscht und 1514 ins ottomanische Reich eingegliedert und so weiter, und so weiter. Die Stadt wirkt modern, bestimmt wegen der Ölreserven, denkt Castellaneta. In der Abenddämmerung rollt er eine Runde durch die Gassen, wobei er schnell herausfindet, dass es wenig zu sehen gibt, auch kein Denkmal, das an Rudolph Valentinos Aufenthalt im Dorf erinnert, was aus dem Besuch mehr oder minder eine Zeitverschwendung macht. Den einzigen

Hinweis auf Valentinos kurzen Aufenthalt in Batman hat er in Emily W. Leiders *Dark Lover: The Life and Death of Rudolph Valetino* gefunden. Er rollt zu einem schmiedeeisernen Tisch auf einer Terrasse, bestellt ein Glas Mineralwasser und zieht das Buch aus der Seitentasche am Rollstuhl.

»The dark lover«, flüstert Castellaneta sich selbst zu, während er im Buch vor- und zurückblättert, um die Bilder und den einen oder anderen Absatz zu überfliegen. »The dark lover ... Batman ... the dark knight ... silver screen's first dark skinned star ... dark star ... the silent star ... no voice ... no voice ...«

Es ist schwül. Castellaneta wird ganz schwindelig, die Bedingungen hier sind unerträglich für Rollstuhlfahrer; er beschließt, ins Hotel zurückzukehren. Wieder in seinem Zimmer massiert er sich im Sitzen abwechselnd die gefühllosen Beine und streicht sich über seine Glatze, während er halb laut vor sich hinliest.

»The silent star ... The Four Horsemen ... Horrible ... The Four Horsemen ... of the ... Apocalypse.«

Er reibt sich die Ohren, beugt den Kopf nach vorn und schließt die Augen.

»Baldness ... protruding ears ... ears ... the bat ... the bat.«

Am nächsten Tag fliegt Castellaneta zeitig nach Taranto in Italien. Von dort reist er mit dem Zug zu dem kleinen Dorf Castellaneta. Während der gesamten Fahrt hat er Slaktus'

Manuskript auf dem Schoß liegen. Der Protagonist der Geschichte, der Mann, dem Castellaneta seine Stimme und damit Leben geben wird, führt ihn immer wieder zurück zum Landschaftsgärtner, zurück zu dessen braunem Gesicht, zurück zum Tod. Er liest und prägt sich die Worte ein, aber immer wieder, für eine Minute oder dreißig Sekunden, kehrt er zurück zum Unglück, wie so oft; die Bilder drängen sich ihm auf, er hört die Geräusche. Das Knacken von Debs Genick und das Geräusch seiner brechenden Rückenwirbel vermischen sich zu einem kleinen Duett; sie trafen in derselben Sekunde auf dem Hang auf und blieben beide liegen, er bei Bewusstsein, sie ohne. Nach sechs Wochen Koma wurden die Maschinen abgestellt. Castellaneta hielt ihre Hand, als sie starb, und verfluchte den Landschaftsgärtner, der schuld war an ihrem Sturz. Wut steigt in Castellaneta auf, doch er unterdrückt sie wie jeden Tag. Viermal hat Castellaneta das Skript gelesen, und jedes Mal hat sich das Bild des Protagonisten mit dem des Landschaftsgärtners vermischt. Und jedes Mal blieb er bei der Parole des Protagonisten, dem Kongoleser Mbo, hängen. Auch diesmal:

»Slave of the system. Master of the flesh.«

Die italienische Kleinstadt Castellaneta ist vor allem als Rudolph Valentinos Geburtsort bekannt. Darüber hinaus gibt es eigentlich nicht viel zu sagen. Als Dan Castellaneta an diesem Morgen über den Bahnsteig rollt, ist er der erste Vertreter des amerikanischen Castellaneta-Geschlechts seit vier Generationen, der einen Fuß nach Castellaneta setzt oder, um genauer zu sein, ein Rollstuhlrad. In einem Touristenführer hat er gelesen, dass es im Ort eine sogenannte

28

»Celebrity Bar« gibt, die als Denkmal für Rudolph Valentino dient – sein Tagesziel. Castellaneta rollt vom Bahnhof zum Hotel; in seinem Zimmer angelangt, wälzt er sich aus seinem Stuhl aufs Bett. Der LCD-Bildschirm hat eine miese Auflösung, aber man kann von einem italienischen Hotel dieser Preisklasse nicht allzu viel erwarten, denkt er und ruft »arresta« in die Luft, um ihn auszuschalten. Castellaneta nickt weg und gleitet in eine wirre Halluzination mit abgerissenen Nervenbahnen, dunklen Rittern und schwarzen Männern. Der Traum dauert nur eine Minute oder zwei, dann erwacht er wieder und zieht sich zurück auf seinen Rollstuhl; er mag es überhaupt nicht, auf diese Weise wegzunicken, er will einen klaren Kopf bewahren. Sinnestäuschungen oder Ähnliches hat er noch nie gemocht.

Auch wenn Castellaneta das Leben bei seinem Sturz gleichsam geschenkt bekommen hat, fällt es ihm doch schwer, sich darüber zu freuen. Hier sitzt er, wie so oft, wenn er sich in sein Loch, in seine Dunkelheit zurückgezogen hat, mit auf den unbrauchbaren Beinen ruhenden Händen und starrt an die Zimmerwand. Nimmt man die Lügengeschichte des Künstlers Joseph Beuys und verkehrt sie ins Negative, so bekommt man etwas, das Castellanetas Schicksal ähnelt. Joseph Beuys warb bei der Luftwaffe an und wurde 1942 auf der Krim stationiert. Im Jahre 1944 stürzte er mit der JU 87 an der Front ab; der Pilot kam um, aber Beuys erinnert sich an eine hypnagoge Vision, in der er von einem Tartarenstamm – Nomaden, die in der Nähe der Absturzstelle lebten – gefunden und gesundgepflegt wurde. Sie schmierten ihn mit Fett ein und wickelten ihn in Filzdecken und retteten ihm so das Leben. Die deutsche Suchmannschaft fand ihn erst viel später. Die Materialien – Fett und Filz – wurden die zentralen Stoffe in Beuys' künstlerischem Schaffen. In seiner Kosmologie, die eine Reihe »unkonventioneller« Materialien beinhaltete, waren Fett und Filz eine Art Deutungszentrum; sie waren mit einem Überschuss an Bedeutungen beladen. Für Castellaneta lief die Sache etwas anders. Wie Beuys blieben ihm zwei Dinge im Gedächtnis haften. Zum einen: Neger. Der Landschaftsgärtner, der erstens Castellaneta und Deb einlud, den Monet-inspirierten Gartenpark an der Westküste zu befahren, war zweitens der verantwortliche Kopf hinter der schwachen Brückenkonstruktion, die drittens zu Debs Tod und zu Castellanetas Querschnittslähmung führte, woraus viertens und vorletztens Castellanetas *Negerfeindlichkeit* resultierte; der Anlagengärtner war Afroamerikaner. Castellaneta hätte genauso gut eine Gärtnerfeindlichkeit entwickeln können, wie auch Beuys sehr wohl einen Wasserfetischismus hätte entwickeln können – das Wasser, das ihm die Tartaren gaben, war bestimmt ebenso wichtig für sein Überleben wie das Fett, mit dem sie ihn einschmierten –, aber so ist es halt nicht gekommen. Negerfeindlichkeit war das Ergebnis. Zum anderen hat er eine gewisse Furcht vor allem Grünen; eine Abscheu vor der Vegetation. Wasserlilien und Weidenbäume – nichts für Castellaneta. Diese Aversion wird nicht weniger problematisch durch den Umstand, dass Castellaneta Vegetarier ist. Aber wie für Fleischesser, die Schweine essen und trotzdem keine Lust haben, sich mit ihnen im Schlamm zu wälzen, ist es für Castellaneta vollkommen in Ordnung, Grünzeug zu essen, nur will er das Grüne in seiner natürlichen oder halb natürlichen Umgebung nicht mehr sehen. Castellaneta ist zum Stadtleben verurteilt: Asphalt, Abwesenheit von Natur, Behindertenfreundlichkeit. Die Natur ist nicht behindertenfreundlich.

Castellaneta rollt aus dem Hotel und bleibt auf dem Bürgersteig vor der Via Roma Nummer 116 stehen, dem Haus, in dem Rudolph Valentino seine Kindheit verbracht hat. Valentino war der erste Schauspieler, den Dan Castellaneta nachzusprechen lernte – eine recht paradoxe Angelegenheit, könnte man anmerken, denn Valentino war Stummfilmschauspieler. Dans Vater, Giorgio Castellaneta, nahm seinen Sohn unzählige Male mit in das örtliche Kino, um *The Four Horsemen of the Apocalypse* anzusehen. So kam es, dass Klein-Dan Valentino für den Größten hielt; noch dazu hatte sein Vater eine seltene Tonbandaufnahme in die Finger bekommen, worauf Valentino mit seinem italienischen Akzent von seiner Kindheit in Castellaneta erzählt. Klein-Dan spielte die Aufnahme so oft ab, bis er sie fehlerfrei nachsprechen konnte, was ihm ermöglichte, dem stummen Mann eine Stimme zu geben. Castellaneta wusste, dass er Valentinos Äußerem nicht gerecht wurde, und machte dies dadurch wett, dass er Valentinos Inneres mittels seiner Stimme materialisierte. Und dabei wurde Castellaneta klar, dass die Stimme – und nichts anderes – das Interface zwischen dem Inneren und Äußeren eines Menschen ist, nicht die Augen, der Mund oder das Gesicht, nein, die Stimme. Castellaneta verstand, dass er in erster Linie eine Stimme war. Vater Giorgio wusste, dass Valentinos Kindheitsdorf seinen Nachnamen trug, und unternahm alle denkbaren Anstrengungen, um Parallelen zwischen sich und Valentino zu betonen. »Tango legs« war der »geheimnisvolle« Spitzname, den er sich selbst gegeben hatte. Giorgio Castellaneta war in der Tat in seiner Jugend ein begehrter Kerl und ein guter Tänzer gewesen, aber die glänzende Glatze, die sich nach und nach auf seinem Kopf breitmachte, sorgte dafür, dass jegliche Verwechslungs-

31

gefahr ausgeschlossen war. Diese Glatze erbte Dan in ihrer Ganzheit.

»Don't be sad about that hairloss of yours, Dan«, hatte Giorgio seinen Sohn getröstet, als dessen Haar bereits im zweiten Jahr auf der Highschool anfing, in großen Büscheln auszufallen. »Remember Rudolph Valentino was a victim of bullying himself. He had pointy ears and his schoolmates baptized him ›the bat‹. And what became of him?«

»He became a movie star«, antwortete der junge, halbglatzige Dan.

»And how would ›the bat‹ have said it?«, fragte der Vater.

»I became a movie star«, sagte Dan, wobei er Valentinos Stimme perfekt nachahmte, das gebrochene Englisch, die besondere Betonung.

»Damn … that gift«, sagte Giorgio Castellaneta und war kurz davor, seinem Sohn übers Haar zu streichen, überlegte es sich aber noch mal und gab ihm einen freundschaftlichen Klaps auf die Schulter.

Das Telefon klingelt. Castellaneta blickt auf das Display; wer ist es wohl?

»Dan?«

»Yes? Slaktus?«, fragt Castellaneta.

»You ok?«

»Yes, I am good, thanks.«

»Still in Batman?«

»No … no, I'm in Castellaneta.«

»You're in Castellaneta?«

»Yes.«

»Well … oh, yes, of course, aren't we all.«

»Are you in Castellaneta too?«, fragt Castellaneta verwundert.

»No, you are in Castellaneta. I'm in Slaktus. My mom is in my mom. Hard to get rid of oneself, huh? No matter how far you travel.«

»Well … ok.«

»So …«, sagt Slaktus.

»So …«, antwortet Castellaneta.

»(Unbeschreibliches Quietschen).«

Castellaneta hält das Telefon vom Ohr weg.

«(Unbeschreibliches Quietschen).«

»What was that?«, fragt Castellaneta.

»What?«, sagt Slaktus.

»That sound?«

»What sound?«

»That squeaking sound«, sagt Castellaneta, »is there something wrong with your phone?«

»Squeaking?«, fragt Slaktus. »Oh, haha, this: (unbeschreibliches Quietschen).«

»That's it«, sagt Castellaneta.

»It's just me cleaning my teeth«, lacht Slaktus.

»Oh, I see«, sagt Castellaneta.

»So … (unbeschreibliches Quietschen)«, sagt Slaktus.

»So?«, fragt Castellaneta.

»So … I just wondered – how will we recognize you on the airport?«

»You haven't seen a picture of me?«, fragt Castellaneta.

»Well … no, Dan. You're a voice. Your are not a face.«

33

»Ok, so … well, I'm in a wheelchair.«

»I know that. But airports are always swarming with people in wheelchairs. An airport is like a wheelchair convention centre.«

»I see …«

»Do you have another sign for me?«

»Well …« Castellaneta kratzt sich am Kopf. »I'm bald.«

»Perfect!«, ruft Slaktus begeistert, »my boys have eagle eyes for baldness.«

SCHWARZER WALD

Every normal man must be tempted at times to spit on his hands, hoist the black flag, and begin to slit throats.

H. L. MENCKEN

Ich bin Anarchistin. Das war ich schon immer. Als Atal zur Welt kam, war mein erster Gedanke: Hier sitzt man mit einem Neugeborenen im Arm und kann ihm nichts anderes bieten als das monetäre System. Nichts anderes.

»Kein Schwein darf verdammt noch mal wissen, dass dieser Junge geboren wurde«, sagte ich zum Vater des Kindes, meinem damaligen Lebensgefährten, Slaktus. Dann kam noch ein Junge.

»Kein Schwein darf verdammt nochmal wissen, dass diese zwei Jungen geboren wurden«, sagte ich zu Slaktus. Dann kam verdammt noch mal noch ein Junge. Das kommt dabei raus, wenn man auf Ultraschall scheißt. Drillinge.

»Kein Schwein darf wissen, dass diese drei Jungen geboren wurden«, sagte Slaktus.

»Wir können keine drei Jungen haben«, fauchte ich zurück. »Zwei ja, aber nicht drei! Drei machen die Symmetrie kaputt.«

»Aber drei sind doch genauso symmetrisch wie zwei«, protestierte Slaktus mit kugelrunden Augen.

»Halt's Maul. Der Letzte da ist krank, siehst du das nicht? Ruf Pavel an!«, schrie ich.

Pavel ist Doktor und ein guter Freund von Slaktus. Armer Pavel. Er schüttelte den Kopf am anderen Ende der Leitung und sagte mindestens 30-mal hintereinander »Verdammte Scheiße«, ehe es ihm gelang hervorzustottern, dass er erst in zwei-drei Tagen da sein könne.

»Du musst schneller kommen!«, rief Slaktus.

»Keine Chance. Es dauert dreizehn Stunden, um da rauszufahren, außerdem bin ich beschäftigt. Ich komme so schnell wie möglich. Ihr müsst warten.«

Es war unsere eigene Idee gewesen, in den tiefsten Wald zu ziehen, wir waren selber schuld. Neger in der Natur, irgendwie. Nicht dass Slaktus Neger wäre, aber man kann davon ausgehen, dass er ein Neger im Geiste ist. Ich war zwei Wochen vor ihm zur Hütte gekommen, er sollte noch das eine oder andere – ja, was sollte er eigentlich? Ich war also gezwungen, die erste Zeit allein zu sein, und ich erinnere mich, dass mir das ganz recht war. Schön hier, dachte ich. Jetzt, wo ich hier draußen im Wald sitze, fehlt mir nichts aus der Stadt, dachte ich. Kein einziger Mensch fehlt mir. Wenn mir etwas fehlt, dann vielleicht der Hass, der mich mich selbst vergessen lässt. Ich mag den See, der still und ruhig jenseits der kleinen Fensterscheiben liegt. Das kleine Ruderboot, das ganz vermodert ist nach dem langen Winter. An der Brücke hängt ein winziges Thermometer an einer Schnur, das anzeigt, dass das Wasser genau zwanzig Grad warm ist. Der Kaffee köchelt auf dem Herd. Auf dem alten Regal aus Palisander liegt eine Tüte mit 14 Gramm Speed neben zwei Messingkerzenständern aus dem Jahr 1901. Das Bett ist frisch bezogen; ich freue mich schon darauf, mich zwischen die Laken zu legen. Ich sehe

zwei, nein drei Bücher im Bücherregal, die ich gern lesen
würde; das ist ungewöhnlich, ich lese nicht. In der Ecke,
rechts von der Doppeltür, ist ein Schrank. Dort stehen eine
Flasche Grey Goose und drei Flaschen Smirnoff. Ich werde zwei Wochen hier verbringen. Das wird eine gute Zeit.

Es war eine gute Zeit, solange ich allein war. Aber sobald
Slaktus vor Ort war, hieß es: Ohrfeige auf Ohrfeige, Penetration auf Penetration, halbwegs freiwillig von meiner Seite aus, *rape light*, sozusagen. Irgendwann wuchsen dann
Kinder in meinem Bauch. Und so vergingen die Tage.
Mein Job bestand darin, in der Hütte rumzuschlurfen und
dick zu werden; jede dritte Woche oder so fuhr Slaktus in
die Stadt, um einzukaufen. Dabei blieb er immer ein paar
Tage fort, was für mich keine große Rolle spielte. Dann
kam er wieder mit den Waren, dem Bier, dem Schnaps,
vielleicht ein paar Drogen, seinem Schwanz und Händen,
die Ohrfeigen verteilten. Und mit Filmen, Slaktus ist und
war ein begeisterter Splatterfan. Bereits damals hatte er
eine beeindruckende Splattersammlung aufgebaut, mit allen erdenklichen Klassikern von George Romero, Lucio
Fulci, Frank Henenlotter, Peter Jackson, Herschell Gordon
Lewis und Sam Raimi. Er dealte und wealte mit abstoßen-
den Importeuren, um seine Sammlung zu vervollständi-
gen, und hatte ein umfassendes »Netzwerk« an Freunden,
die Zugang zu diesem und jenem hatten. Zudem lud er un-
geheure Mengen aus dem Internet runter, er war ein ge-
schickter Torrent-Junkie; außerdem kaufte er wie ein Ver-
rückter auf eBay ein, mit Geld, das wir nicht hatten.
Bücher sammelte er auch, vor allem Splatterpunk, irgend-
eine üble, nihilistische, schmutzige Unterkategorie der
Horror-Fiction. Splatterpunk ist außerordentlich gewalt-

tätig. Im Unterschied zu traditionellem Horror, der meist in Vororten spielt, sind es bei Splatterpunk finstere Milieus in New York, Los Angeles oder Chicago oder heruntergekommene Trailerparks. Splatterpunk ist zumeist von Antihelden bevölkert; anstelle der Kreuzträger der frühen Horror-Fiction oder Stephen Kings »gewöhnlichen Leuten« sind Splatterpunk-Charaktere oft marginalisierte, befremdliche und generell asoziale Drogenabhängige. Wenn Slaktus nicht irgendeinen Splatterfilm glotzte, las er Splatterpunk. Er las Rex Miller, Jack Ketchum, John Shirley, D. Harlan Wilson, David J. Schow, Joe R. Lansdale, Nancy Collins, Richard Christian Matheson, nicht unbedingt in dieser Reihenfolge. Mangels einer besseren Beschäftigung guckte ich die Filme mit ihm und las die Bücher, wenn er mit ihnen fertig war. Dazu kamen die ewigen Simpsons. Slaktus war besessen von den Simpsons, es gab endlose Simpsons-Abende. Episode nach Episode, Saison nach Saison, Slaktus hatte nie genug davon, es gab Simpsons zum Frühstück und zum Abendessen, ich wurde ganz krank von den Simpsons und Homer und seiner verdammten Stimme. »D'oh!« mich in den Arsch. Slaktus aß und machte Liegestützen. Ich nahm wenig zu mir. Ich mag es nicht, Dinge in meinen Körper zu stecken. Ich unternahm ein paar jämmerliche Versuche, die Hütte für die Geburt vorzubereiten; ich räumte auf, wusch ab und verrückte das eine oder andere Möbelstück. Slaktus kommentierte.

»Tolle Idee, vor der Geburt die Möbel ein bisschen umzustellen, aber wir müssen ja nicht gleich deine GANZE verdammte Gebärmutter in dieser Hütte nachbauen.«

Weder ich noch Slaktus sind Naturfreaks. Das war nicht
der Grund für unseren Umzug in den Wald. Die nordische
Natur ist mit Abstand die beste. Sie ist nicht »schön«, nein,
aber der nordische Wald eignet sich perfekt als Ort der Isolation. Der trockene, harte, dunkle nordische Wald ist der
beste Wald, weil er leer ist. Der nordische Wald ist ausge-
dörrt, verlassen und kalt, aber das Wesentliche ist die Abwesenheit von Menschen. Alle, die ein Verhältnis zum nordischen Wald haben, wissen das. Ich spreche dabei nicht
von einer fetischisierten Einsamkeit, es geht nicht darum
ein Lonesome-Backpacker zu sein, es geht um Leere, nicht
um so eine lasche Wüstenleere, sondern um eine Anwesenheit von Leere, die man nirgendwo sonst findet. Im
nordischen Wald findet man eine Art anarchistische Leere,
das habe ich später verstanden, die nordische Natur ist ruhig, leer und offen für alles, wie auch die Anarchie ruhig,
leer und offen für alles ist. Wie auch ich ruhig, leer und offen für alles war, was Slaktus mit mir treiben wollte. Slaktus war alt genug, um zu verstehen, was er angerichtet hatte: Er muss es gesehen haben, ich war damals nur ein
kleines Mädchen, er muss es gesehen haben, und er hat es
zweifellos genossen. Mich, das Mädchen. Leer. Den nordischen Wald. Leer. Ihn. Leer. Slaktus ist nicht dumm, nein.

Pavels Gesicht drückt grundsätzlich maximale Desillusio-
nierung aus, aber als er da in der Hüttentür stand, zwei-
einhalb Tage nach der Geburt, und auf das ekelerregende
Szenario starrte, das Slaktus und ich geschaffen hatten, sah
er tatsächlich mehr als maximal desillusioniert aus. Die Zu-
taten: Blut, Gestank und fünf ratlose Menschen. Keiner
von uns hatte seit der Geburt gegessen. Slaktus und ich
hatten es nicht geschafft, Essen zu bunkern, ehe alles los-

39

ging, keiner von uns wusste, wie man das Stillen in Gang brachte, die Kleinen hatten ohne Milch auskommen müssen, sie hatten vor mehr als einem Tag aufgehört zu schreien, ehe Pavel kam, und Pavel, der Doktor, ja, er begann zu heulen, als er in die Hütte trat.

»Nimm den, der als Letzter gekommen ist. Er sieht am schwächsten aus«, sagte ich und zeigte auf den kleinsten Jungen.

»Was meinst du?«, sagte Pavel schniefend.

»Nimm den, der als Letzter gekommen ist«, wiederholte ich.

»Nimm«, wiederholte Pavel.

»Er ist so schwach, du musst ihn wegmachen«, sagte ich.

Pavel schüttelte den Kopf. Slaktus nickte. Pavel senkte den Blick und schüttelte den Kopf. Slaktus ging zu ihm. Pavel stand da, den Blick zu Boden gerichtet, und schüttelte den Kopf, während die Tränen über seine lange Nase liefen.

»Pavel«, sagte Slaktus.

Pavel schloss die Augen. Wenn Slaktus auf diese Weise »Pavel« sagte, gab es nichts, was Pavel tun konnte. Also nickte Pavel. Slaktus nickte. Pavel nickte.

»Pavel«, sagte Slaktus, »der Kleine da macht's eh nicht mehr lang, siehst du, hilf ihm einfach ein bisschen, gib ihm einen Schubs, er kann nicht länger so daliegen.«

Pavel sagte nichts.

»Pavel«, sagte Slaktus.

»Okay«, sagte Pavel und nickte wieder, »aber sag das niemandem.«

»Das jemandem sagen?!«, sagte Slaktus. Pavel schrumpfte in sich zusammen.

»Slaktus«, sagte ich.

»Okay«, sagte Pavel.

Im Nachhinein war es in meiner Vorstellung immer Slaktus, der dem Jungen das Leben nahm. Das war meine Idee, ja, es war Pavel , der die »aktive Sterbehilfe« ausführte, wie Slaktus die Handlung benannte, eher hyperaktiv diese Sterbehilfe, wenn man mich fragt, aber weder ich noch Pavel, weder einer von uns allein noch wir beide zusammen hätten es geschafft, sie durchzuführen. Wenn ich jemanden umgebracht hätte, um mein drittes Kind zu rächen, so wäre das Slaktus gewesen.

»Lucy?«, fragte Pavel. Er sah auf die drei Jungen herab, die zitternd neben mir lagen. Der Junge ganz links war dünner, kleiner, aber gerade blass genug, um noch als Mulattenkind durchzugehen, er hatte rote Flecken am ganzen Körper.

»Sicher, Lucy?«, fragte Pavel durch seine Tränen hindurch.

»Ja. Ganz sicher«, sagte ich. »Nur los.«

Das war das letzte Mal, dass ich gesagt habe, was ich meine. Seitdem spricht zu allem, was ich sage – mit Stimme Nummer 1, um sie so zu nennen –, parallel eine Stimme Nummer 2. Stimme Nummer 2 ist eine Art Substimme, die ständig mit Stimme Nummer 1 uneins ist. Wenn sie nicht gerade das genaue Gegenteil sagt, so sagt sie doch immer etwas anderes als Stimme Nummer 1. Stimme Nummer 2 ist nie einverstanden.

Pavel wischte sich seine Tränen ab und beugte sich über das schrumpeligste und kümmerlichste Baby, tätschelte es, legte seine Handfläche auf die Brust des Jungen und blieb regungslos stehen, während er die Atmung oder den Puls fühlte, oder was auch immer er da trieb. Er war doch wohl nicht dabei zu beten, dieser verdammte Pavel? Tränen tropften aus seinen großen, folgsamen Doktoraugen auf die Wolldecke, die Slaktus aus dem Auto geholt und um den Jungen gewickelt hatte. Dann holte er eine Spritze und eine kleine Ampulle aus seiner Arzttasche. Mit unsicheren Bewegungen zog er den Inhalt der Ampulle in die Kanüle. Er blieb stehen und tippte mehrmals gegen die Spritze, ehe er sie in den Oberschenkel des Jungen steckte. Dann legte er ihn in meine Arme.

Nach 10–15 Sekunden hörte der Junge auf zu schreien, und nach einer Minute oder anderthalb hörte er auf zu atmen. Slaktus stand nur da und glotze aggressiv auf das Bücherregal. Dass der Junge leblos in meinen Armen lag, war nicht der Grund dafür, dass ich auf einmal verstand, was ich angerichtet hatte. Ich sah den toten Jungen als Ding. Als Gegenstand. Ich erinnere mich, dass ich ihn hübsch fand. Ich empfand nicht die geringste Trauer. Ein Säugling weniger ist kein großer Verlust. Ich hatte zwei Söhne, die neben mir wimmerten, schön und gut, aber beide waren nur Abbilder neugeborener, kreischender Babys – nichts anderes. Es war der dritte Junge, den ich in erster Linie wahrnahm, er war es, der mir klarmachte, was ich getan hatte. Er war die Ausgeburt, die gewissermaßen über sich selbst sprach,

42

indem sie die Abwesenheit von Leben bezeugte. Er war fort, aber zugleich nah.

»Wie geht es dir, Lucy?« Pavel wandte sich an mich. Er war bleicher als die Leiche in meinen Armen, sein Gesicht war aufgequollen von all den Tränen, seine Augen waren geschwollen. Ein ziemliches Weichei für einen Arzt, dachte ich.

Lucy 1: »Mir geht's gut, Pavel, nur kein Stress, denk lieber an dich, du siehst ein bisschen mitgenommen aus.«

Lucy 2: »Was glaubst du denn? Ich bin fünfzehn und liege hier mit meinem toten Sohn in den Armen meilenweit von der Zivilisation entfernt. Ich habe keine Familie. Nur ihr beide wisst, dass ich schwanger war. Slaktus ist, technisch gesehen, ein Vergewaltiger, und ich bin von der Fotze bis zum Arsch aufgerissen.«

»Ja, ich fühle mich etwas …«, sagte Pavel. »Ich setze mich kurz … hab noch nie aktive Sterbe … Slaktus … hast du einen Eimer … ich glaube, ich muss kotzen«, sagte er und spie auf den Boden, während er wie ein Mädchen flennte.

BALDIUS

You can't go bald twice.

SCHOTTISCHES SPRICHWORT

Castellaneta nimmt von der Via Roma Kurs auf die Via Foca, wo die »Celebrity Bar« liegt, wobei er sich einige Gedanken zu Rudolph Valentinos spitzen Ohren und dem Spitznamen macht, den man Valentino als kleinem Jungen gegeben hatte: ›the bat‹. Und wie üblich schlägt Castellaneta eine Brücke zu seinem eigenen Handicap. Komischerweise bezieht sich Castellaneta nie auf seine Lähmung, wenn er über seine Behinderung redet, sondern auf seine Kahlköpfigkeit. »Is there a town called Bald?«, fragt er sich. Ja, es gibt eine Stadt in der Schweiz, die Bald heißt, direkt an der Grenze zu Italien. Und Baldio? Ja, sowohl in Portugal als auch in Spanien gibt es diesen Stadtnamen. Und dann war da Baldios, der Toei-Trickfilm mit dem Superroboter Baldios. Castellaneta hatte die Spielfilmversion irgendwann in den Achtzigern gesehen.

»And Baldius, isn't that a town in Greece?«, fragt er sich selbst, verliert aber dann den Faden; auf den letzten 200 Metern bis zur »Celebrity Bar« ist der Asphalt durch Pflastersteine ersetzt. Castellaneta hasst Pflastersteine. Er beschleunigt so schnell er kann und rast in hoher Fahrt über den holprigen Straßenabschnitt, wobei der Rollstuhl schlingert und rumpelt und das Sonnenlicht wild auf der hin und her geschüttelten Glatze blitzt und glitzert. Abgesehen von ein paar sparsamen Valentino-Effekten ist die

Bar konventionell. Der Eigentümer hat einige Dutzend Bilder von Valentino an die Wände gehängt und die Einrichtung mit einer Art kalligrafischem Holzbrett gekrönt, das über dem Tresen thront. In ein orientalisches Muster geflochten ist darauf Valentinos Taufname zu lesen: Rodolfo Alfonso Raffaello Filiberto Guglielmi.

Die Bar ist nur spärlich besucht, und Dan Castellaneta setzt sich mit einem Espresso unter ein Foto von Valentino auf dem Totenbett. Er öffnet die *International Herald Tribune*, als am anderen Ende der Bar ein schwarzer Mann in Castellanetas Alter aufsteht und zu ihm herüberkommt.

»Posso?«, fragt er, mit einem Akzent, den Castellaneta als afrikanisch identifiziert.

»Well …« Castellaneta bemerkt, dass der Mann für sein Alter ungewöhnlich gut trainiert ist. Athletische Beine, breite Brust. Die Haut ist schwarz wie Ebenholz, und Castellaneta sieht vor seinem inneren Auge die Brücke in dem Monet-inspirierten Garten noch einmal einstürzen, er vernimmt das Knirschen in Debs Nacken, er spürt das Knacken in seinem eigenen Rücken, obwohl er den Rücken selbst schon nicht mehr fühlt.

»Thank you«, sagt der Afrikaner und bestellt mit lauter und tiefer Stimme einen doppelten Espresso.

»So …«, sagt Castellaneta.

»You're not Italian«, sagt der Afrikaner.

»No, you're right. I'm not«, antwortet Castellaneta.

»Me neither«, sagt der Afrikaner.

»I figured«, sagt Castellaneta.

»Why, because of my skin?«

45

»No, because of your nose.«
»What's that?«
»I was just joking.«
»Joke, huh?«
»Yes, joke.«
»Ok, funny«, sagt der Afrikaner.
»Not really«, sagt Castellaneta.
»No«, sagt der Afrikaner.

Castellaneta lässt den Blick über die Bilder an den Wänden schweifen, in der Hoffnung, dass der Mann aufsteht, aber der bleibt sitzen und schlürft seinen Espresso mit Lippen, die größer sind als die kleine Lavazza-Tasse, aus der er trinkt. Das Bild von Valentino auf dem Totenbett ist eines von Castellanetas Lieblingsbildern. Wer ist das noch mal, der da neben ihm kniet, ist das nicht Pola Negri? Nein, die ist ja bei der Aufbahrung ausgeflippt. Das kann irgendwer sein. Mehr als 100 000 waren gekommen, um Valentino in der offenen Kiste zu sehen; sein Tod verursachte eine Massenhysterie und allein die Leichenwache in New York wurde zu einem riesigen Drama. Die Distanz zwischen der knienden Frau auf der einen Seite von Valentino und der Büste mit gesenktem Haupt auf der anderen, ruft bei Castellaneta eine ästhetische Reaktion hervor; er entdeckt auf dem Foto keine Trauer und denkt, wie im Tod so ist man auch im Leben allein – die Trauer über den eigenen Tod müssen sowieso die anderen tragen, so steht es auf dem Foto in Valentinos Gesicht geschrieben, wie es auch in Debs Gesicht geschrieben stand, als sie ihn verlassen hatte: Die Toten trauern nicht.

»It's my accent«, sagt der Afrikaner.

»Excuse me?«, sagt Castellaneta.

»You recognized my accent as African.«

»Yes … yes, I did«, antwortet Castellaneta.

»Is it that obvious?

»It is … quite obvious.« Castellaneta vermeidet jeglichen Augenkontakt.

»So …«, sagt der Afrikaner, kippt seinen Espresso runter und bestellt einen neuen, noch ehe er die Tasse wieder abgestellt hat.

»So …«, sagt Castellaneta.

»So … you are …«

»American, that's right.«

»I knew that«, sagt der Afrikaner.

»Mhm«, nickt Castellaneta.

»Yes, I heard«, sagt der Afrikaner.

»You are quite an expert on accents yourself, then«, sagt Castellaneta.

»Yes, I am«, sagt der Afrikaner.

»Sure you are«, sagt Castellaneta.

»And you are quite some comedian.«

»Indeed«, sagt Castellaneta.

»You are … some comedian«, sagt der Afrikaner.

»Yes I am … I am«, sagt Castellaneta.

»Heading to …«

»What?«

»Watts?«

»What?«

»Heading to …«

»Where I am heading?«

»Yes …«, nickt der Afrikaner.

»I'm going to Scandinavia.«

»Scandinavia?«

»That's right.«

»I've heard a lot of things about Scandinavia«, sagt der Afrikaner.

»Have you«, sagt Castellaneta.

»The light there … seems like a place you would go to die.«

»Ok«, nickt Castellaneta.

»Absence of darkness …«

»Well«, sagt Castellaneta.

»Not many black people …«, sagt der Afrikaner.

»I wouldn't know …«

»I don't think so …«, sagt der Afrikaner.

»They probably have … there's probably …«, sagt Castellaneta und denkt, dass er sich das skandinavische Straßenbild immer ohne schwarze Menschen vorgestellt hat.

»You would be like the …«

»The what?«, fragt Castellaneta.

»The inverted Kurtz …«

»The what?«, fragt Castellaneta.

»You would be all bald … and, you know, sitting in the dead centre of civilization, you know … rubbing your head … looking around you … the whitest place on earth …«

»Kurtz?«

»Yes, yes. Kurtz in negative. Going north instead of south … the heart of civilization instead of … the jungle's jungle. You know …«

»I'm afraid I don't …«, sagt Castellaneta.

»The voice …«

»The what?«

»The baldness … that shiny crown …«

»Sir, I don't think I'm up to …«, sagt Castellaneta und schiebt den Espresso von sich.

»Just remember, my friend, that alien territory is never that alien«, sagt der Afrikaner.

Castellaneta sieht zum ersten Mal in die Augen des Afrikaners, sie sind gelb, fast urinfarben.

»We are all kings in our own jungle, right?«

»Really«, sagt Castellaneta.

Das Handy klingelt. Castellaneta schüttelt leicht den Kopf und hebt ab.

»Yes, hello?«

»It's Slaktus.«

»Hello, Slaktus, what can I do for you?«

»Nothing. (Unbeschreibliches Quietschen). I just wanted to tell you that my boys will pick you up.«

»Your boys?«

»Yes, my sons.«

»Oh, ok. Let them do that.«

»Yes.«

»Ok.«

»I thought you maybe wanted to know what they look like? So you can recognize them.«

»Well«, sagt Castellaneta, wobei er sich mit der Hand über das Gesicht und die Glatze fährt, »well, ok, what do your boys look like?«

»Ok, they are kind of brown.«

»They are brown«, sagt Castellaneta.

»Yes, they are brown. You know, brown like negroes, not like latinos or anything.«

»Ok ... ok, thank you, Slaktus. Thank you for that information.«

»So now you can maybe recognize them.«

»Ok«, nickt Castellaneta.

»But it's not sure!«

»What?«

»Scandinavia is swarming with black people, you see.«

»I see. Thank you for that.«

»No problem!«, sagt Slaktus fröhlich und legt auf.

Castellaneta bleibt mit dem Handy im Schoß sitzen, seine Hände ruhen auf den lahmen Oberschenkeln. Skandinavien. The heart of light. Der Afrikaner lässt den Amerikaner nicht aus den Augen, wie eine Fliege hängt der gelbe Blick an Castellanetas Bewegungen.

»Brown people, huh?«, sagt er und lächelt.

»Right you are«, sagt Castellaneta. Er wendet den Rollstuhl und rollt Richtung Tür.

»Up your alley«, ruft der Afrikaner ihm nach.

»I guess«, sagt Castellaneta, ohne sich umzudrehen.

»Have fun, comedian.«

GEWALTINTELLEKTUALISMUS

Yes, there it is, it's time it ended and yet I hesitate to –
[he yawns] – to end.

BECKETT

Genau wie die Japaner ein Wort für Frauen haben, die von
hinten gut aussehen, aber nicht von vorn, sollte es ein Wort
geben für Leute, die klug aussehen, es aber nicht sind. Und
umgekehrt: ein Wort für einen Mann, der dumm aussieht,
aber eigentlich verdammt klug ist. Slaktus gehört zur letzteren Kategorie.

Slaktus ist klug wie der Teufel, aber er sieht ziemlich
dumm aus. Zum einen sind da seine kugelrunden Augen,
der halb offene Mund – er wirkt ständig so, als hätte er etwas nicht verstanden oder als wolle er einen Streit vom
Zaun brechen –, und dazu kommt sein bescheuerter Pony.
Dann ist da noch sein übertrainierter Körper; Slaktus ähnelt einer Riesenausgabe von Lou Ferrigno, der Hulk in
der Fernsehserie spielte, und der sieht ja nicht gerade besonders klug aus, dieser Ferrigno. Man muss nicht unbedingt klug aussehen, um klug zu sein, Stephen Hawking
sieht ja auch nicht unbedingt wie ein Genie aus. Slaktus ist
hinter der dicken Stirn und all den Muskeln in der Tat äu-
ßerst klug. Und er ist anstrengend. Besonders anstrengend – in der Zeit um die Geburt, bevor wir uns trennten –
war seine physische, sexuelle, mentale Gewalttätigkeit.
Die mentale war dabei nicht unbedingt die schlimmste,
weil ich einfach klüger bin als er. Er hat das inzwischen

überwunden; nach jahrelanger Therapie ist er nicht mehr gewalttätig; sein Therapeut ist ein vollkommener Idiot, aber hat einiges erreicht, unter anderem durch die Schlaftherapie. Slaktus schläft und schläft, zu jeder Zeit und in jeder Umgebung, Schlaf beruhigt ihn. Aber ich bekam einen guten Eindruck von seinem Gewaltpotenzial, als wir noch zusammen waren. Seine Gewalt schuf einige interessante Situationen, das muss man schon zugeben. Wie wär's zum Beispiel damit: Wenn jemand, der Frauen misshandelt, relative gute Gründe für die Misshandlung anführen kann, macht das die Misshandlung weniger schlimm? Als Teenager verhielt ich mich ein bisschen wie ein »Aktivist«; ich schikanierte Leute, von denen ich glaubte, sie würden mich schikanieren, mit Briefen und Telefonanrufen, und Slaktus verabscheute das aufs Äußerste. Etwa sechs Monate, bevor wir in die Hütte zogen, hörte sich das dann etwa so an:

Slaktus: »Wirst du diesen Brief an den nigerianischen Botschafter schicken? Hä?«
    Lucy: »Nein …«

WAMM!

Slaktus: »LÜG NICHT!«
    Lucy: »Uhuhuuu … nein.«
    Slaktus: »Du weißt, dass es eine Morddrohung ist, oder?«
    Lucy: »Ich werde ihn nicht abschicken!«
    Slaktus: »NATÜRLICH WIRST DU DIESEN VERDAMMTEN BRIEF ABSCHICKEN! GIB'S ZU …«

WAMM!

Lucy: »Nein, hehe, Slaktus, huhu … hehe!«
   Slaktus: »Hör auf zu lachen!«

WAMM!

Lucy: »Hehe! Huhu …!«

WAMM!

Slaktus: »GIB'S ZU … SAG ES!!!«

BUMMS! BUMMS! WAMM!

»Uuuh … bitte … haha! … huuu … nicht … nicht!!!«

Und so weiter. Natürlich hatte ich vor, den Brief abzu-
schicken. Er schlug mich, bis ich es zugab, und ersparte dadurch dem nigerianischen Botschafter den Schwachsinn,
den ich vorhatte. Und danach fickte er mich, steckte seinen
Schwanz und seine Finger so tief er konnte in alle mög-
lichen Öffnungen, während ich mich verrenkte, kratzte,
sabberte und würgte. Und lachte, ich lache ständig. Ich
lachte und lachte. Slaktus machte einfach weiter, er war
keiner von diesen durchschnittlichen Frauenschändern
oder einer dieser ordinären Gewaltverbrecher, er vertrat
einen neuen Typ Mann, der sich zu meiner Teenagerzeit
entwickelte, die sogenannten Gewaltintellektuellen. Eine
Mischung aus Gewaltverbrechern und Rechts- oder Links-
intellektuellen. Kluge und gewalttätige Kerle.

Wenn man früh am Morgen auf die Straße geht, sieht man
oft zwanzigjährige Jungs in ihren Autos auf dem Weg zur

Arbeit; sie sind Klempner, Elektriker. Man erkennt ganz leicht, welche von ihnen aggressiv und gewalttätig sind. Das sieht man an ihrer Haltung auf dem Fahrersitz, an ihrer Art, das Lenkrad zu halten, an ihrem Blick, ihrem Nacken, ihrer Frisur. Zumeist sind sie gut trainiert, hin und wieder sind sie sonnengebräunt. Sie gehören zum Partyproletariat. Arbeit unter der Woche. Saufen, Ficken und harte Gewalt am Wochenende. Früher hätte man sich noch fragen können: Warum gibt es keine Intellektuellen, die so aussehen? Warum gibt es keine Intellektuellen, die Aggression auf diese Weise ausdrücken, Aggression in Form von bloßer physischer Präsenz? Nun, jetzt gibt es sie jedenfalls, in Gestalt von Kerlen wie Slaktus. Gewaltintellektuelle. Jungs, die verstanden haben, dass Worte ihre Grenzen haben, und die das mit ihren Körpern beweisen.

In seinem Briefwechsel mit Einstein von 1931 bis 1932 schrieb Freud folgendes:

»Interessenskonflikte unter den Menschen werden also prinzipiell durch die Anwendung von Gewalt entschieden [...] für den Menschen kommen allerdings noch Meinungskonflikte hinzu, die bis zu den höchsten Höhen der Abstraktion reichen und eine andere Technik der Entscheidung zu fordern scheinen.«

Ich erinnere mich, wie Slaktus dasaß, muskulös und schrecklich, und diese Sätze las. Und hinzufügte:

»Wenn das Abstraktionsniveau ausreichend hoch ist, erreicht man einen kritischen Punkt, und der Gebrauch von Gewalt wird wieder aktuell. Das nennt man Gewaltintellektualismus.«

Es war aktiver Gewaltintellektualismus, der ihm zu dem Spitznamen Slaktus verhalf; er erhielt ihn schon im Gymnasium, nach einem Anfall von Gewalt gegen einen seiner Lehrer, ausgelöst durch einen fachlichen Streit in einer Geografiestunde.

»Ich werde dich schlachten«, hatte Slaktus gesagt und dem Lehrer so oft mit einem großen Plastiklineal auf den Rücken geschlagen, dass dieser ein Loch in einem Lungenflügel davontrug. So wurde er getauft. Und damit begann Slaktus seine Tournee durch Sonderklassen und Besserungsanstalten, die ihm einerseits die beste Bildung gaben, die ein Gewalttätiger bekommen konnte, und ihm anderseits viel Zeit ließen, in der er lesen und seinen Intellekt entwickeln konnte. Und dann begann er mit dem Gewichtheben und den gelegentlichen Besuchen in Sonnenstudios. Das macht er noch immer, auch als Erwachsener. Slaktus ist außerordentlich fit und, wenn er genug Zeit zur Verfügung hat, braun, solariumsbraun; er trainiert und trainiert, er kann dich mit einer Hand auf dem Rücken flachlegen, und er ist schlauer als du. Und eine Spur brauner. Er ist nicht schlauer als ich, aber er ist schlauer als du. Er ist nicht brauner als ich, aber er ist brauner als du. Er gewinnt die Diskussion. Und wenn du stur bist und dich weigerst aufzugeben, oder zu »abstrakt« wirst, dann verprügelt er dich, bis du die Klappe hältst. Das pflegte er jedenfalls zu tun, bevor er entwöhnt wurde. Er verprügelte andere, und er verprügelte mich, und als wir in den Wald zogen, war nur noch ich übrig, um die Schläge zu empfangen. Bis wir die Kinder bekamen, von da an waren wir zu dritt. Er ist nicht immer objektiv, Slaktus, auch wenn er schlau ist. Die Aggressivität vernebelt ihm eins ums andere Mal die Gedanken. Mich eine Nazifotze zu nennen, zum Beispiel, ist ein sehr schlampiger Gebrauch dieser Worte. Fotze, ja, vielleicht, aber Nazi, nein. Zum einen bin ich Anarchistin, wie schon erwähnt. Zum anderen bin ich eine Negerin. Das hatte keine Bedeutung, wenn Slaktus ausflippte, sowohl Schimpfworte als auch Fäuste saßen dann locker. Die Konzepte waren flüssig. Das Blut rann.

Tut es weh, geschlagen zu werden? Mja. Weh, ja, man fühlt es. Aber schadet es? Ist es demütigend? Traumatisierend? Ich bin mir nicht sicher. Über die Schmerzen kommt man hinweg. Und die Niedergeschlagenheit über eine Tracht Prügel kann man auch wegstecken, wenn man psychisch ausreichend gefeit ist. Ich kann mit Schlägen umgehen, ich bin klug genug, um mit Schlägen umzugehen. Wenn ich es nicht gekonnt hätte, hätte ich Slaktus schon viel früher in die Wüste geschickt, als ich es schließlich getan habe. Die Schläge waren nicht so wichtig, als wir zusammen waren. Viel schlimmer als die Schläge waren die Situationen, die am Anfang unseres Lebens als Eltern kleiner Kinder entstanden.

Einmal, als die Zwillinge ungefähr sechs Monate alt waren, luden wir Pavel und seine Frau zu uns in die Hütte ein. Pavel zierte sich ein bisschen, aber Slaktus sagte einfach nur »Pavel ...« auf seine Slaktus-Art, und dann kamen sie. Ich hasse Essen, aber ich machte Essen. Slaktus hatte wie immer einen schlechten Tag gehabt, und Pavels Frau hob die Stimmung mit ihrem lockigen roten Haar und ihrem Geplapper über Haut nicht wirklich. Es geht nur um Haut, wenn sie in der Nähe ist. Hautqualität und Hautkrankheiten. Hautprodukte. Hautfarbe. Haut und noch mehr verfluchte Haut. Sommersprossige Kuh. Man sitzt da und starrt auf ihre Haut, ihre Apfelwangen, ihr Gesicht, so rund und leuchtend wie eine Christbaumkugel. Und wenn es einem gelingt, sie von diesem Thema abzulenken, ja, dann geht es um Leder. Ledertaschen. Ledersofas, Polierleder, Lederhandschuhe. Leder, Leder, Leder. Why? Ich servierte das Abendessen, Brennnesselsuppe. Als Atal und Wataman abwechselnd durch das Babyfon schrien, verließ Slaktus wortlos die Runde. Er schloss die Wohnzimmer hinter sich, ging über den Gang, öffnete die Tür zum Kinderzimmer, schloss die Tür zum Kinderzimmer und begann, die Kinder mit seinem Ledergürtel – der mit der großen Eisenschnalle – durchzuprügeln. Natürlich hatte er vergessen, dass das Babyfon noch immer an war. Pavel, seine unattraktive Frau und ich taten unser Bestes, um die Brennnesselsuppe hinunterzuwürgen, während wir dem Übergriff lauschten. Das Geräusch von Leder auf Haut. Ich starrte mit meinen blauen Augen auf den Tisch. Pavel war kurz davor loszuheulen, wie immer. Seine Frau rieb ihre sommersprossigen Unterarme. Später am Abend, als der Besuch gegangen war, schlug Slaktus vor, sich behandeln zu lassen, vielleicht zu einem Therapeuten zu gehen. Ich sagte, dass das für mich keine Rolle spiele. Dafür verprügelte er mich. Er schlug mich, weil es mir egal war. Das hat nichts gebracht. Es ist mir noch immer egal.

Mir ist alles egal. Ich habe mich schon immer schwergetan, das den Leuten ins Gesicht zu sagen, aber mir ist alles egal. Mir ist alles scheißegal, aber ich zeige es nicht – ich sitze einfach nur da, und mir ist alles egal. Ich schaffe es nicht, etwas dagegen zu unternehmen. Aber ich gebe nicht auf. Man stirbt nicht davon, dass einem alles egal ist. Wenn man länger nachdenkt, wird einem nur klar, dass es sich nicht gehört, dass einem alles egal ist. Es ist unanständig. Was mich betrifft, stimmt das: Es ist unanständig und stimmt. Mir ist wirklich alles egal. Nichts kümmert mich. Ich kümmere mich um nichts. Das ist dasselbe.

Die Jungs scheinen die Handgreiflichkeiten und das Temperament ihres Vaters recht gut weggesteckt zu haben. Keinerlei Schaden durch gelegentliche Drohungen oder Prügel. Sie sind nicht zu hundert Prozent richtig im Kopf, aber wer ist das schon? Ich glaube wirklich nicht, dass sie wegen Slaktus zu dem geworden sind, was sie sind. Besser gesagt, ich weiß, dass es nicht Slaktus' Schuld ist. Es hat mit meiner Herkunft zu tun, es liegt an meinen Genen.

Als sie noch klein waren, lebten wir da in einem Saustall? Nun, an einem normalen Tag sah es so aus, als hätte sich ein Selbstmordattentäter in die Legokiste gestellt und die Bombe gezündet. War es anstrengend mit zwei Kindern? Nun, es bedeutete, sich ständig in Gesellschaft zweier mit Scheiße gefüllter Knirpse zu befinden. Die schreien, kreischen, ein Durcheinander anrichten, alles kaputt machen und unglaublich schnell vom Weinen ins Lachen fallen. Na ja, in unserem Fall gab es nicht viel Weinen, zumeist Lachen, auch wenn es eigentlich Weinen hätte sein müssen. Kinderweinen ist eine Belastung, aber wenn dieses Geweine heulendes, kreischendes, grelles Kindergelächter ist, immer dann, wenn es eigentlich Weinen hätte sein müssen, dann ist das ein echter Albtraum.

Jetzt sind sie zwanzig, Atal und Wataman. Sie verursachen heute nicht weniger Ärger als damals, aber sie verursachen eine andere Art von Ärger. Mir egal, es geht mir am Arsch vorbei. Sie richten Unheil an, sie streiten, aber sie sind fröhlich. Immer fröhlich. Sie küssen. Slaktus und ich sind nicht mehr zusammen, seit Jahren schon sind wir nicht mehr zusammen; ich bin seit Jahren nicht mehr durchgeprügelt worden, ich bin seit Jahren nicht mehr gegen meinen Willen gefickt worden, ich bin wieder auf die Beine gekommen, ich bin rehabilitiert. Ich weiß nicht, was die Abwesenheit von Schlägen für mich bedeutet hätte, ich war so jung, als ich mit Slaktus zusammenkam, so jung, als er mich zu schlagen begann. Und bevor ich mit ihm zusammenkam, war sowieso schon alles durcheinander: Ich hatte eine ziemlich ruhelose Kindheit, könnte man sagen. Ich weiß eigentlich nicht, was ich ohne Prügel geworden wäre, genauso wie ich nicht weiß, wie es ist, nicht penetriert zu werden. Genauso wenig weiß ich, wie es ist, jemanden zu penetrieren oder Essen zu genießen. Ich bin nicht länger ein Opfer von Gewalt, auch wenn die Gewalt – wie ein tiefer Bassston – alles begleitet, was ich tue oder sage. Na ja, ein »Opfer« war ich eigentlich nie, ich war eher ein Objekt – ein Gewaltobjekt. Ich stand Slaktus' Fäusten im Weg.

Die schlimmsten Prügel bezog ich, als ich ihm sagte, dass er sich verziehen soll. Das Ende unserer Beziehung wurde ausgelöst durch – ja, wie soll ich es sagen? – eine kulturelle Wahl seitens Slaktus'. Er beschloss aus heiterem Himmel, Filme zu drehen. Regisseur zu werden. Falls dem so sei, sagte ich ihm, könne er seine Koffer packen.

»Ich werde dir beibringen, wie man Koffer packt!«, sagte er und schlug mir so hart gegen die Schulter, dass sie aus dem Gelenk sprang. Zwei Veilchen, eine gebrochene Nase,

vier gebrochene Rippen, ein verstauchtes Handgelenk und
eine schwere Gehirnerschütterung später – alles zu meinen
Lasten, versteht sich, plus der Schulter –, und er war aus
dem Haus. Besser gesagt, aus der Hütte, der verdammten
Hütte, in der wir gehaust hatten, mehr oder weniger iso-
liert, sicher auch wegen meiner Idee, ja, meiner Überzeu-
gung, dass niemand wissen sollte, dass ich Kinder zur Welt
gebracht hatte. Die Idee war, dass Atal und Wataman nirgendwo registriert werden sollten. Die Anarchistin in mir
hatte sich eingebildet, dass dies die einzige *echte* Wahl war,
die ich ihnen bieten konnte. Folgende Wahl: Ihr könnt
euch selbst irgendwo aus eigenem, freien Willen registrie-
ren lassen, wenn ihr alt genug seid, wenn ihr Teil »des Systems« sein wollt. Ich, eure Mutter, gebe euch die Chance,
draußen zu bleiben. Ihr seid nicht registriert. Das ist mein
Geschenk. Wir verbrachten einige Jahre in der Hütte, weit
genug entfernt von der Zivilisation, bis Slaktus so viele Filme gesehen und im Netz so viel Scheiße über seine Lieb-
lingsregisseure gelesen hatte, dass er entschied, es sei genug: Er würde Regisseur werden. Dann geh doch, sagte
ich. Wamm, sagte er. Wamm, sagten seine Fäuste. Zipp,
sagte sein Reißverschluss.

Pavel kam rausgefahren und flickte mich zusammen. Er
war der Einzige, der wusste, wo wir – inzwischen nur
noch die Jungs und ich – uns aufhielten. Er war mir mit seinen ärztlichen Fähigkeiten stets zu Diensten. Ich wusste
Dinge über ihn, nach der Abtreibung, der aktiven Sterbehilfe, so dass er nicht Nein sagen konnte. Pavel und ich sind
so verschieden. Ihm kommt kein Nein über die Lippen.
Mir kommt kein Ja über die Lippen. Er begann zu weinen,
als er meine Nase behandelte.

»Oh, oh, Lucy, was hat er diesmal mit dir gemacht?«
Lucy 1: »Alles okay, Pavel. Alles okay.«
Lucy 2: »Was für ein Arzt bist du eigentlich?«

Pavel weinte heftiger.

»Du musst ihn anzeigen, Lucy … (schnief) … Du brauchst
Hilfe … Das ist einfach ungeheuerlich … (schnief).«
   Lucy 1: »Alles okay, Pavel. Du weißt doch, dass mir so
was nichts ausmacht. Es ist nicht das erste Mal. Es geht hier
nur um Anatomie …«
   Lucy 2: »Ungeheuerlich? Du hast verdammt noch mal
keine Ahnung, was dieses Wort überhaupt bedeutet. Pass
bloß auf, oder ich zeige dich wegen Kindsmord an.«
   »Ich verstehe nicht, wie Slaktus dir so etwas antun
kann, Lucy … Jetzt beiß die Zähne zusammen, eins-zwei-
drei … (schnief).«

KRACKS!

Er rückte meine Nase wieder zurecht, ich schrie nicht, aber
die Tränen spritzten. Äußerlich sah man mir auch diesmal
nichts an. Wie gesagt, ich bin Negerin. Eine gebrochene
Nase ändert da nicht viel. Aber ich bekam eine seltsame …
nicht Lähmung, aber Taubheit legte sich auf meine rechte
Gesichtshälfte, nach der letzten Begegnung mit Slaktus'
Fäusten. Seit diesem Tag fühlt sich meine rechte Gesichtshälfte etwas schlaff an. Man sieht es nicht, aber ich fühle es,
vor allem, wenn ich gestresst bin. Wenn ich gestresst bin,
fühlt es sich an, als ob die rechte Seite – mein Mundwinkel,
mein Auge – leicht hängt.

Filmregisseur also. Zu dieser Zeit Filmregisseur zu werden – vor 14 Jahren –, war viel, *viel* zu spät. Aber Slaktus war unfähig, etwas anderes zu tun, als seinen Vorbildern inbrünstig nachzueifern. Den obskuren Klassikern. Die Gorror-Regisseure. Die Gorno-Regisseure. Die Torture-Porn-Regisseure. Die Splatstick-Regisseure. Er bewunderte auch neuere Klassiker. The Splat Pack. Darren Lynn Bousmann, Niel Marshall, James Wan, Rob Zombie, Alexandre Aja. Er begann sogar, sich Filme von Eli Roth anzusehen, nachdem er gelesen hatte, dass Roth dreimal die Lösung im Sonntagskreuzworträtsel der *New York Times* gewesen war. Er wollte Filme drehen. Jo, auch ich will Filme drehen. Hallo? JETZT? Nach allem, was passiert ist? Warum nicht gleich Webdesign? Die Kaltnadelradierung des Informationszeitalters? Oder warum wirst du nicht Redakteur einer literarischen Zeitschrift? Das ist genau das, was wir brauchen, heute, in einer solchen Situation. Filmemacher, du verdammter Idiot. Das Maß ist voll, hau ab aus meinem Leben.

KLATSCH! BUMMS! WAMM!

Beide Jungs waren gerade sechs Jahre alt geworden und sahen Papa Slaktus dabei zu, wie er Mama Lucy eine Tracht Abschiedsprügel verabreichte. Und genau in diesem Augenblick offenbarte sich, dass ich die Ursache für ihr seltsames Verhalten war, nicht Slaktus. Seltsamerweise, paradoxerweise, ironischerweise, komischerweise. Die Küche erbebte, und es blinkte weiß in meinem Kopf, mein Hörsinn wurde mit einem WHOOMP! ausgeblendet, bevor er langsam, zusammen mit meinen Sehsinn, wieder zurückkehrte; ich hörte und sah die Jungs dastehen, einander umklammernd, weinend und wimmernd, wie nur kleine Kinder es können. Slaktus holte aus und schlug erneut zu. Erneutes Blinken und WHOOMP! und piiiiieeep in den Ohren und ein erneuter, verzerrter Anblick der Küche, wobei das Wimmern der Jungs abnahm. BUMMS, Blitz, WHOOMP! Piiiieeep, und die Jungs waren vollständig still. KRACKS! machte es in der Schädelhöhle, und ich fühlte ein Brennen in der Stirn, Tränen liefen mir die Wangen hinunter; da verabschiedete sich das Nasenbein. Ich stöhnte und keuchte, durch mein eigenes Schniefen hindurch hörte ich ein Kichern. Ich fiel auf die Knie und hielt die Hände vors Gesicht, und während ich so dakniete und zusah, wie sich meine Hände mit Blut füllten, hörte ich meine Jungs glucksen, sie glucksten wie Kinder es tun, wenn sie nicht lachen sollen, aber sich einfach nicht beherrschen können. Ich plumpste nach vorn, Blut spritzte quer über den Küchenboden, ich kroch auf allen vieren wie ein Tier, und Slaktus, wie zu erwarten war, holte aus und versetzte mir einen Tritt in die Rippen, sodass mir der Atem wegblieb und ich vollkommen verstummte. Und während ich lautlos dalag und nach Luft schnappte, hörte ich – ein Irrtum war ausgeschlossen – dass die Jungs sich inzwischen vor Lachen bogen. Sie lachten über eine ganze Menge, aber bis dahin hatte ich noch nicht verstanden, wieso. Slaktus trat mich noch ein paar Mal, ehe auch er bemerkte, dass die Jungs Tränen lachten.

»Verdammt, Jungs. Lacht ihr? Himmel ... Hörst du das, Lucy?«, sagte Slaktus, während ich noch immer verzweifelt nach Luft schnappte und dachte: »Scheiße, Scheiße, Scheiße. Das ist es. Es ist der Alte. Ik. Ik, verflucht noch mal. Es ist der Ik-Stamm.«

Zum ersten Mal sah ich den Beweis, dass meine Ik-Gene durchgeschlagen hatten. Sie waren mir nie besonders aufgefallen, außer dass ich hin und wieder über Dinge lachte, über die ich nicht lachen sollte, aber hier waren sie. Wie sprießende Knospen in den kleinen Gehirnen meiner Jungs, um es poetisch auszudrücken.

DEATHBOX

*If I don't answer the first ring of the bell, don't ring it again
or I'll come out and kill you. It means no, it means I'm not
in, it means I don't want to see you. Fuck off everybody.
I'm writing. Leave me a-fucking-lone.*
MICHAEL MOORCOCK (NOTICE ON HIS DOOR)

Man kann ohne Weiteres behaupten, dass viele Menschen
im Westen ihr ganzes Leben hart und zielgerichtet arbeiten,
nur um bei Kollegen und Konkurrenten mit einem Lebenslauf, der verglichen mit ihren solider ist, ein kleines bisschen Neid und Unterlegenheitsgefühl zu wecken. Deshalb ist Erfolg als solcher inexistent; Erfolg funktioniert
nur umgekehrt proportional zum Selbstwertgefühl der anderen. Wenn jemand das Gleiche wie du zustande gebracht
hat, hast du nicht wirklich Erfolg. Wenn dir jemand deinen
Erfolg gönnt, hast du auch keinen Erfolg. Du hast Erfolg,
wenn deine Konkurrenten am Boden liegen. Wer sind die
Konkurrenten? Alle.

Taiwo Jolayemi kann man nicht vorwerfen, Derartiges im
Sinn zu haben. Er kommt auch nicht aus dem Westen. Taiwo gilt als Nigerias bedeutendster Nachwuchsschauspieler,
hat sich aber nie die Mühe gemacht, seine Leistungen auf ein
Blatt Papier zu schreiben. Er hat die größte internationale Erfahrung aller nigerianischen Schauspieler und verdient gute
Dollars und Euro und Yen mit dem Image des *noble savage*.
Ein junger, muskulöser Kofi Annan mit satirischem Ein-
schlag und bemerkenswerter Libido. Seine Kritiker tendie-

ren zumeist zu einer postkolonialen Dekonstruktion jenes *noble savage*-Klischees, aber bisher konnte noch niemand nachweisen, dass Taiwo kein *noble savage* ist. Er ist der *noble savage* der postkolonialen Welt. Ein post-*noble savage noble savage*. Ein selbstreflexiver edler Wilder mit erstaunlichem Erfolg. Macht ihn das zu einem profitgierigen edlen Wilden, also einem unedlen edlen Wilden? Vielleicht. Aber Taiwo ist im gleichen Maße *edel* in seiner Haltung wie *wild* durch seine Herkunft. Er ist 34 und unverheiratet, er lebt und arbeitet in Lagos und L.A., und er ist drei-vier Zentimeter größer als Slaktus, was Slaktus unmittelbar bemerkt.

»You're huge!«, sagt Slaktus und saugt an seinen Zähnen.
　　»Huge how?«, sagt Taiwo mit starkem nigerianischen Akzent.
　　»Big-huge«, sagt Slaktus.
　　»Dito«, sagt Taiwo.

Beide sind ziemlich kräftig gebaut. Slaktus ist so breit wie Taiwo hoch. Und Taiwo ist schwarz wie die Nacht, während Slaktus weiß ist. Na ja, weiß – Slaktus' Teint lässt die zahlreichen Solariumsaufenthalte erahnen. Nichtsdestotrotz ist er weiß wie Kokain im Vergleich zu Taiwo, denn Taiwo ist dunkler als Kohle.

»This airport sucks«, sagt Taiwo.
　　»I know, I know«, sagt Slaktus.
　　»I have never seen anything quite this ugly before.«
　　»It's new«, sagt Slaktus.
　　»I noticed«, sagt Taiwo.
　　»Prepare for more ugly stuff«, sagt Slaktus. »My car is out front.«

Ob Slaktus mit »ugly stuff« auf sein Auto anspielt oder auf die Landschaft, die sie jetzt durchfahren, ist für Taiwo nur schwer zu entscheiden. Sowohl das Auto als auch die Landschaft sind furchtbar hässlich. Man lädt natürlich nicht irgendeinen Nigerianer rauf nach Skandinavien ein, damit er dort die skandinavische Autobranche oder die skandinavische Natur mit Schmutz bewirft, aber Taiwo ist auch kein gewöhnlicher Nigerianer, und Slaktus' Wagen ist nichts anderes als eine verdammte Schrottkarre. Und die Landschaft? Die ist karg. Über die Wüstenregion, in der Taiwo aufgewachsen ist, braucht man gar nicht erst zu reden, aber Slaktus' Königreich sieht – im Februar, hier auf der Autobahn zwischen dem Flugplatz und der Stadt – aus wie ein Werbeplakat für die Apokalypse. Schrottkarre hin oder her, beide (der Nigerianer und der Nordmann) können froh sein, dass sie in einem Gefährt sitzen, das sich vorwärts bewegt, auf irgendetwas hin, von irgendetwas weg.

»Schrottkarre!«, ruft Slaktus, als die Schrottkarre fünf Kilometer vor der Stadtgrenze verreckt. Er schlägt mit der Faust aufs Armaturenbrett, sodass der Tachometer herunterpurzelt und direkt unter der Benzinanzeige zu liegen kommt. Wäre Taiwo einer dieser typischen, in L.A. residierenden Schauspieler mit einem Neun-Stunden-Flug auf dem Buckel, würde er vermutlich eine mürrische Miene aufsetzen. Zum Glück für Slaktus kommt Taiwo aber aus der Dritten Welt und aus der erwähnten Wüstenregion; noch dazu ist er ein geborener Gentleman mit Erfolg in der ersten Welt; er geht schon als Sieger vom Platz, bevor er überhaupt versucht hat zu gewinnen; Taiwo hatte noch nie irgendwas zu verlieren – er begegnet allem mit unerschütterlicher Ruhe, immer.

»What does ›Sch'ottka"e‹ mean?«, fragt er.

»Schrottkarre? It means fucking ass-car«, sagt Slaktus. »Fucking anus-vehicule.«

»I see«, sagt Taiwo und nickt mit geschlossenen Augen auf eine Weise, die klarmacht, dass er wirklich versteht.

Slaktus kramt eine kleine Pillenschachtel hervor und kippt drei Pillen mit einem Schluck abgestandenem Mineralwasser hinunter. Er bleibt fünf Sekunden lang regungslos sitzen und starrt durch die Windschutzscheibe. Taiwo streckt die Hand aus, Slaktus sieht ihn an.

»The box«, sagt Taiwo und wedelt mit den Fingern.

»Oh«, sagt Slaktus. »They're just …« Er reicht Taiwo die Pillenschachtel, Taiwo liest interessiert die Aufschrift.

»Are they ok?«

»Yes, yes, ok.« Slaktus saugt heftig an seinen Zähnen, es hört sich so an, als zermalme er Ratten und Meerschweinchen zwischen den Kiefern. »Quite strong.«

»Side effects?«

»Nope. Quite addictive though, I have to compensate with …« Slaktus holt eine andere, noch kleinere Pillenschachtel hervor – sie hat die Form eines Analstöpsels »… with these.«

»Oh, I know those«, sagt Taiwo. »That's a good anti-addictive. They're great with prescription stuff, but not really perfect with harder …«

»Yeah, no, with blow or speed they're awful«, sagt Slaktus, »doesn't help at all.«

»Now what?«, fragt Taiwo.

»Now?« Slaktus saugt stärker an seinen Zähnen, Taiwo bekommt ein kleines Zisch- und Pfeifkonzert geboten.

»Well, I can show you the best anti-addictive ever made, it's Scandinavian, believe it or not …«

»I meant now what with the ›Sch'ottka''e‹?«

»Oh … Schrottkarre, oh. Well, I'll just call …« Slaktus kramt das Telefon hervor und nickt Taiwo aufmunternd zu. »… My ex. She'll fix it. (Pause). Hi Lucy. Ja. Bist du wieder da? Wie war's? Okay … Hast du die Säge? … Gut. Spitze. Du, die Schrottkarre hat den Geist aufgegeben. Könntest du … okay, danke. Nein, wir stehen auf der … ja, bei Sharif, genau. Fünfzig Meter vor der Bushaltestelle. Cool, danke.«

»Coming?«

»Yeah, she's coming. She'll be here in fifteen. We can have a nap.«

»A nap?«

»Yes, I always take a nap when I get the chance. It's good for the psyche. Lucy will wake us up.«

Slaktus macht es sich auf dem Fahrersitz gemütlich, lehnt die Stirn gegen die Nackenstütze und schließt die Augen. Es wird still im Wagen, mal abgesehen vom Ticken der Warnblinkanlage und dem Sausen anderer Schrottkarren, die auf der nassen Straße vorbeifahren. Ob es regnet? Schwer zu sagen. Auf jeden Fall ist alles nass. Taiwo bleibt ruhig sitzen; er atmet und zwinkert abwechselnd. Das hier ist nicht L.A. Auf der Gegenfahrbahn, weiter oben am Waldrand, stehen drei Straßenarbeiter. Sie lehnen sich gegen einen Bagger und blicken auf ein riesiges Loch im Berg. Zwei rauchen. Der dritte und größte hält einen kleinen Pressluftbohrer in den Händen und fixiert den Boden. Er trägt einen Gehörschutz und sieht aus, als sei er in Gedanken versunken.

»That's your guy«, sagt Taiwo.

»Huh? Who?« Slaktus zuckt mit einem leichten Grunzen zusammen.

»The road worker«, erklärt Taiwo und zeigt mit einem Kopfnicken auf die Arbeiter. Slaktus richtet sich auf und blinzelt.

»Yeah, yeah, exactly ... yeah, that's it.«

»It's a good observation«, sagt Taiwo.

»Thanks, man.« Slaktus schließt die Augen wieder. »Nighty-night.«

Taiwo zwinkert und atmet tief ein und reibt sich die Daumennägel.

»A really good observation«, wiederholt er. Slaktus muss noch mal hoch.

»What?«

»The observation of the road worker is very good.«

»Yeah, this was just how I got the idea to the whole thing.«

»How?«, will Taiwo wissen.

»Well ...« Slaktus setzt sich auf und saugt an seinen Zähnen. »Well ... I was in Paris and one day I saw this big, African road worker just standing there in his road worker's uniform. (Zahnsaugen) He wasn't having lunch or anything, he just stood there completely still with this huge stonecutter in his hands, while thousands of chic Parisian assholes passed by. He wore his dust mask and his ear protection, and it struck me that his appearance had the potentiality of being a slasher icon.«

»Mhm ...«

»You know ... (Zahnsaugen) ... on the level of Leatherface or Jason, you know, or Freddy Kruger. You know. Michael Myers. But contrary to these outsiders … you know, these characters who are hiding, living on the border of society or reality or wherever they're fucking living, this guy would represent, you know, the outsider *within*. See? The camouflaged threat …«

»Yes, it's a good observation, indeed«, nickt Taiwo. Slaktus nickt zurück, wobei er rasch und stoßweise an seinen Zähnen saugt.

»A classic slasher figure is really an angry child, you know, trapped forever …«

»Indeed«, nickt Taiwo.

»He always emerges from abuse somehow … but for my figure … our character, Mbo … this torturous realm is not rape or paedophilia or physical abuse or what have you …«

»No, it's not«, sagt Taiwo.

»For Mbo the torturous realm is …«

»Indeed …«

»Africa.«

»Africa.«

Vor fünf-sechs Jahren hat Slaktus das Slasherdrehbuch *Mbo – Avenging Congo* geschrieben. Ein französischer Straßenarbeiter aus dem Kongo lässt dem Zorn Afrikas freien Lauf und besudelt die Pariser Straßen mit Unmengen von Blut, ehe er vom *Final Girl* des Films umgebracht wird – einer prüden, enthaltsamen und gesellschaftskritischen Studentin namens Béangère. Das Skript entwarf – reichlich spät, wohlgemerkt – eine überglobalisierte Wirklichkeit, in der Mbo, der Protagonist, einer der zahlreichen Migrationsverlierer, einer der unendlich vielen Sklaven des

Systems, sich in einen Sumpf aus Hass, Rache und Gewalt stürzt, angeführt von einer Steinsäge mit dem Spitznamen »Tuck« und gekleidet in die typische Pariser Straßenarbeiteruniform, inklusive Reflexweste, Staubmaske und Gehörschutz.

Slaktus hatte den Film als eine Art umgedrehtes *Heart of Darkness* gedacht. Ein Afrikaner steht allein und verloren im Herzen der Zivilisation und sieht sich um; im Film sollte der Zuschauer sich gewissermaßen die Augen des Afrikaners leihen und durch die Straßen von Paris gleiten wie Marlow den Fluss hochfuhr; die durch Paris strömende Menschenmenge sollte sozusagen das Flussbett darstellen, der Zivilisationslärm sollte Mbo wie die Finsternis von allen Ecken und Enden überschwemmen. Das Filmskript wies eine konventionelle Splatterstruktur auf und enthielt zahlreiche Zitate. Mit einer roten Brille auf der Nase und einer guten Portion Wohlwollen konnte man sogar den einen oder anderen Standpunkt herausfiltern, der Stellung bezog zu kultureller Entfremdung, Kulturkampf oder dem kolonialistischen Backlash. Aber die Systemkritik war den Gutachtern nicht explizit genug, sie unterstellten Slaktus, dass er sein »Engagement« nur vorgab, um sich ins halb rassistische Slasheruniversum einzuschleichen; ihrer Meinung nach wurde jegliche Kritik im aus abgeschnittenen Gliedern spritzenden Blut ertränkt. Von keiner Förderanstalt bekam Slaktus irgendwelche Mittel bewilligt, und auch die unentwegten Einwände, die ich (Lucy) gegen das Medium Film im Allgemeinen vorbrachte, ermutigten ihn nicht gerade, sich weiterhin in dieser Branche zu versuchen. Er legte das Projekt auf Eis.

Zwei Jahre und viele Stunden im Fitnesscenter später begann Slaktus sich für Atals und Watamans hemmungslose Leidenschaft fürs Gaming zu begeistern. Er stand da und sah ihnen über die Schulter, wenn sie sich von unterschiedlichen Ersatzwirklichkeiten aufsaugen ließen. Dieser Totaleskapismus, verstand Slaktus, stellte eine neue Art und Weise dar, Nein zur Welt zu sagen. Seine Söhne lebten ein Leben Nummer zwei und Nummer drei in Onlinecommunities, die alles boten, was man sich nur wünschen konnte; sie hatten Freunde, Geld, materielle Güter aller Art, Probleme, Sex, Konflikte und Herausforderungen – ein normales Leben und *noch ein bisschen mehr*. Und dieses *noch ein bisschen mehr* interessierte Slaktus. Erstens: *Noch ein bisschen mehr* war, dass das Leben im Spiel den unmöglichen Wunsch erfüllte, menschlichen Kontakt durch Abwesenheit von Menschen herzustellen. Für Slaktus war das ein wichtiger philosophischer Punkt. Zweitens: *Noch ein bisschen mehr* war, dass das Ersatzleben mehr *open ended* war als das Leben selbst, nicht einmal der Tod bedeutete das Ende einer Onlineexistenz. Die Vorstellung, dass das Leben der Narration ähnelt (Film, Buch) oder dass das Ende für den Protagonisten sowohl in einer narrativen Fiktion als auch im Leben immer vorherbestimmt ist (der Verfasser hat das Ende für den Protagonisten festgelegt, wie auch der Tod das Ende für den Menschen ist), erhielt – Slaktus' Überlegungen zufolge – einen Schuss vor den Bug. Das Gaming ist, im Unterschied zur Narration und dem Leben selbst, ein ewiges Improvisieren und ein ständiges Neuformulieren; es ist ein ewiges Entfernen von Hindernissen und Einschränkungen, in einer Weise, die weder das Leben noch die Narration leisten können. Die deterministische Gebundenheit, für die sowohl Narration als auch Leben stehen – und die dafür verantwortlich ist, dass wir unsere Hoffnungen, Ängste und Träume in sie investieren –, kann, folgerte Slaktus, nicht mit der Abwesenheit von Grenzen konkurrieren. Er hatte gewaltig die Nase voll von jenen Schwätzern, die behaupten, dass Meinungsfreiheit auf Restriktionen gründet. Scheißgerede. Nur Leute, die besessen sind von Routinen und Qualität und Rahmen und Regeln und unten und oben, können so was von sich geben. Scheißegal also, dass das Medium Film, wie auch das Schauspiel und das Buch und das Puppentheater, oder was das in der finstersten Serengeti auch sein mag, diese altmodische Idee vom Leben als Narration repräsentiert, und dass die Narration einen provisorischen, beispielhaften, wiedererkennbaren, gemeinschaftlichen Raum stiftet, mit dem wir uns identifizieren sollen und der uns verbinden soll. Nein, Slaktus blickte über die Schultern seiner lachenden, sich aneinander reibenden, frenetisch auf Tasten hauenden, sich küssenden Zwillingssöhne, die Stunde für Stunde, Woche für Woche, Monat für Monat, Jahr für Jahr mit ihrer epischen Snuslippe dasaßen und spielten, und sah das Potenzial. Da musste was dahinterstecken, dachte Slaktus und begann, sie über ihre Erfahrungen mit dem Gaming auszufragen; hie und da bekam er eine schlampige Antwort hingeworfen, was ihn noch mehr anstachelte. Er verstand, dass es sich um eine Welt handelte, in der Verbalisierung überflüssig war, eine Welt, die zwischen Auge und Hand existierte. Nach und nach realisierten die Jungs, dass sie zum ersten Mal in der Lage waren, das Verhalten ihres Vaters zu steuern und die Generationsverhältnisse umzudrehen. Langsam, aber sicher wickelten sie ihn um den Finger, und schafften es tatsächlich, ihm die Möglichkeiten zu verklickern, die das Gaming als Splattermedium bot. Die Jungs sahen das Leuchten in Slaktus' Augen, als ihm aufging, dass die Idee vom Kongolesen Mbo eine miese Filmidee, aber eine strahlende Game-Idee war. Sie brachten Slaktus in Verbindung mit einem Faulpelz von *Rapefruit*, einem Decknamen für eine Gruppe von Spieleentwicklern, die ihrerseits voll auf die Idee abfuhren, aus der Splattergeschichte um Mbo einen onlinebasierten, ja, wenn schon nicht First-Person-Shooter, dann einen First-Person-Slasher zu machen. Aus *Mbo – Avenging Congo* wurde *Deathbox*, und bis jetzt wurde die meiste Zeit auf die Entwicklung des Grundkonzepts verwendet. Dazu haben die Jungs von *Rapefruit* die Pariser Innenstadt bis ins kleinste Detail kartiert und nachgebaut. Das war eine Voraussetzung dafür, dass Slaktus sich einverstanden erklärte, aus der Filmidee eine Spielversion zu machen; kein Spiel ohne Pariser Architektur, ohne genaue Struktur, ohne das vollständige Abbild der Stadt. Es ging darum, das Rendezvous einer ausgelassenen, verfallenden Eurokultur mit einer verkommenen Sklavenmoral zu beschreiben; ein blutrünstiger Vertreter der Dritten Welt dringt ein ins Herz der Kultur mit einer Steinsäge als Interface, und Paris – ein mit Gänseleber gefülltes Pissoir – war in dieser Hinsicht der perfekte Hintergrund; beim Gehen durch die Stadt musste alles absolut real wirken. Slaktus verstand, dass sich die profane Conrad'sche Struktur zudem perfekt für dieses Spiel eignete. Conrad war so beliebt unter Theoretikern, weil seine Konstruktion nach Wunsch ausgebaut werden kann; sie kann in alle Richtung ausgeweitet werden, wobei sie – im Kern – conradisch bleibt.

Slaktus trieb das Programmiererteam in den Wahnsinn mit seiner Detailsucht; er hatte jeden einzelnen der Programmierer so lange genervt, bis die Pariser Innenstadt bis hinauf zum 18. Arrondissement mit einem atemberaubenden Grad an Realismus nachgebildet war. Nun sind sie dabei, die eine oder andere Piste in den Vororten anzulegen, wo Teile des Plots angesiedelt sind. Sonst ist alles fertig. Jeder Pflasterstein, jedes Caféschild, jeder Putzraum in jedem Museum, jeder Hundehaufen und jede U-Bahnstation. Die Programmierer haben Slaktus eine Betaversion des Spiels ausgehändigt, die er benutzt, um kreuz und quer durch Paris zu navigieren, auf der Jagd nach Fehlern, Mängeln, Flecken, Glitches, Popping, Bugs, Trägheiten der Grafik; die Betaversion verfügt über keine Figuren, und Slaktus sitzt stunden- und nächtelang mit dem Mac auf dem Schoß da und wandert auf gut Glück durch leere Straßen, hinein in leere Restaurants, hinaus in leere Parks, die Seine rauf und runter. Oft stellt er sich dorthin, wo der Pflasterbelag auf den Gehsteigen fehlt, denn das heißt, dort finden Ausbesserungsarbeiten statt; dort steht Mbo dann als getarnter Straßenarbeiter, der er ja ist, und als der lauernde Massenmörder, den sich Slaktus erträumt hat. Slaktus hält an und schwenkt die Kamera – der Blick, die Observation, wie auch immer das verdammt noch mal heißt, bleibt in der Luft hängen und wackelt. Slaktus sieht die Straße hoch, die Straße runter und dann wieder die Straße hoch. Er geht. Er glotzt. Und geht. Und glotzt. Auf die Reflexionen in den Fensterscheiben, auf die schmiedeeisernen Balkons, auf die Dachrinnen, auf die Ampeln, die lautlos und regelmäßig von grün auf rot wechseln, auf die Laubbäume; er beobachtet, wie sich die Blätter in der leichten Brise bewegen, es bläst etwas kräftiger, er sieht zum Himmel empor, die Wolken sind weiß, aber in der perspektivischen Kluft zwischen den Gebäuden der Rue Rivoli, sieht er, wie eine schwarze Front am Horizont aufzieht. Wetterumschlag. Er bleibt stehen, der Wind nimmt zu, die ersten Regentropfen fallen, und plötzlich gießt es in Strömen. Alles wird dunkler, alles wird nass, die Stadt verschwimmt, das Wasser rinnt, die Straßen fangen an zu glitzern, es tropft und rieselt, der Regen wird noch kräftiger, prasselt heftig auf den Boden, und Slaktus sieht, wie die Blätter auf den Bäumen unter den schweren Tropfen nachgeben, wie der Druck sich auf die leicht wippenden Äste überträgt; Slaktus gleitet sachte weiter zur Kreuzung von Rue Rivoli und Boulevard de Sébastopol, biegt nach rechts ab, vorbei am TV-Spezialisten und dem Geschäft, das Hiphop-Klamotten verkauft, bevor er quer über die Straße geht und in Richtung Les Halles marschiert. Er stapft durch den Regen, hinein ins KFC an der Ecke und schaut auf die Menüabbildungen über der Theke. Frisches Essen liegt in der Auslage, die unverwechselbaren KFC-Becher, die scheußliche Fratze dieses bärtigen Affen mit Brille. Im zweiten Stock sieht Slaktus aus dem Fenster auf den FUBU-Schlussverkauf im Haus gegenüber; die Klamotten hängen an Gestellen, die zu beiden Seiten des Eingangs gegen die Wände klappern, sie werden patschnass vom Regen. Die olivgrüne Bomberjacke mit der Kapuze dadrüben könnte Slaktus gefallen, er hätte wirklich verdammt nochmal nichts dagegen, sie zu kaufen; er geht wieder raus, raus aus dem KFC, über die Straße und checkt den Preis; das Etikett ist nass. 349 Euro. Was ist mit der weißen? 379 Euro. Vielleicht doch lieber die Weiße? Ein bisschen öfter ins Bräunungsstudio, und die weiße Bomberjacke wäre klasse. Kein Zweifel. BUMM BUMM!

»HÄ?« Slaktus schreckt zusammen und glotzt mir ins Gesicht; ich hämmere gegen das Wagenfenster genau neben seinem rechten Ohr; er sieht aus, als hätte er einen Schwanz in den Arsch bekommen. Ich zucke die Schultern auf eine Weise, die bedeutet: »Liegst du da und schläfst?« Slaktus kurbelt das Fenster runter.

»Hä? Nee, tu ich verdammt noch mal nicht«, sagt er verlegen und saugt an seinen Zähnen. Mein Wagen steht vor Slaktus' Schrottkarre. Ebenfalls mit angeschalteter Warnblinkanlage.

»Ich war nur in Gedanken vertieft, hab' mit geschlossenen Augen nachgedacht. Ich ... wir haben auf dich gewartet.«

»Aha«, besagt die gleichgültige Miene, die ich aufsetzte.

»Scheiße, Lucy.« Slaktus sieht zu Taiwo rüber, der auf dem Beifahrersitz Morgan-Freeman-artig vor sich hinlächelt. »Taiwo, Lucy, Lucy, Taiwo, she's our ride.«

»I figured«, lächelt Taiwo und streckt die Hand aus dem Fenster auf der Fahrerseite, genau unter Slaktus' Nase. Händedruck findet statt. Eine gute Hand, das, eine gute, feste Hand. Ich fühle mich darin zu Hause. Ich fühle mich ein bisschen wie Mogli.

»Nice to meet you, Lucy«, sagt Taiwo. Ich halte seine Hand und erwidere schwach sein Lächeln.

»Was von den Jungs gehört, Lucy?«

Ich schüttle den Kopf, obwohl ich sie noch am Morgen gesehen habe.

»Verdammt, ich auch nicht. Die sollten Castellaneta für mich abholen.« Ich zucke die Schultern. Was kann ich schon tun?

»Verflixte Hurensöhne«, flucht Slaktus. »Kleine schwarze Hurensöhne.«

IK

This is getting serious.

CELINE DION

Kurzer Abstecher nach Afrika. Afrika ist ein Dreckloch, aber es ist nicht uninteressant. Fangen wir in Uganda an, dem Herkunftsland meines Vaters. Im Nordosten liegt ein Berg, der Morungole heißt. Dieser ist Teil eines größeren Gebirges, das sich von Kenia bis zum Sudan und nach Uganda erstreckt. Mein Vater hieß Murai, er war Lizas großer Bruder und wurde weltberühmt durch Colin M. Turnbulls Buch *Das Volk ohne Liebe*, das erste Buch, das den Ik-Stamm beschrieben hat.

»Ik« wurde in den Jahrzehnten nach dem Erscheinen von Colin Turnbulls Buch im Jahr 1972 in ganz Afrika zu einem Schimpfwort, was es in Uganda sowieso schon lange war. Turnbull war ein britischer Anthropologe, der in Ermangelung besseren Studienmaterials beim Ik-Stamm gelandet war. Das Ik-Volk war aufgrund seiner Unverschämtheit, seiner diebischen Natur und seiner schlechten Manieren vollkommen von der Umwelt abgeschnitten. Als Colin Turnbull ankam, stand der gesamte Stamm kurz davor, von einer Hungersnot dahingerafft zu werden. Die kleinen Siedlungen des Ik-Stamms waren von Krankheit, Tod und Elend schwer gezeichnet. Das Besondere an Turnbulls Entdeckung – der spätere Kern seiner anthropologischen Erzählung – war die Reaktion, die der Stamm angesichts dieser Katastrophe zeigte, und die man am besten als die

Umkehrung jeder natürlichen menschlichen Reaktion beschreibt: Krise und Verfall wurden mit Gelächter begrüßt.

Ich hatte ihn halb aus seiner hockenden Stellung emporgezogen, da lockerte sich sein Griff, und ehe ich seine Hand wieder richtig zu fassen bekam, war er wieder zurückgefallen und lag auf der Erde, ein Häufchen Haut und Knochen, und lachte. Er streckte mir, noch immer lachend, die Hand entgegen, damit ich ihm noch einmal helfe, sich aufzurichten, und entschuldigte sich für sein Verhalten. »Seit drei Tagen habe ich nichts mehr gegessen«, sagte er, »darum fällt es mir schwer, aufzustehen.« Damit brachen er und sein Gefährte von Neuem in Gelächter aus. Ich hatte anscheinend noch allerlei zu lernen, was den Humor der Ik betraf.

(Das Volk ohne Liebe, S. 35)

Die Ik lachten ständig über eigenes oder fremdes Unglück. Je schlimmer es wurde, desto mehr lachten sie über ihre eigene Lage, desto grausamer verhielten sie sich zueinander. Sie schlugen ihre Kinder und lachten. Sie vergewaltigten und töteten Mitglieder ihrer Familie und lachten. Sie stahlen sich gegenseitig Essen, ließen einander verhungern und lachten. Das Ik-Volk zeigte keinerlei Anzeichen von normaler Furcht oder Trauer.

Die Ik haben mit Erfolg alles nutzlose Beiwerk aufgegeben – womit ich die »grundlegenden« Werte meine wie Familie, kooperative Solidarität, Glaube, Liebe, Hoffnung und so fort –, und das aus gutem Grund: Sie waren ihnen in ihrer Lage hinderlich fürs Überleben.

(S. 243)

Jedes durch äußere Ursachen herbeigeführte Leid – Dürre, Hunger, Krankheit – wurde mit Gelächter begrüßt. Und jedes einander zugefügte Leid – Gewalt, Prügel, Missbrauch – war von Gelächter begleitet.

Sie haben aus einer Welt voller Leben eine leblose Welt gemacht, eine kalte, leidenschaftslose Welt, in der nichts hässlich ist, weil es nichts Schönes in ihr gibt, die ohne Hass ist, weil es keine Liebe in ihr gibt, und in der man nicht einmal weiß, was Wahrheit ist, weil diese Welt sich damit begnügt zu existieren.
(S. 242)

Turnbull nahm es auf sich, diese Geschichte über Ugandas Grenzen hinaus zu verbreiten, in Afrika und im Rest der Welt. Er machte die Ik zu einem Begriff; die Ik wurden zu einem Symbol für die Menschlichkeit, die sich gegen sich selbst wendet, wenn der Druck zu groß ist.

Eine weibliche Anthropologin, die ein paar Jahre später in den Süden flog, um schmutzige anthropologische Arbeit zu tun, die Recherche auszuweiten und ein paar wissenschaftliche Lücken im Buch zu schließen, hatte Erbarmen mit meinem Vater, Murai, dem wohl psychisch am meisten geschädigten Jungen unter den übrig gebliebenen Ik. Sie nahm ihn mit in ein Kinderheim in der Hauptstadt Kampala. Nach elf Monaten wurde er von einer respektablen skandinavischen Familie namens Parsons adoptiert und wuchs unter mehr oder minder stabilen Verhältnissen auf.

Der Zufall aber wollte es, dass Murai in die ersten Ausläufer der skandinavischen Partykultur der 80er geraten sollte.

Mit einem mentalen Fundament, das auf dem Treibsand unbehandelter Kindheitstraumata errichtet worden war, feierte er sich durch anderthalb Jahrzehnte. Dabei brachte er es fertig, mich auf irgendeiner House-Party zu zeugen, in Zusammenarbeit mit einer weißen Ecstasyhure, die bis dato überlebt hatte – meiner Mutter. Dadurch, dass beide »Sklaven der Partydroge« waren und überhaupt nichts auf die Reihe bekamen, waren sie sehr schnell ihre Elternrechte los, und ich wurde schon im Alter von zwei Monaten in Pflege gegeben.

Zurück zu Afrika: Wie gesagt, Afrika ist ein Dreckloch. Und das Dreckloch im Dreckloch – wenn man so etwas sagen kann – heißt Nigeria. Irgendwo in Nigeria saß Madukwe Ladejobi-Ukwu mit mehreren Hunderttausend Dollar auf dem Konto und sah die Mappe durch, die er von der europäischen Adoptionsagentur *Eurochild* erhalten hatte. Neben ihm saß seine Frau, Mgborie, und beobachtete, wie die wohlgenährten Finger ihres Ehemannes die Mappe durchblätterten, bis sie beim Bild eines kleines skandinavisch-afrikanischen Mädchens mit dem Namen Lucy Parsons innehielten.

In der nigerianischen Oberklasse ist es nicht unüblich, europäische Kinder als eine Art Statussymbol zu adoptieren. Wenn man kinderlos und reich ist, wieso nicht ein Kind kaufen, das man vorzeigen kann? Ganz offensichtlich gibt es dabei verschiedene Grade der Geschmacklosigkeit. Sich einen vollkommen milchweißen Jungen zu kaufen, entspricht ungefähr dem Kauf eines arschrosa Bentleys. Madukwe – mein Adoptivvater – hielt bei meinem Bild inne, denn er ist ein Mann mit Geschmack. Vermutlich dachte er, dass er zwei Fliegen mit einer Klappe schlagen würde, wenn er ein kleines Mädchen mit erkennbaren negriden Zügen bestellte, das aber zugleich hell genug war, um jedem klarzumachen, dass es nie im Leben von ihm und seiner tiefschwarzen Frau Mgborie sein konnte: Ihm würde es Respekt verschaffen und mir Akzeptanz. Die Euro-Kinder in den Privatschulen von Lagos waren unleugbar starkem Druck und vielen Sticheleien ausgesetzt. Man war nicht nur reich und adoptiert, sondern es stand auch noch in Weiß auf jedem Quadratzentimeter deiner Euro-Haut. *White cash* lautete der landesweite Spitzname für die heranwachsende Generation der von Reichen adoptierten weißen Jugend. Eine kleine Generation von Europäern mit nigerianischer Staatsbürgerschaft, nigerianischer Identität und dem englischen Akzent der städtischen nigerianischen Oberklasse – weiße Nigerianer, schlicht und ergreifend.

Meine Adoptiveltern lebten in einem herrschaftlichen Haus kalifornischer Grandeur am Stadtrand von Lagos. Das Haus schien in eine Art *Falcon Crest* für Arme zu gehören. Mein Adoptivvater war Industrieller, und eine Schar unterbezahlter Handwerker sorgte dafür, dass das Gebäude sich vergrößerte und von Zeit zu Zeit neue Flügel dazukamen. *Erste Sahne.* Die Crème de la Crème africaine.

Meine ersten Jahre in Nigeria verbrachte ich den ganzen Tag mit Nneze, meinem Kindermädchen. Nneze war keine Allround-Haushaltshilfe, nicht Küchendienerin *und* Kindermädchen, wie so viele andere Kindermädchen. Nneze war nichts außer Kindermädchen, sorgsam auserwählt von meinem Adoptivvater und mit der Aufgabe betraut, mich rund um die Uhr zu beschäftigen. Nneze hatte ihre akademische Karriere mit Rekordergebnissen in Philosophie und Politikwissenschaft begonnen, musste aber, wie die meisten nigerianischen Studenten, ihr Studium mit einem oder zwei Nebenjobs finanzieren. Und ich war ihr Nebenjob. Glücklicherweise oder unglücklicherweise, je nachdem, wie man das sieht, nahm sie ihren Job sehr ernst.

Nneze hatte keinerlei Vorgaben erhalten, wie sie meine Tage füllen sollte, sie improvisierte offenbar. In der Regel endete es damit, dass wir uns in der Stadt rumtrieben, Tag für Tag, wochaus, wochein. Oft gingen wir ins Industriegebiet am Hafen oder auch in die Slums und auf die Straßenmärkte. Nneze war selbst ein Mädchen aus der Mittelklasse, hatte aber bereits – ja, sie muss damals so um die zwanzig gewesen sein – eine Theorie über die bürgerlichen Werte in Afrika im Allgemeinen und die bürgerliche Lebensweise in Lagos im Speziellen ausgearbeitet. Hier kommt meine Theorie über das Aufwachsen in Nigeria an Nnezes Seite: Nigeria und die Stadt Lagos sind, wie die meisten anderen afrikanischen Länder und Städte, hauptsächlich chaotische Drecklöcher. Aber Nneze war intelligent genug, mir sowohl diese chaotischen Drecklöcher zu zeigen, als mir auch Einsicht in die Funktionsweise dieser Drecklöcher zu geben. Sie zeigte mir, wie die Slums funktionieren, und ich erinnere mich, dass sie bereits damals behauptete, die Slums, die Favelas, die Callampas, die Vijijis, die Bidonvilles, die Kampungs, die Gecekondular und die Banlieues würden das architektonische Ideal der Zukunft sein. Sie pflegte Dinge zu sagen wie »Diese Märkte operieren auf der Grundlage einer freiwilligen Abmachung« und »Die Freiheit ist ihrem Wesen nach ein Organisationsprinzip« und »Politik ist die

Wissenschaft von der Freiheit« usw. – mit einfachen Worten: Sie zeigte mir Anarchien. Sie zeigte mir stinkende Anarchien. Glitschige, schmutzige Anarchien mit offenen Kloaken. Sie zeigte mir architektonische Anarchien, soziale Anarchien, ökonomische Anarchien. Sie führte mich durch verarmte und scheinbar unorganisierte Drecklöcher und zeigte mir zugleich funktionierende Anarchien. Die Strukturen, auf die sie mich aufmerksam machte – im Großen und Ganzen verschiedene Formen von Handel, Kommunikation und Freizeit in einer bunten Mischung –, waren recht lose Gesellschaftsstrukturen, aber ich verstand früh, dass wir es hier mit etwas zu tun hatten, das sich vollkommen unterschied vom Raucherzimmer meines Adoptivvaters Madukwe oder den Plüschmöbeln meiner Adoptivmutter Mgborie, das heißt, von meinem Zuhause, dem riesigen *Eigentum* der Familie Ladejobi-Ukwu. Ich weiß nicht mehr, worüber wir die ganze Zeit gesprochen haben, meine Erinnerung ist lückenhaft; aber ich erinnere mich an die Erfahrung, Unterschiede zu verstehen und zu sehen – durch den Nebel der Kindheit natürlich, aber trotzdem – Unterschiede der Dynamik, Unterschiede beim Strukturieren, Komponieren und Vorführen ein und derselben Melodie: jenes traurigen kleinen Liedes, das »ein Menschenleben« heißt. Nneze war garantiert selbst Anarchistin. Sie muss es gewesen sein. Sie war die Einzige, die ich vermisste, als ich mit acht Jahren wieder nach Skandinavien zurückkreisen musste. Anarchie lebt bis heute in mir fort. Nicht die idealistische Form der Anarchie. Während Nneze zweifellos eine Art organisierte Anarchistin war, ist aus mir ein wandelndes Nein geworden. Ich bin ein Nein in der Haut eines Homo sapiens.

Ein von Gewissensbissen geplagter Drogenkopf ist ein Albtraum. Mein biologischer Vater – Ecstasy-Murai, wie er damals genannt wurde – war da keine Ausnahme. Keine Ahnung, was ihn dazu gebracht hatte, seine Meinung zu ändern, woher er das Geld für den Flug hatte, wie er es geschafft hat, seinen Plan auszutüfteln, oder wie er es fertiggebracht hat, die Familie Ladejobi-Ukwu aufzuspüren. Aber eines Tages, als Nneze und ich von einem Ausflug nach Hause kamen – ich erinnere mich, dass wir auf dem Markt gewesen waren und ein paar Früchte und Comics gekauft hatten –, herrschte Riesenaufregung im Haus. Schon im Garten hörte ich die Stimme meines Adoptivvaters Madukwe. Er tobte und brüllte. Wir gingen hinein. Im Eingangsbereich stand Mgborie, meine Adoptivmutter, und schluchzte. Sie gab uns per Handzeichen zu verstehen, dass wir uns raushalten sollten, aber Nneze – die mich hochgehoben hatte und in den Armen trug – ging an ihr vorbei ins Wohnzimmer. Dort erblickten wir Madukwe, der gerade einen Fremden anschrie und verfluchte. Der Fremde wandte uns den Rücken zu. Ein schlanker Afrikaner in Hemd und Jeans. Er hätte der Gärtner sein können, ein Handwerker oder irgendein Bote, aber man erkannte sogleich an seinen Klamotten, auch wenn sie nicht ungewöhnlich waren, dass sie nicht ausgewaschen genug waren, um einem durchschnittlichen nigerianischen Lohnarbeiter zu gehören. Ich verstand auf der Stelle, dass der Tumult sich um mich drehte, mein Name fiel in jedem Satz.

»YOU WILL NOT COME INTO MY HOUSE AND SPREAD LIES ABOUT MY DAUGHTER LUCY«, schrie mein Adoptivvater. Seine Stimme füllte den Raum, wie es nur die Stimme eines wohlgenährten Afrikaners kann; er war, um ehrlich zu sein, zumindest äußerlich Idi Amin nicht unähnlich.

»Well … he-he there are no lies, really. He-he … this is the truth about ›Lucy‹ … he-he«, kicherte der Unbekannte und machte mit seinen Fingern Anführungszeichen in die Luft.

»YOU WILL NOT LAUGH IN MY FACE IN MY HOUSE AGAIN …«, schrie mein Adoptivvater.

»Sorry … he-he … ›in da face in da house‹ he-he … I can't help it, really … you know, it's that ik-thing we talked about, he-he …«

»YOU WILL NOT SAY THE WORD IK IN MY HOUSE ONCE MORE«, schrie mein Adoptivvater und richtete seinen dicken Zeigefinger auf den Fremden.

Der fremde Kerl drehte sich mit einem breiten Lächeln zu Nneze und mir um; er hatte nicht die geringste Angst, ich hatte, obwohl ich in einem reichen Haus aufgewachsen war, noch nie eine so heitere Furchtlosigkeit in einem Gesicht gesehen. Und ich wusste sofort, dass etwas im Busch war, ich fühlte mich auf seltsame Weise zuhause in seinem Gesicht. »In da house in da face«, um ihn selbst zu zitieren. Ich fühlte mich geistig verbunden mit meinem dicken, reichen Adoptivvater. Aber physisch fühlte ich mich zu dem dreisten Typen in schlabbrigen Klamotten hingezogen.

Er wollte mich zurück. Deshalb war er da. Er hatte begriffen, dass er nicht damit rechnen konnte, dass mich meine Adoptiveltern freiwillig ziehen ließen. Wieso sollten sie? Juristisch waren sie meine Eltern. Ich war ein Teil der Fa-

milie, ich war ihre Tochter, seit meinem achten Lebens-
monat. Was sollten sie ihren Freunden erzählen, wenn ich
auf einmal weg war? Wie würde meine Adoptivmutter das
verkraften? Was würde sie tun, wenn ich plötzlich aus
ihrem Leben verschwände? Sich hinlegen und sterben? Ich
war alles für diese Leute. Alles drehte sich um mich. Mein
biologischer Vater, Murai, stand vor unüberwindlichen
Hindernissen. Er hatte weder Geld noch Einfluss. Er hatte
nichts, was für ihn sprach, er war nicht besonders char-
mant, und sein Lebenslauf war der reine Holocaust. Er
musste das einzige Kapital einsetzen, das ihm noch blieb.
Das Gen-Kapital. Sein genetisches Kapital. Die Ik-Gene.
Er spielte seine einzige Karte: die Ik-Karte.

Als Nneze und ich draußen gewesen waren, hatte er meinen Adoptivvater darüber informiert, dass er leider eine
Halb-Ik beherberge, mich, die kleine Lucy. Ich war halb
skandinavisch, ja, aber ich war auch eine halbe Ik. Für meinen Adoptivvater war das, als hätte er gehört, ich sei eine
halbe Ratte. Er leugnete und leugnete und forderte Murai
auf, das Anwesen zu verlassen, aber Murai lachte nur, wie
der Ik, der er war, und zog ein Exemplar einer frühen Ausgabe von Colin Turnbulls *Das Volk ohne Liebe* aus seiner
Technoschultertasche und schlug sie auf Seite 109 auf.

»Now watch this … he-he …«, sagte er und hielt das Buch
hoch.
     »GET THAT BOOK OUT OF MY FACE!«, schrie
mein Adoptivvater.
     »No, no, just take a second, mister, and look … he-he«,
sagte Murai. Mein Adoptivvater stierte ihm fünf lange Sekunden ins Gesicht, ehe er seine Brille aus der Hemdtasche

fischte. Von meinem Platz in Nnezes Armen aus sah ich, wie ihm die Gesichtszüge entgleisten. Hinter mir hörte ich meine Adoptivmutter laut losschluchzen.

Ich bekam das Bild im Buch damals nicht zu sehen, aber ich habe es seither oft betrachtet. Es zeigt meinen biologischen Vater, Murai, neben seinem kleinen Bruder, Liza, den er verhungern ließ, nach dem Motto: Es ist besser, wenn einer von uns überlebt. Man sieht auf dem Foto, wie hübsch er ist. Er beißt sich auf die Finger, glotzt in die Kamera und sieht aus, als wäre er mir aus der Rippe geschnitten worden. Oder eher umgekehrt. Ich bin ihm wie aus dem Gesicht geschnitten. Es gab keinen Zweifel. »Ik« stand mir auf die Stirn geschrieben.

THE CENSOR SHIP

*(…) the usual punk conceits (alienation, boredom,
disenfranchisement)*

WIKIPEDIA

Was ist ein Skandinavier? Ein Skandinavier ist eine Person,
die täglich in der Spannung zwischen zwei ihrem Wesen
nach verschiedenen Gefühlen lebt: Dem Gefühl von Un-
verletzbarkeit: Nichts kann mir schaden (von dem, was ich
im Fernsehen sehe) – und dem Gefühl von Unzulänglich-
keit: Ich habe keinen Einfluss (auf das, was ihm Fernsehen
kommt). Im Prinzip ist das ein transnationaler westlicher
Mittelklassezustand, aber in Skandinavien kann dieser Zustand als vollendet angesehen werden. Die Skandinavier
sehen, ohne dass man den Grund dafür kennt, ebenfalls einen hohen Nutzen in der Kommunikation mit dem Rest
der Welt. Deshalb bauen sie beispielsweise Flughäfen.

Dan Castellaneta landet spät. Der Flugplatz ist hochtech-
nologisch, aber die meisten Ausländer bemerken – wie
auch Taiwo, als er vor Kurzem gelandet ist –, dass er klein
und öde ist. Auch Castellaneta ist nicht beeindruckt. Die
Schlange vor dem Desinfektionsbereich ist lang, die Sicher-
heitskontrolle sieht keine Sonderbehandlung für Behinderte vor. Castellaneta rollt ans Ende der Schlange; dort bleibt
er sitzen und glotzt auf den Trailer für den Blockbuster *The
Big Picture*, der auf den LCD-Bildschirmen beworben
wird. Als Rollstuhlfahrer hat Castellaneta seinen Kopf immer auf Arschhöhe. Manchmal, wenn er zum Beispiel in

einer Schlange sitzt, kann seine Glatze, aus dem richtigen Winkel betrachtet, einer Arschbacke zum Verwechseln ähnlich sehen. Hier draußen erledigen sie Desinfizierung, DNA-Test und Röntgen zusammen. Gut gedacht, denkt Castellaneta, auf anderen Flugplätzen kann es bis zu einer halben Stunde dauern, ehe man in die Ankunftshalle rauskommt.

Die Frau hinter dem DNA-Schalter fragt nach seiner Nummer, und Castellaneta sagt, dass seine Nummer dieser Tage neu formatiert werde, da seine Frau vor Kurzem umgekommen sei.

»You are aware that we require a double DNA-sample when your PHC is temporarily disabled?«, fragt die Frau nüchtern.

»Yes, I am«, antwortet Castellaneta.

»Then I must ask you to bend ...« Die Frau blickt auf seinen glatten Schädel und korrigiert sich.

»... I will have to ask you to roll up your sleeve, Sir.«

Castellaneta krempelt seinen rechten Hemdsärmel hoch und hält ihr den Arm entgegen; die Frau beugt sich über den Schalter.

»Thank you«, sagt sie und reißt ihm mit einer Pinzette ein Haar aus, und dann noch eins. Sie legt die beiden Armhaare jeweils in ein Aluminiumröhrchen, die sie in den DNA-Sanner schiebt. Castellaneta rollt durch die Röntgenschranke. Draußen in der Ankunftshalle wimmelt es von Leuten aus aller Herren Länder und Rassen; er rollt an den hochgehaltenen Papierschildern mit den Namen vorbei, sein Name ist nirgends in Sicht. Es ist überraschend warm; sollte sich zeigen, dass das Klima hier oben erträglich ist, neben all den positiven Dingen, die er bisher gehört hat, könnte dieses Land sogar ganz in Ordnung sein. Er sieht den nächsten Wochen recht frohgemut entgegen, obwohl sich das Ganze bereits als totaler Reinfall abzeichnet; nicht vom Flugplatz abgeholt zu werden, ist – gemäß dem Brauch der Unterhaltungsbranche – wie ins Gesicht gespuckt und in den Arsch getreten zu werden. »Deb would have liked it here«, denkt er. »But where is those two sons of Slaktus? I thought they respected handicapped people up here.« Er fischt das Telefon aus der Tasche.

Hier folgt »KLONK« Nummer eins. Da sind Atal und Wataman, die Zwillinge, die Viertel-Iks, die den Auftrag haben, Castellaneta abzuholen. Aber sind sie in der Nähe? Nein. Hören sie das Telefon klingeln? Nope. Das Einzige, was sie hören, ist das Geräusch eines 25-PS-Außenbordmotors in voller Fahrt. Mit aufgerissenen Augen und jeder mit einer Portion Snus im Schnabel, rasen sie auf die stillgelegte Fähre zu, die sie *The Censor Ship* getauft haben. Sie liegt weit östlich im Hafen, noch hinter den Containern, in der sogenannten »Drecksbucht«. Es nieselt, und es ist dunkel.

»Noch ein bisschen, noch ein bisschen … Jetzt, jetzt, stopp, stopp!«, sagt Atal.

»Jepp …«, sagt Wataman.

»Stopp, jetzt, stopp!«

»Scheiße, Rückwärtsgang!«, schreit Wataman.

»Stopp, stopp, stopp!«, ruft Atal.

»Der … verdammt … klemmt!« Wataman drückt fieberhaft auf den Hebel.

»Wir rasen gegen den Rumpf!«, ruft Atal.

Mit weit über die Schneidezähne hängenden Snusbatzen und offenen Mündern glotzen beide auf den sich nähernden Rumpf von *The Censor Ship*, das Unumgängliche ist … unumgänglich.

»HAHAHA! … HAHAHA!«

KLONK!, macht es, als das Plastikboot den Rumpf der Fähre rammt. Der Bug zersplittert, eine Wolke von Glasfieberstaub stiebt um sie herum empor. Atal wird rücklings gegen den Stahlrumpf geschleudert. KLONK!, sagt sein Kopf, als er gegen den Stahl kracht. Wataman ist flink genug, um sich über Bord zu stürzen, und fällt ins Wasser, ohne gegen harte Gegenstände zu stoßen. Sobald er wieder an die Oberfläche kommt, holt er Luft und taucht, um seinen Bruder zu retten. Ein Stück weiter unten sieht er dessen weißen Pulli wie einen Stein ins Dunkle sinken. Wataman macht einige entschlossene Schwimmzüge nach unten, bekommt Atals rechten Oberarm zu fassen und zieht ihn an sich. Er legt seinen rechten Arm um den Oberkörper seines Bruders und packt ihn am Pulli; das Wasser ist grau und trübe, er sieht einen roten Heiligenschein aus Blut über Atals Kopf. Wataman rudert mit seinem freien Arm und macht froschartige Beinbewegungen, um wieder nach oben zu gelangen, aber er kommt nicht voran. Atal ist schwer wie ein Sack aus Blei, und Wataman hat nicht tief genug Luft geholt, bevor er getaucht ist; er beschleunigt die Bewegungen, bekommt etwas Auftrieb, aber es geht nicht schnell genug. Die Anstrengung verbrennt den Sauerstoff, Panik ergreift Wataman, und zugleich blubbert in seinem Magen ein Gelächter los, das er nicht zurückhalten kann.

»BLLUUBBLLUUUUUUB-HO-HOOO-HOOO!« So
hört sich das an, wenn er unter Wasser einen Lachkrampf
bekommt. Wataman lässt seinen Bruder los und rudert an
die Oberfläche, um nicht noch mehr Wasser in die Lunge
zu bekommen.

»KEEEUUUCCH! … AHH! … KEEEUUUCH! AHH-
HA-HA-HA-HA … KEEUUCH! AHAAA-HA-HA-
HE-HE-HERDAMMT! HAHAHA!« Wataman lacht
und würgt. Er reißt sich die Schuhe von den Füßen,
schnaubt, holt erneut Luft und taucht kopfüber, erblickt
Atals Pullover fünf-sechs Meter weiter unten und gibt alles,
um dorthin zu gelangen. Er schwimmt schneller, als Atal
sinkt, und bekommt ihn bald an seinem Haarschopf zu fassen. Die Prozedur wiederholt sich. Er zieht seinen Bruder
an sich, legt ihm den Arm um die Brust und strampelt sich
nach oben. Atal ist leblos. Wataman fühlt erneut Panik in
sich aufsteigen und damit auch das Lachen. Er schwimmt,
so schnell er kann, noch verzweifelter diesmal; es geht auf-
wärts, das Pochen im Ohr wird nur von den Kicherlauten
im Gaumen unterbrochen.

»HAHA! Atal! Atal! ATAL! He-he … kicher … hust …
he-he … ATAL!«, ruft Wataman, aber sie gehen sofort wieder unter, es ist unmöglich für ihn, sie beide gleichzeitig
über Wasser zu halten. Er taucht unter Atal und versucht,
ihn so an der Oberfläche zu halten; dann schwimmt er mit
seinem Bruder auf dem Rücken los, auf die Fähre zu. Das
Plastikboot ist fort, Glasfieberreste treiben im Wasser vor
dem Rumpf von *The Censor Ship*, an der Aufprallstelle ist
ein bisschen Rost abgeblättert. Wataman strampelt in
Richtung der selbst gebastelten Strickleiter, die von der

Reling herab ins Wasser hängt. Er bekommt sie zu fassen, zieht seinen Zwillingsbruder an sich heran und hält dessen Kopf über Wasser.

»He-he … komm schon, Atal! HAHA! ATAL! Komm schon.« Er rüttelt seinen Bruder am Kopf, aber der baumelt nur leblos herum. »ATAL! Komm schon! He-he! Hust!« Wataman zieht ihn dicht an sich heran und zwickt ihn ins Ohr. Keine Reaktion. Mit dem Unterarm dreht er Atals Gesicht zu sich herum und beißt ihn in die Augenbrauen. Atal zuckt zusammen.

»AAAAAAA … aaauuu … huuust … hahaha …«, keucht er.

»Hehe … verdammte Scheiße, Atal, das war knapp, he-he«, sagt Wataman.

»Mein Auge …«, heult Atal.

»Hehe«, lacht Wataman.

»Heh … he-he-he«, lacht Atal.

»Haha! Haha!«, lacht Wataman.

Das hier ist meine Brut, die beiden von den Trillingen, die überlebt haben. So benehmen sie sich ständig, so haben sie sich schon immer benommen. Unglücke, Krisen und Gelächter. Sie sind Iks im westlichen Gewand. Wenn es wahr ist, dass sich dunkle Augen durch mehrere Generationen schummeln können, so haben die Ik-Gene bei Atal und Wataman voll durchgeschlagen. Sie sind viel mehr Ik als ich. Mein Vater war, wie schon erwähnt, Vollblut-Ik. Ich bin ein Halbblut. Atal und Wataman sind Vollblut-Iks, nicht in der Theorie, aber in der Praxis. Eines ist sicher, sie führen sich auf wie reinrassige Iks. Atal ist so hell, dass man

95

ihn für einen Mulatten halten könnte, aber dunkler im Ausdruck, falls man das so sagen kann. Watamans Haut ist ein bisschen dunkler als Atals, er ist ein bisschen tiefer im Rassenmixer gewesen, aber er ist irgendwie heller im Geist. Beide lachen ohne Ende; Atal lacht bösartig, wenn Wataman herzlich lacht. Na ja, herzlich – Atals Gelächter ist immer voller Schadenfreude, während Wataman mehr wie Robert Crumb lacht, eine Art dummes Lachen, das alles in Heiterkeit hüllt.

Ihre bescheuerten Namen gehen auf meine Kappe. Die Namen sind der letzte und einzige Rest des brillanten Plans, den ich hatte, um ihnen die Freiheit zu geben, *zu wählen, ob sie Teil des Systems sein wollen oder nicht.* Mein Konfirmationsgeschenk an sie war ein Fetzen Papier, auf dem ich aufgeschrieben hatte, wie alles zusammenhing, wieso sie nicht zur Schule gingen wie alle anderen Jungen, dass sie nirgends gemeldet waren und beide daher keine offiziellen Namen trugen. Ich knallte ihnen eine kleine Lektion vor den Latz, darüber, wie viel ein Name für die Persönlichkeit und das Selbstwertgefühl bedeutete. Die Jungs starrten mich dabei mit runden Augen und offenem Mund an. Ganz offenbar erkannten sie den Ernst der Lage. Na ja, Ernst – sie begriffen vermutlich das Besondere an der Situation und sahen die sich daraus ergebenden Möglichkeiten. Und dann begannen sie zu kichern, logo.

Lucy 1: »Denkt jetzt genau nach, Jungs, das ist vielleicht die beste Möglichkeit, draußen zu bleiben, die ihr jemals *wirklich* haben werdet.«

Lucy 2: »So wie ich euch kenne, rennt ihr sofort zum

Meldeamt und erfindet irgendwelche idiotischen Namen.
Ihr kleinen Trottel.«

Und das taten sie. Stracks zum Meldeamt. Noch am selben
Tag, glaube ich, oder vielleicht am darauffolgenden Tag kamen sie grinsend an, ein jeder mit seiner Namensbeschei-
nigung in der Tasche. Die Namen, die da standen, waren
Atal und Wataman. Als Halb-Ik lachte ich mich natürlich
schief, aber, verfluchte kleine Ratten, das war also der
Dank für vierzehn-fünfzehn Jahre lange Mühen, Entbeh-
rungen und Isolation.

»Schaffst du es, hochzuklettern?«, fragt Wataman.
　　»Hä?« Atal versucht sich zu konzentrieren.
　　»Wie geht's? Du blutest wie ein Schwein am Hinter-
kopf.«
　　»Hä? Ja, ja, alles klar.« Er tastet sich den Hinterkopf ab.
»AU! Verdammt! He-he …«

Wataman klettert hinter Atal die Strickleiter hoch, mit dem
Gedanken im Hinterkopf, seinen Bruder zu »sichern«,
falls dieser das Bewusstsein verlieren und nach hinten fallen sollte. Sie kraxeln mühsam die drei Meter bis zur Reling hoch. Wataman zieht Atal den Pulli und das T-Shirt
aus und entblößt dessen dünnen, wohlgeformten Oberkörper, der seinem eigenen gleicht; er reißt das T-Shirt in
Streifen, die er um Atals Kopf knotet, um die Blutung zu
stoppen, wobei er ihm vorbetet, was er über Gehirner-
schütterungen weiß.

»Du musst jetzt mehrere Stunden am Stück wach bleiben,
selbst wenn du müde wirst … Und solltest du schlafen,

muss ich dich jede halbe Stunde wecken. Es ist unglaublich gefährlich, zu lange zu schlafen mit einer Gehirnerschütterung, da kann man ernste Schäden im Gehirn davontragen … hehe.«

»Okay … hehe«, kichert Atal.

Die Fähre ist alter Pott aus den späten 80er-Jahren, eine Autofähre von 3695 Tonnen, die da seit Jahren lose vertäut liegt und vor sich hinrostet. Vor etwa einem halben Jahr brachen Atal und Wataman zum ersten Mal in das Boot ein. Da standen sie dann, wie auch jetzt, auf dem Deck und glotzten rüber auf die Stadt. Da sahen sie, wie jetzt, die Lichter von mehreren Zehntausend Wohnungen die Hügel hinabwandern und wie sie sich im Zentrum in einer Art Lichterpool sammeln – Millionen von Glühbirnen leuchten für Menschen, die sich nicht schlafen legen wollen, weil sie nicht aufstehen wollen. Der Umschlagplatz circa hundert Meter weiter ist auch erhellt, selbst wenn zu dieser Jahreszeit dort niemand arbeitet; im Containerhafen in der Stadt ist mehr los. Die Fähre wirkt wie eine Kulisse, wenn sie so daliegt und sich gegen den grauen Himmel abzeichnet; man kann sich den Anblick des Schiffes gut vorstellen, wie es da ruhig im Wasser ruht, ebenfalls grau, die Grenze zwischen dem dunklen und dem rot bemalten Teil des Rumpfs ist beinahe vollkommen verwischt von braunen Roststreifen, Verschleiß, Beschreibung, Beschreibung, die Narben am Bug zeugen von unzähligen Fahrten, blabla, die Fähre ist müde, man braucht sie nicht mehr, sie ist leer, und die Leere sieht man von außen, und ein Wort nach dem anderen. Wie bei allen ausrangierten Schiffen liegt etwas Gespenstisches über ihr usw., usw. Man streitet sich schon lange darüber, wer das Schiff verschrotten soll. In der Zwischenzeit wird es von Atal und Wataman besetzt. Sie putzen ein wenig, dann machen sie zu essen und versauen wieder alles. Und dann treiben sie auch noch andere Dinge hier draußen, Dinge, die Geld erzeugen. Oder, genauer gesagt: Die beiden erzeugen Geld, Punktum.

Wataman blickt auf sein Handy. Es hat den Geist aufgegeben. Er drückt autistisch mindestens fünfzigmal auf den An/Aus-Knopf, aber nichts passiert.

»Wasserdicht, my ass. Geht deins?«

»Hä?«, sagt Atal und sieht mit stumpfem Blick zu seinem Bruder auf. Das Blut ist inzwischen unter der weißen Bandage vom Hinterkopf fast bis zur Stirn gewandert. »Äh … sieht so aus.« Er drückt ein wenig drauf rum. »Nee, das ist voll im Arsch.« Er kichert, und das Display wird schwarz.

»Scheiße«, sagt Wataman. »Wie kommen wir, verdammt noch mal, ans Land zurück?« Sein Bruder antwortet, indem er eine dumme Fratze schneidet.

»Schwimmen?«

»Bist du komplett bescheuert? Nach spätestens 20 Metern saufen wir ab. Außerdem hast du eine Gehirnerschütterung, du Volltrottel.«

»Wie denn sonst, bitte schön?«

»Was weiß ich, verdammt. Denk nach.«

»Hehe«, sagt Atal.

Pause.

»Wie wär's mit den alten Notraketen im Materialraum?« Atal reibt sich kraftlos die Bisswunde, die Wataman ihm über dem Auge zugefügt hat, ihm ist übel, und er hat Lust zu schlafen.

»Scheiße!«, sagt Wataman. »Ich geh' runter.«

Wataman nimmt die Treppe, die unter Deck führt, sperrt das Hängeschloss auf und löst die Kette, die an der Tür angebracht ist. Er durchquert den kleinen kantinenähnlichen Raum, wo die Tiefdruckpresse umgeben von Kisten voller Scheine steht, und begibt sich in die Kombüse, die von der »Essenszubereitung« der Zwillinge gezeichnet ist: Überall stehen Pizzas, Schüsseln voller Nudeln und andere vorbereitete Fertiggerichte, alles ungegessen, Kaffeebeutel, Kaffeefilter, Kaffeesahnepulver, Zucker für den Kaffee, Bierflaschen, Limonadeflaschen und Snusdosen, volle und angebrochene; Snus ist keine Nahrung, aber man steckt es in den Mund, wenn nichts anderes zur Hand ist; überall liegt Snus, auf allen Bänken, in den Schränken, im alten Kühlschrank und auf dem Herd. Snus, Snus, Snus. Wataman geht durch die linke Tür in einen schmalen Gang, der zu drei Türen führt, eine am Ende und jeweils eine zu beiden Seiten, die am Ende öffnet sich auf den Materialraum; er findet die Notraketen inmitten von altem Werkzeug, Farbkübeln, Kisten voller Verlängerungskabel, Eimern, Stahlwolle, verdreckten Lappen und Unmengen von Druckerschwärze. Oben in einer Schüssel sieht er eine Streichholzschachtel mit einem Bild von Malcolm X. Er steckt sie ein und läuft den gleichen Weg zurück, schließt die Kette und springt die Treppe mit langen Schritten hoch.

Die erste Rakete explodiert auf dem Deck. Wataman zündet das an, was er für die Lunte hält, und tritt zur Seite. Atal sitzt mit geschlossenen Augen da und versucht, das von Sekunde zu Sekunde stärker werdende Übelkeitsgefühl zu unterdrücken. Nichts passiert, bis Wataman einen Schritt in Richtung der Rakete macht, um nachzuschauen, was los ist, da macht es WAMM! Alles wird rot, und die Klamotten der beiden Brüder werden mit tausend kleinen Brandlöchern übersät. Eine rot glühende Kugel rotiert und zischt auf dem Deck und verbreitet einen gleißenden rosa Schein; vom Hafen aus sieht es aus, als wäre eine ausgelassene Homofete im Gange.

»NIMM DIESES VERDAMMTE LICHT WEG!«, brüllt Atal. »MEIN SCHÄDEL PLATZT!« Er hält sich die Hände vors Gesicht und fletscht vor Schmerzen die Zähne. Wataman stürzt sich in die rosa Wolke und versucht, die Phosphorkugel über Bord zu kicken, aber er findet keine Lücke in der Reling. Stattdessen erstickt er halb in dem dicken rosa Qualm und fängt an zu husten und sich zu erbrechen. Er kotzt aufs Deck und auf seine Socken, und das Geräusch von Kotze-auf-Socken hat offensichtlich ansteckende Wirkung, denn auch Atal kann sich jetzt nicht mehr zurückhalten und übergibt sich.

»BOOOÄÄÄH!«, sagt er.
»HÄ-HÄ-HÄ! BOOÄÄÄÄÄÄH!«, sagt sein Bruder.
»HAHA! HAHA!«, sagt Atal, ehe er noch mal »BOOOÄÄÄH!« sagt.
Wataman wischt sich den Mund mit dem Handrücken ab, legt die Arme vors Gesicht und stürzt sich erneut in den Rauch. Er kickt die rosa Feuerkugel in Richtung Reling, die Feuerkugel trifft auf eine Boje, schnellt auf Atal zu und landet geradewegs in der Kotze zwischen seinen Beinen.

PSSSCCHHH! macht es, als die Feuerkugel in der Kotze erlischt.

»BOOOOOOÄÄÄÄÄÄHHH!«, sagt Atal, als ihm der Geruch von gebratener Kotze in die Nase steigt.

»HÄ-HÄ-Hä!«, sagt sein Bruder.

»BOOOÄÄÄH«, sagt Atal ein letztes Mal. Der rosa Rauch legt sich, und er geht in sich zusammengekrümmt von der Kotze weg.

»Was treibst du, verdammt noch mal?«, spuckt Atal.

»Notraketen zünden, he-he«, sagt Wataman.

»Notraketen *zünden*?«, sagt Atal. »Hast du noch alle Tassen im Schrank? Glaubst du, man zündet Notraketen?«

»Hehe!«

»Wer rennt denn bei einem Schiffbruch mit TROCKENEN STREICHHÖLZERN rum?«

»Ich …?« Wataman schüttelt die Malcolm-X-Streichholzschachtel.

»Du hast die Auslöseschnur angezündet, Idiot. Das ist keine verfickte Lunte.«

»HAHA!«, sagt Wataman. »Sorry.«

Atal zupft seinen Verband zurecht und sieht seinen Bruder an. Wataman blickt fragend zurück.

»Was jetzt?«, fragt er.

»Ja, was jetzt?«, sagt Atal.

»Offenbar bist du hier der Seenotexperte …«

»Feuer noch eine ab.«

»Kannst du das nicht machen?«

»Ich habe eine Gehirnerschütterung«, antwortet Atal.

Wataman geht zur Kiste mit den Raketen und holt eine neue raus.

»Wie soll ich das anstellen?«
    »Leg sie einfach hin und zieh an der Schnur.«

Wataman macht, was sein Bruder ihm geheißen hat, aber gerade als er an der Schnur ziehen will, hören sie das Tuckern eines Motorboots.

»Warte-warte-warte!«, ruft Atal und fuchtelt mit den Händen.
    »Hä?«
    »Boot!«
    »Dann ruf doch!«
    »Ruf selber, mir tut der Schädel weh!«
    »Heeeeeeeeei!«, schreit Wataman und winkt.
    »Der hört nix.« Atal schüttelt den Kopf.
    »Hast du was von dem Geld?«
    »Mmm … nee«, sagt Atal.
    »Ruf ein bisschen, dann geh' ich schnell und hol' welches.«
    »Okay. Heeeeeeeei! AU! MEIN SCHÄDEL!«, schreit Atal, und das Motorboot wird etwas langsamer. Wataman hopst wieder die Treppe runter, während Atal sich mit der einen Hand an den Verband langt und wild mit der anderen winkt. Zwanzig Sekunden später taucht der Bruder wieder auf, ein fettes Geldbündel in jeder Hand. Er schleudert die Scheine in die Luft und aufs Meer hinaus. Ein schwacher Landwind ergreift sie und treibt sie in Richtung Motorboot.

103

»HEEEEEEEI!«, rufen Wataman und Atal im Chor,
»hehe!«

Das Motorboot wird noch langsamer, ändert seine Fahrt-
richtung und nimmt Kurs auf *The Censor Ship*. Offenbar
haben die beiden nassen, blutenden, springenden, schrei-
enden Mulatten, die inmitten einer Wolke von Geldscheinen stehen, sich bemerkbar gemacht.

WORKOUT

If you gonna be dumb, you gotta be tough.
ROGER ALAN WADE

Ein Ökonom würde Slaktus als einen Rabauken mit Geld beschreiben. Eine Feministin würde vielleicht behaupten, dass er traditionelle Geschlechtsunterschiede zementiert. Eine Putzfrau hätte bemerkt, dass Slaktus kaum auf die Klobrille pinkelt. Ein Künstler würde feststellen, dass sein kreativer Output über keinerlei konzeptuelle Stringenz verfügt. Ein Psychologe würde darauf beharren (und beharrt in der Tat dreimal wöchentlich darauf), dass Slaktus hart und zielgerichtet an seiner Selbstbeherrschung arbeiten müsse. Aber ein Trainingsfreak würde vor Bewunderung einfach nur die Klappe halten.

Slaktus trainiert unglaublich viel. Ihn mit ärmellosem T-Shirt zu sehen ist furchteinflößender als jede offen ausgesprochene Drohung. Wenn ein Mensch ausreichend trainiert ist, bemerkt man zuerst die körperliche Masse, nicht die Form. Slaktus ist unleugbar ein beeindruckender Klumpen Fleisch, wie er da auf der Bank liegt und stemmt. Die Stange ist mit so vielen Gewichten belastet, dass sie sich über seinen Armen biegt. Sein Trainingskumpel, Mbo, ein riesengroßer Liberianer, steht hinter der Bank und sichert. Slaktus hat die Stange ein paar Zentimeter von seinem überbreiten Brustkasten wegbekommen, und da ist sie geblieben. Das Bild der beiden Männer an der Bank in *The Meat Packing District* ist wie eine von Geräuschen un-

terlegte Momentaufnahme. Nichts rührt sich, die Hantel
geht weder hoch noch runter. Die Geräuschspur: der brül-
lende Slaktus. Sein Gesicht besteht nur aus Zähnen und
Adern, und er brüllt so laut, dass alle anderen im Trai-
ningssaal sachter pumpen, alle reagieren auf das Gebrüll,
aber keiner dreht sich um. Slaktus hasst es, begafft zu werden, und da er und sein Kumpel Mbo die größten Kerle im
Studio sind, gafft keiner. Möglich, dass sich Slaktus' Ab-
neigung, begafft zu werden, physisch-biologisch in seinen
Stimmbändern niedergeschlagen hat. Man hört, dass man
sich der Geräuschquelle besser nicht zuwendet.

Hier lag Slaktus vor drei Jahren und arbeitete an seinen
Brustmuskeln, als er das Motto des Spiels konzipierte. Ein
herausgeputzter Pinkel in altmodischer Trainingsausstat-
tung kam am anderen Ende des Raums zur Tür rein; er sah
unsicher aus, wie untrainiertes Volk das so tut, wenn es
zum ersten Mal ein Fitnessstudio betritt. Slaktus hatte sich
gerade durch eine Trainingseinheit gebrüllt, er setzte sich
auf und glotzte den Mann unverschämt an. Irgendetwas an
ihm kam Slaktus bekannt vor. Die Frisur, das dichte graue
Haar waren noch das Einzige, das halbwegs männlich
wirkte an diesem Klappergestell. Der Mann schlich im
Raum herum, vermied dabei jeglichen Augenkontakt, hob
ein paar Hanteln hoch, die er sogleich gegen ein paar kleinere austauschte. Dann stellte er sich vor die Spiegelwand,
ein paar Meter neben jenen Mbo, der auch heute anwesend
ist – der Liberianer misst eins siebenundneunzig in Socken,
mit ungefähr zwei Meter Schulter- und 75 Zentimeter
Hüftumfang, nur damit das gesagt sei –, und begann mit
vollkommen falscher Technik zu stemmen. Die lächerlich
kleinen Gewichte boten dem Mann ausreichend Wider-

stand, sodass er anfing, Grimassen zu schneiden, dieselben Grimassen, die er unter Studioscheinwerfern oder in Nachrichteninterviews zu schneiden pflegte. Slaktus schüttelte den Kopf: Dass er es nicht gleich gesehen hatte. Das war einer von den Stadträten. Slaktus erinnerte sich nicht an seinen Namen oder welches Amt er besetzte, das spielte keine Rolle; das Diptychon Mbo/Stadtrat vor dem Spiegel war es, das Slaktus' Sprachzentrum zum Brodeln brachte. Sein Blick wanderte hin und her zwischen dem kümmerlichen Stadtrat und Mbo, der, seiner Physis nach zu urteilen, ein genetisches Wunderwerk war.

»Der Stadtrat ist Herr des Systems, aber Sklave der Physis. Mbo ist Sklave des Systems, aber Herr des Fleisches«, dachte Slaktus und erhob sich. Er ging langsam zu Mbo rüber, tippte ihn auf den kohlschwarzen Nacken und sagte:

»Hey, Mbo. Who's the slave now, huh? You're a slave of the system. But you're the fucking master of the flesh.«

Der Stadtrat legte die Hanteln nieder, ohne aufzusehen, und tapste nervös zur Rudermaschine. Slaktus lachte hämisch und wiederholte lauter, diesmal in Richtung des Politikers:

»Who's the fucking slave now?«

Slaktus hat immer eine Arbeiterhose an, wenn er trainiert. Dunkelblau und aus dickem, glattem Jeansstoff. Unten Straßenarbeiterhose und oben ärmelloses T-Shirt. Slaktus hat keine muskulösen Beine, er trainiert seine Beine sozusagen nicht. Es gibt auch keinen Grund dazu. Mit übertrainierten Beinen sieht man eh nur fett aus. Der Oberkörper zählt. Mbo, der mit beiden Händen an der Gewichtstange über ihm steht, hat Dehnungsstreifen quer über die Brust bis zur Schulter; sie zeichnen sich als blasse Linien auf der sonst matten, schwarzen Haut ab. Slaktus beendet das Gebrüll mit einer Art Zischlaut, dem Zeichen dafür, dass er aufgeben muss; sein Handy vibriert in der Tasche der Arbeiterhose. Mbo zuckt zusammen und hebt die Gewichtstange in die Halterung.

»Slaktus«, stöhnt Slaktus. Er hat Probleme, das Telefon ans Ohr zu halten. Sein rechter Bizeps ist von der knallharten Einheit an der Hantelbank noch so aufgeblasen, dass er ihn nicht um mehr als 90° biegen kann. Slaktus muss den Hals strecken, um das Handy ans Ohr zu kriegen.

»Hello, Slaktus, this is Dan … Dan Castellaneta. I am here.«

»Oh, hey … great. How was your flight?« Slaktus versucht, nicht zu schwer zu atmen.

»Fine, fine. Listen, there's no one here to pick me up. What do you want me to do?«

»No one?!«

»No.«

»Those bastards!«

»What?«

»My sons-of-bitches sons!«

»Your sons of what?«

»What time is it?«

»It's … half past ten.«

»That late?«, faucht Slaktus.

»What?«

108

»My sons should have been there … hold the line … I'll just …« Slaktus legt das Gespräch in die Warteschleife und ruft Wataman an, er landet direkt auf dem Anrufbeantworter, Slaktus schaltet wieder zurück zu Castellaneta:

»Dan?«

»Yes.«

»I cannot get through to those two little children of dogs.«

»I see«, sagt Castellaneta.

»Just take a taxi, ok?«

»A taxi?«

»Yes, just take one of those maxi handicappy taxis.«

»Ok, I will do that.«

»And call when you're in town, ok?«

»Allright.«

Slaktus legt auf und schüttelt den Kopf.

»Verfluchte Bälger«, murmelt er. »Belzebubs Brut.«

»I'm gonna take a dip in the plasma-bucket before I leave«, sagt Mbo.

»I'll be right down, my friend«, nickt Slaktus und dreht sich zu der Trainingsmaschine namens *Action Traction* um. Seiner Meinung nach verdient der Latissimus dorsi eine Runde Prügel vor dem Nachspiel im Plasmatank. Mit geübten Fingern stellt er den maximalen Schwierigkeitsgrad ein, legt ein paar zusätzliche 10-Kilo-Scheiben auf und zieht vier Serien, fünf Serien, bei der sechsten ist Schluss; Slaktus brüllt so laut, dass alle im Raum sich noch einmal nicht umwenden, ehe er die Griffe loslässt und die Gewichte auf den Boden donnern, sodass das ganze Studio bebt.

Sieben Plasmatanks stehen im Untergeschoss. In Nummer
drei von der Tür aus gesehen erahnt Slaktus Mbos schweren Körper. Er klopft an das Glas, Mbo winkt träge zurück. In der Garderobe zieht er sich vor den Spiegel-
wänden aus und schaut abwechselnd sich selbst und die
Nachrichten auf den gespiegelten LCD-Bildschirmen an.
CNN zeigt Bilder von zerstörten Häusern und Autos, die
in Zentraleuropa herumschwimmen. Es herrscht schlechtes Wetter, und Eigentum wird kontinuierlich von Wind
und Wasser zerstört. Slaktus versucht, den Live-Ticker
spiegelverkehrt zu lesen, gibt aber auf. In einem kleinen roten Slip aus ökologischem Gummi klettert er die Leiter zu
Plasmatank Nummer 5 hoch. Das Plasma ist heute etwas
kalt, Slaktus fühlt das, sobald er sich auf die Plasmakruste
stellt und zu sinken beginnt. Er beißt die Zähne zusammen, als es Schritt und Magen erreicht. Kurz bevor sein
Kopf untertaucht, bläst er sämtliche Luft aus den Lungen
und wartet, bis er vollständig bedeckt ist. Dann öffnet er
den Mund und nimmt einen kräftigen Zug. Dadurch, dass
er so schwer ist, muss Slaktus einen Plasmadruck von 147–
148 erreichen, um genug Auftrieb zu haben. Dem Körper
tut das gut, aber es ist nicht leicht, einen Plasmadruck von
über 135 zu atmen. Natürlich ist es auch langweilig, fast
zwei Minuten warten zu müssen, bis man endlich ganz
eingesunken ist. Aber Slaktus, der vier–fünf Mal die Woche trainiert, hat gelernt, in der Wartezeit an andere Sachen
zu denken, während er ins Plasma sinkt oder während er
auf Hanteln wartet oder sich geduldet, bis der andere vor
ihm seine Einheit beendet hat, oder bis ein Platz in der Dusche frei wird. *The Meat Packing District* ist der Ort, an dem
er die meisten seiner Ideen ausbrütet. Jetzt, beispielsweise,
denkt er, dass es nicht nötig ist, ein Geschlechtsteil zu ver-

leihen, um eine Hure zu sein. Seinen Kopf zu verleihen, seine Hände, sein Mundwerk oder seine Kreativität, ist genauso Hurerei. Zeit ist ein schwammiger Begriff. Das ganze Geschwafel über Lohnarbeit und dass man da seine *Zeit* gegen Geld tausche, ist diffus. Bei der Arbeit vermietet man ja auch seinen *Körper* für den einen oder anderen Gebrauch in einem bestimmten Zeitraum, mit Bezahlung als Ausgleich. Dabei verkauft man aber nicht die Zeit. Sondern seinen Körper. Jeder Verkauf von Arbeitskraft, egal, ob die Arbeit den Wirtschaftswissenschaften, der Serviceindustrie oder dem Fließband zugerechnet wird, ist ein Verkauf des Körpers. Die Arbeitsreserven einer Gesellschaft basieren auf unterschiedlichen Formen der Prostitution. Slaktus ist der Auffassung, dass Training, die Workout-Situation, eine der wenigen Situationen ist – ja, vielleicht die einzige –, in der man seinen Körper an sich selbst verleiht – und damit sich selbst an sich selbst verleiht. Bodybuilding ist somit Freiheit, meint Slaktus.

Gut mit Plasma bedeckt – sowohl innerlich als auch äußerlich –, fängt er an, laufartige Bewegungen auszuführen. Zwei »Schritte« zu machen und wieder in die Ausgangsposition zurückzukehren, dauert acht Sekunden, unter vollem Einsatz aller größeren Muskelgruppen. Slaktus schluckt Plasma mit aufgerissenem Mund und läuft in einer Weise, die extremer Zeitlupe ähnelt, mit langen Schritten und trägen Stößen, mitten im Tank schwebend. Er sieht geradeaus und stellt ein paar Überlegungen über Halluzinationen an; seine Halluzinationsphilosophie startet jedes Mal von selbst, wenn er im Plasmatank trainiert, denn das Plasma in Verbindung mit dem runden Tank verzerrt die Sicht total. Der Raum um den Tank wird zusammengezogen wie im Spiegel eines Rummelplatzes, nur mit dem einen oder anderen halluzinationsartigen Effekt. Die Farben werden verzerrt. Die Formen und Linien sind bis ins kleinste Detail sichtbar, aber amorph und in ständiger Bewegung. »Ob innerhalb oder außerhalb des Plasmatanks, was sind es schon anderes als Halluzinationen, das uns unsere Sinne vermitteln?«, fragt er sich. Slaktus ist jetzt wirklich philosophisch drauf. »Halluzinationen können visuell sein, aber auch physisch«, denkt er. »Autorität, Macht, Verpflichtungen, Verantwortung sind rein physische Halluzinationen: Man *erkennt*, man *fühlt*, dass man irgendwie gezwungen ist, sich diesem zu unterwerfen oder jenes zu erfüllen. Was ist das Alltagsleben schon anderes als eine Serie von Halluzinationen, die transparent über einer Reihe von mehr oder minder funktionierenden Materialien, Gegenständen oder Systemen liegen, wodurch man *fühlt*, dass man damit auf eine bestimmte Weise umgehen muss? Das Gefühlsleben ist eine Halluzination.«

Ein Blick quer durch den Raum macht Slaktus auf zwei Dinge aufmerksam. Zum einen gelingt es ihm, auf dem Display von Plasmatank Nummer 3 zu lesen, dass Mbo ein Plasmadruck von 151 erreicht hat. Das ist mehr als beim letzten Nachsehen. Zum anderen sind Mbos Laufbewegungen eine winzige Spur schneller als Slaktus' eigene Bewegungen. Das Unterlegenheitsgefühl versetzt Slaktus wie gewöhnlich einen Stich.

»Verdammt, wie weit will der denn noch gehen?«, denkt er und stiert auf das verzerrte Bild der unschlagbaren Physis des Liberianers in Aktion, beruhigt sich aber sogleich wieder. Slaktus weiß genau, dass Mbo das Arschloch der sozialen Hierarchie ist, das heißt, Wagenputzer bei der U-Bahn, und das Unterlegenheitsgefühl, das er soeben noch wegen Mbos Physis empfand, weicht wie immer einer Art von Gerechtigkeitsgefühl. Und dieses Gerechtigkeitsgefühl weicht sofort einem Hungergefühl. Wenn Slaktus hungrig ist, gibt es keinen Platz für andere Gefühle. Er hievt sich aus dem Tank und geht – riesig und schrecklich und vor Plasma glänzend – unter die Dusche. Alles Philosophieren ist nun ersetzt durch die Vorstellung von Thai-Essen.

TABOO FOOD

Cannibalism is moral in a cannibal country.

SAMUEL BUTLER

Die meisten Lebensnotwendigkeiten sind irgendwie mit Tabus belegt. Stuhlgang ist etwas, das man vorzugsweise hinter verschlossenen Türen erledigt. Man schläft auch nicht, wann man Lust dazu hat, in vielen Zusammenhängen ist es regelrecht ungehörig zu schlafen. Selbst wenn »die Gesellschaft« gleichsam »durchsexualisiert« ist, wird es noch lange dauern, bis Ehepaare mittleren Alters aufhören, ihr Treiben im Schlafzimmer zu verbergen, und das ist ganz natürlich so. Essensaufnahme hingegen ist ein wesentliches und durchsozialisiertes Ritual.

Man kann organisches Leben als eine abscheuliche Krankheit betrachten, die sich von anderen Formen organischen Lebens ernährt. Deshalb hasse ich Nahrung. Das Hineinstopfen anderer Arten von organischem Leben – Pflanzen, Tiere – in das eine Ende des Verdauungssystems ist eine Praxis, die weder öffentlich gezeigt, noch ästhetisiert und der auch in keiner anderen Weise gehuldigt werden sollte. Dass die »guten« und »großzügigen« Menschen immer auch die sind, die gern Essen zubereiten, um »den anderen eine Freude zu machen«, offenbart, wie abgedreht der Mensch ist. In der letzten Zeit haben Nahrungsmittel, Essen und Essenszubereitung eine zentrale Rolle in den Medien und im allgemeinen Diskurs eingenommen. Das kapier ich nicht. Wenn man mal nachdenkt, ist es doch absolut möglich, sich eine Situation vorzustellen, in der Essensaufnahme als tabuisiert, abstoßend und schmutzig gilt, als etwas, das man gefälligst für sich behalten sollte.

Es ist sehr spät am Abend, und Slaktus hat einen gigantischen Feuertopf bei Thiên Nga bestellt, neben einem Kübel Bier, tausend Sorten von Salat und kleinen Schalen mit Gott-weiß-was drin. Sein Schmatzen und Rülpsen lässt die vietnamesischen Bedienungen wie Köter in die Küche rein- und rausrennen; sie wissen, dass sie mit diesem Kerl ein gutes Geschäft machen, Slaktus ist immer saumäßig hungrig nach dem Training. Gute Rohstoffe hier, das sieht man an den Salatzutaten. Die Oliven, die Slaktus sich gerade in den Mund schiebt, sind so groß wie ein durchschnittlicher Hoden. Wahnsinn.

Ich habe nichts bestellt. Wie immer. Mir ist es peinlich, in der Öffentlichkeit zu essen, vor anderen Leuten Dinge in mich hineinzustopfen. Mir ist es peinlich, in der Öffentlichkeit Essen zu kaufen. Ich tue das nur, wenn ich nicht anders kann, und dann so wenig wie möglich. Wenn ich in einem Laden Essen kaufe, kommt es mir so vor, als würde ich den Einkaufswagen – in Ermangelung besserer Beispiele – ausschließlich mit Klopapier, Intimshampoo, Erwachsenenwindeln, Fußpilzsalbe, hirnverbrannten Medikamenten, Kondomen oder Pornoheften füllen. Ich finde, man sollte die Anschaffung und die Einnahme von Essen hinter verschlossenen Türen durchführen, so wie Toilettenaktivitäten.

Bodybuilder haben aus unerfindlichen Gründen kurze, dicke Finger. Oder vielleicht sieht das nur so aus, weil die

Hände so muskulös sind, muskulöse Hände eignen sich bestimmt gut dafür, 30-Kilo-Hanteln zu halten, aber wenn dieselben muskulösen Hände behutsam an Essen und Essensutensilien rumzupfen, eine Hühnerkeule hier, ein Zahnstocher da, ist mir unbehaglich zumute. Und wenn sie mit empfindlicher Hochtechnologie rumhantieren, wird das Szenario noch lächerlicher. Slaktus' Handy klingelt, und das kleine Theaterstück mit dem Titel »Heb ab« sieht aus, als würde es von einem trotteligen Pavian gespielt. Slaktus drückt mit seinen Wurstfingern auf den falschen Knopf und ist vollauf damit beschäftigt, den »Kommunikator« nicht in den Feuertopf fallen zu lassen.

»Hallo? Wo habt ihr verdammt noch mal gesteckt? Hä? … Ihr habt Castellaneta? Im Auto … Jetzt? Hä? Aber er ist doch vor über drei Stunden gelandet!«

Pause. Eine Hodenolive wird mit einem Zahnstocher durchbohrt und zwischen die Lippen geführt. Slaktus nickt und kaut mit gerunzelten Augenbrauen. Sein Pony lässt ihn zurückgeblieben aussehen. Beschränkt auf Fortpflanzung und Ernährung. Der Mann stiehlt der Frau das Private, um sich fortzupflanzen, und das Leben, um sich zu ernähren. Sympathische Vorstellung.

»Welches Auto benutzt ihr? Meins? … Aber diese Schrottkarre ist doch nicht behindertengerecht! Hä? … Ach, verfluchte Scheiße!«

Nein, wirklich nicht. Slaktus' Wagen ist nicht behindertengerecht. Aber die Taxis am Flugplatz stehen dem in nichts nach. Die sind nämlich so behindertengerecht, dass die

Taxifahrer sich »aus sicherheitsrelevanten (also: behinder-
tengerechten) Gründen« geschlagene drei Stunden lang ge-
weigert haben, Castellaneta mitzunehmen, weil keine be-
hindertengerechten Maxi-Taxis verfügbar waren. Aber Atal
und Wataman »retten« ihn aus der Lage, drei Stunden zu
spät; sie springen in halb nassen, durchlöcherten Klamotten aus Slaktus' Schrottkarre, Atal mit dem blutigen Fetzen
um den Kopf und einer Fleece-Jacke, die er sich vom Mann
im Motorboot geliehen hat, Wataman ohne Schuhe, aber
mit vor Geldscheinen überquellenden Brusttaschen, beide
haben Snus im Mund. Atal und Wataman erkennen Castellaneta auf der Stelle (»There, over there! Bald! Wheelchair!«) und machen sich daran, ihm beim Einsteigen auf
den Rücksitz der Schrottkarre zu »helfen«. Castellaneta
liegt in einem 45°-Winkel und versucht zu verstehen, warum ihre Lippen so komisch aussehen, nicht weil sie ne-
groid sind, sonder weil ihre Oberlippen so weit vorstehen.

»There you go, Mister. And here's your bag.« Wataman
lächelt so breit, dass ihm der Snus rausfällt, und, uuups, da
fällt ihm die Reisetasche runter, sie klatscht auf den Boden,
gleich neben einer Pfütze.
　　»Careful …«, sagt Castellaneta.
　　»Do'h!«, sagt Wataman.
　　»HAHA!«, lacht Atal. »Did you hear him, Castellaneta?«
　　»Yes, indeed«, antwortet Castellaneta.
　　»He was like, do'h! Like Homer Simpson, haha!«
　　»Yes, ok«, sagt Castellaneta. Er versucht zu übersehen,
dass Atal auf dem Kofferraumdeckel rauf und runter hüpft,
um ihn zu schließen; der zusammengelegte Rollstuhl passt
nicht ganz rein. Zum Schluss springt Atal mit seinem

ganzen Arsch drauf und zwingt den Kofferraumdeckel ins Schloss.

»There we are. Handicap express take-off!«, ruft Atal und wirft sich auf den Fahrersitz; dann rast er los, soweit das mit Slaktus alter Schrottkarre möglich ist. Castellaneta liegt halb, sitzt halb und wird durch die Beschleunigung nach hinten gedrückt.

»Bad weather, huh?«, sagt Atal in den Spiegel.

»Yes«, antwortet Castellaneta.

»So how did it happen?«, fragt Wataman und dreht sich um.

»What?«, antwortet Castellaneta.

»The legs, the legs. How did you fuck up your legs?«

Castellaneta räuspert sich und denkt nach.

»I was in an accident.«

»Well I kind of ... GUESSED THAT!«

»Ok.«

»I figured you weren't sitting on your couch one day and then suddenly: AARRGGHH! MY LEGS! MY LEGS!«

»No.«

»So what kind of accident?«

»A bridge collapsed under me and my wife.«

»Shit! And what happened to your wife? Wheelchair too?«

»No.«

»No?«

»No ... she died.«

»She DIED!? Really? Wow! How?«

»How?«

»Yes, how? How? Head crushed? Did she land on a spiky fence? How did she die?«

»Well … she broke her neck. I don't like to talk too much about it.«

»No? Why not? Do you have traumatic memories of that exact moment when she hit the ground and the neck snapped?«

»Well … yes, sort of.«

»Did you hear it? Did you really hear that the vertebrae like … ›snap‹?«

»Well … could we please change the subject?« Castellaneta blickt aus dem Fenster.

»Why? I'm really interested«, sagt Wataman.

»Me too«, fügt Atal hinzu und starrt Castellaneta durchdringend im Rückspiegel an.

»Ok. What if I'm not?«

»It's always good to talk about stuff like this, you know«, sagt Atal und kratzt sich am Verband.

»So I've heard«, sagt Castellaneta. »But you are not really my psychologists, now, are you?«

»THAT would have been something … Hahaha!«, ruft Atal.

»Yes!«, stimmt Wataman zu. »Come on, Dan. How about opening up that little unconsciousness of yours?«

»How about not?«, sagt Castellaneta.

»We are your shrinks! We are your shrinks!«, psalmodiert Atal.

»So, shrinks, let's hear how to get rid of all of my sorrows and fears?«

»You wanna know«, sagen Atal und Wataman im Chor, ohne eine Sekunde zu zögern.

119

Castellaneta blickt zwischen ihren Nacken hin und her. Sie sind nicht eineiig, so viel ist sicher, aber ihre Stimmen und Ausdrucksweisen ähneln sich schon sehr. Der offensive Ton ist identisch. Die mangelnde Zurückhaltung offenbart sich bei beiden auf genau dieselbe Weise.

»Ok … boys. Let's hear.«

»First, you need to be honest about everything«, sagt Wataman ohne Denkpause. »By that I mean EVERY-THING. No hiding anything. There is no thing to be embarrassed about. There is no thing that can't be said. There is no secret, no hidden feeling, and no wrong thing to think. Are you racist? Say it? You feel like denying Holocaust? Deny Holocaust! Have no decency whatsoever. You'll feel better right away.«

»Sounds like a plan«, murmelt Castellaneta.

»Then you have to back up your lack of hesitation and full fledged indecency with an objective remover of anxiety.«

»And what would that be?«

»Money.«

»Oh … money.« Castellaneta nickt verstehend.

»If you have money, you have nothing to fear«, lächelt Atal in den Rückspiegel.

»Really?«, fragt Castellaneta.

»Yes, really«, versichert ihm Wataman.

»And you two guys would know that?«

»Yes, we would. We have LOADS of money«, sagt Wataman. Atal nickt und ist so aufgeregt, dass er sich umdreht, um Castellaneta in die Augen zu sehen. Die Hände folgen dem Kopf, und der Wagen schert nach rechts aus, geradewegs auf die Leitplanke zu.

120

»You wanna know how we get our money?«, fragt er.

»The wheel … the road, HEY!«, ruft Castellaneta und zeigt auf die Straße. Atal wirft sich und das Lenkrad herum, der Wagen schrammt die Leitplanke und wird nach links geschleudert. Sie rutschen auf die Gegenfahrbahn, wo ein Bus angefahren kommt, dem Atal haarscharf ausweichen kann. Wildes Gehupe bricht über sie herein.

»For Christ's sake!«, ruft Castellaneta.

»HAHA! HAHA! HAHAHAHA!«, lachen die Jungs im Chor. Atal gewinnt die Kontrolle über den Wagen zurück und hält ihn in der richtigen Fahrspur.

»Jesus Christ«, sagt Castellaneta, während sich die Jungs die Lachtränen abwischen.

»Easy now, mister Dan«, kichert Atal, »you can't end up in ANOTHER wheelchair.«

»HAHA!«, lacht Wataman.

»Good point«, sagt Castellaneta und will fragen, warum sie beide so nass und zerlumpt sind, schluckt seine Frage aber runter. Und apropos schlucken: Castellaneta hat Hunger, er äußert umgehend dieses Bedürfnis.

»I'm not. Christ, I'm nauseous!«, sagt Atal.

»Excuse me?«, sagt Castellaneta.

»I just got a concussion, I'm gonna be sick.«

»So why are you the onc driving?«, fragt Castellaneta.

»Why? Well … why? Well, Wataman doesn't have a licence.«

»But you do?«

»Haha! Kind of. I know how to drive«, lacht Atal.

»He knows how to drive, I know how to hunt. We decided to learn one thing each«, sagt Wataman.

»Aha«, sagt Castellaneta.

Atal bremst ab, öffnet die Tür an der Fahrerseite und kotzt auf die Landstraße.

THIÊN NGA

I felt only night within me (…).

KAZIMIR MALEVICH

Mit den zwei aufgedrehten Zwanzigjährigen im Rücken rollt Dan Castellaneta, Homer Simpsons Stimme, ins Thiên Nga, wo Slaktus und ich noch immer sitzen, spät in der Nacht. Jetzt hat Slaktus, Gott sei Dank, aufgehört zu essen, aber dafür hat er angefangen, so heftig an seinen Zähnen zu saugen, dass es um uns herum ganz still geworden ist.

»Here they are, Mister!«, ruft Atal in Castellanetas Ohr, »the genius and his ex-wife!«

»*Mutter und Vater*«, lacht Wataman.

»I see. The whole family«, nickt Castellaneta und fragt sich, ohne es auszusprechen, wieso er von einem Schwarm brauner und gelber Leute umgeben ist – dafür ist er nicht extra nach Skandinavien gereist. Slaktus, der einzige Weiße im Raum, Castellaneta selbst ausgenommen, steht rumpelnd vom Tisch auf; der billige Sprossenstuhl knackt und knarzt. Ich bleibe sitzen. Die Vietnamesen, die servieren und aufräumen und Bankkarten durch ihr Terminal ziehen, schauen Castellaneta an, als sei er auf einem Schwein hereingeritten; die Menschen des Ostens haben nicht viel übrig für Rollstühle.

»It's an honour.« Slaktus reicht dem Amerikaner seine übertrainierte Rechte und verbeugt sich tief.

»Likewise«, sagt Castellaneta und nickt zurück. Er dreht sich mit einem kleinen Lächeln zu mir um und streckt die Hand aus. Ich nicke, ohne ihm die Pfote zu geben; ich bin kein Fan der Simpsons, ich bin auch kein Fan von Behinderten. Castellaneta scheint mir das nicht weiter übel zu nehmen, er legt die Hand auf das Rad des Rollstuhls und wendet sich Slaktus zu, der seinerseits seine Söhne mit einer Grimasse des Abscheus mustert.

»Wie seht ihr denn aus?«, brummt er.
»Finally«, sagt Castellaneta und atmet aus.
»Yes, finally«, sagt Slaktus.
»Yes.«
»Yes, finally.«
»Nice place«, lächelt Castellaneta und sieht sich um. Das ist eine Lüge. Wataman, *service minded*, wie er im Augenblick ist, erblickt das, was er für den »Oberkellner« hält, und ruft:

»Mr Wo!«

Mr Wo reagiert nicht.

»Mr Wo!«
»It's not Mr Wo«, sagt Atal.
»It's Mr Wo, alright«, sagt Wataman.
»That's not Mr Wo. Come on! That's a woman.«
»Fuck off, that's Mr Wo, man!«
»That's not Mr Wo, man.«
»That's Mr Wo, man.«
»Fuck no«, sagt Atal und grinst Castellaneta fröhlich zu. »And why am I speaking English?«

»MR WO!«, schreit Wataman. Das Mädchen, das nicht Mr Wo ist, dreht sich um.

»Benehmt euch!«, brüllt Slaktus.

»Kann ich Ihnen behilflich sein?«, fragt sie.

»HAHA!«

»It's a girl!«

»Wie bitte?«, fragt das Mädchen.

»Sehen Sie denn nicht, dass der Mann Hunger hat?«, sagt Wataman streng. »Glauben Sie, dass er den ganzen Weg aus den USA hierher gemacht hat, um das Gedingel und Gedangel an ihren Lampen zu bewundern?«

»Die Karte?«, fragt die Vietnamesin.

»Nein, Zahnregulierung und eine Dose Vaseline.«

»Regulierung?«

»Ja, die Karte, die Karte, hopp, Mädel, hol die Karte, apport«, sagt Wataman und klopft sich auf die Schenkel.

»Hähä!«, lacht Atal. Slaktus wirft Castellaneta ein entschuldigendes Lächeln zu und macht irgendwelche Gesten, die bedeuten sollen, dass die Jungs gern mal rumspinnen. Castellaneta versteht keines der Zeichen, er kapiert nicht, wieso Slaktus auf einmal Zeichensprache mit ihm reden will. Das Mädchen marschiert asiatisch entschlossen in Richtung Küche und knallt einer anderen Teeniebedienung die Schwingtüren gegen das Tablett, sodass alle Gläser auf dem Boden landen. Es klirrt gewaltig, und Atal und Wataman, diese Schwätzer, sind plötzlich stumm wie Stein. Genauso war es, als sie klein waren. Ihnen konnte man das Maul nur stopfen, indem man ihnen ein Monster eines Disney-Pixar-Films bei maximaler Lautstärke vorsetzte – mit anderen Worten, indem man ein Spektakel durch ein anderes austauschte. Hätten die Gläser zwei Stunden gebraucht, um in Scherben zu zerspringen, hätten sie stundenlang weitergeglotzt, aber alles ist nach drei Sekunden vorbei, und als die drei Sekunden um sind, beginnt das Gelächter.

»HAHAHA! Asian action!«

»Hehe«, lache ich. Slaktus und Dan Castellaneta lachen nicht.

»Colorful gang«, sagt Castellaneta.

»White and brown«, nickt Slaktus, »with a touch of yellow.« Er macht eine seitliche Kopfbewegung zu den Angestellten, die mit Besen und Schaufel rumkriechen. Dann beginnt er, die Speisekarte für den Amerikaner zu übersetzen.

Ich bin sicher, das wird gar nicht so übel. Dass Slaktus darauf einging, aus der Splatteridee ein Spiel zu machen statt einen Film, war ein kluger Schachzug. Ich hatte jahrelang versucht, ihn zu überzeugen, aber erst als alle seine Versuche, an Fördergelder zu gelangen, gescheitert waren und er mit den *Rapefruit*-Jungs in Kontakt kam, hat er es eingesehen. Ich weiß nicht, wie oft ich ihm gesagt habe, sollte er jemals so dumm sein, sich an irgendeiner narrativen Fiktion zu versuchen, dürfe diese nur Anschläge beinhalten. In der Fiktion ist nur der Anschlag interessant, da wohnen die Ideen, da liegt das Potenzial. Anschlag auf Anschlag auf Anschlag, Potenzial auf Potenzial, eine flache Sequenz von Anschlägen. Alles andere muss man weglassen. Kein Drama, keine Entwicklung, kein Schluss. Die dramaturgischen Mittel sind idiotische Mittel, und sie nerven mich. Slaktus hat es endlich geschnallt, er ist vom Spielfilm zum Spiel übergegangen. Das Spiel ist platt, einer platter Eskapismus, ein Eskapismus, der *immer weiter und weiter …*

und weiter geht – die einzige anständige Art und Weise, das
Publikum dazu zu bringen, sich in eine »Fantasiewelt« ein-
zuleben. Deshalb also keine »Spannung«, kein »Drama«,
kein »Aufbau«, kein »für«, kein »gegen«, kein »Gewin-
ner«, kein »Verlierer«, kein Plot, kein Schluss. Keine Kon-
klusion. Rein mit Taiwo, rein mit Castellaneta, raus mit
dem Drama. Slaktus kann so viel an seinen Zähnen saugen, wie er will, er kann so viele Hodenoliven verputzen,
wie er will, er kann sich riesige Babyhände antrainieren, er
kann zu seiner Beruhigung von früh bis spät Essen in sich
reinstopfen – was er in diesem Augenblick auch tut, eine
Art Nachspeise zum Feuertopf –, ich kann ihn nach Osten
und nach Westen hassen, er kann dreimal die Woche zum
Seelenklempner rennen, er kann das alles tun und noch viel
mehr – ich glaube trotzdem, dass dieses Spiel gut wird. Ich
glaube, es wird scheißgut.

»Hei, du da.« Slaktus winkt das Mädchen zu sich heran,
das die Bestellung aufgenommen hat. »Wenn du das Essen
holst, kannst du dann bitte gleich auch die Musik ein bisschen leiser machen? Dann hat unser Freund hier Ruhe
beim Essen.« Er klopft Castellaneta auf die Schulter.

»What's that?«, fragt Castellaneta.

»Oh, just making sure that you'll get the best possible
service. I told them to turn that freaky music off.«

»Oh, ok. That's all right«, nickt Castellaneta.

»Taiwo has already been to *Rapefruit* today«, erzählt
Slaktus. »They have started tracing his figure. You know,
anatomical analyzis, movement sensors, all that crap. He's
a hunk. Jesus, he's big. Perfect for the role.«

»Really? I've never met him«, sagt Castellaneta, »but I
have seen a couple of his films. I respect his work.«

»He has this perfect Nuba-look. With just a touch of stone dust on his black skin, it's gonna be awesome«, sagt Slaktus, »awsome.«

Hier kommt das Essen für Castellaneta und – glaub es oder nicht – das Essen für Slaktus. Ja, Slaktus hat noch einen Feuertopf bestellt, der genauso gigantisch ist wie der erste. Der zischt und spritzt so heftig, dass Castellaneta sich gezwungen sieht, spaßhaft anzumerken, dass sein Vegetariergericht in Schweinefett mariniert sein wird, wenn er es nicht schnell genug runterbringt.

»Your greens could use some protein«, lacht Slaktus.

»True, true«, lächelt Castellaneta und kostet die Nudeln vorsichtig. Er nickt anerkennend vor sich hin, zieht die Augenbrauen hoch und schiebt noch einen Bissen rein. Slaktus schmatzt und schlürft und lässt eine Bambussprosse auf seinen Pullover fallen.

»Verfluchte Scheiße! Bald muss ich mir verdammt noch mal zum Essen einen Latz umlegen«, sagt er und sieht mich an. »Ich saue alles voll.«

»So, Slaktus, how do you want my accent to be?«, fragt Castellaneta. »Do you want a thick African accent or a French one?«

»African, definitively«, antwortet Slaktus und tupft mit der Serviette auf dem Fleck rum. »I want a thick African accent.«

»I see.«

»Can you do that?«

»I believe so«, sagt Castellaneta.

»I'm so looking forward to hearing your voice, Dan«, sagt Slaktus.

»Oh, really?«

»Really.«

»Mhm.«

»I've been, like, obsessed with your voice for two decades at least. And now I'm going to own it. Christ, I want to hear it.«

Castellaneta lässt ein Knäuel Nudeln in die Schale zurücksinken. Es sieht so aus, als wolle er was sagen, aber er schweigt. Slaktus, Wataman und Atal glotzen und warten, alle drei mit kugelrunden Augen und halb offenem Mund. Plötzlich dröhnt eine tiefe Negerstimme mit fettem afrikanischen Akzent aus Castellaneta hervor.

»I'm a slave of the system but the master of the flesh.«

Slaktus blickt zu Castellaneta, dem kleinen, glatzköpfigen, aus Italien stammenden Frührentner im Rollstuhl, dann zu seinen durchgeknallten Söhnen, dann zurück zu Castellaneta, dann zu mir, dann zu seinen Söhnen und zurück zu Castellaneta.

»Man!«, sagt er und saugt an seinen Zähnen. Atal und Wataman nicken eifrig, ihr Gegaffe verwandelt sich in ein weißes Lächeln mit Snus drauf. »Man, that's amazing.«

»Bitch!«, sagt Wataman.

»Thank you«, sagt Castellaneta etwas gequält.

»Christ, that was perfect«, sagt Slaktus, er strahlt über das ganze Gesicht, und das tut er wirklich nicht jeden Tag.

»Thank you«, sagt Castellaneta wieder und versucht der Lobhudelei zu entkommen, indem er das Thema wechselt. »So, boys, aren't you going to eat anything?«

»We don't«, antwortet Atal lächelnd.

129

»You don't?«

»We don't eat«, lügt Atal, »just like mom.«

Castellaneta war Lob schon immer peinlich. Obwohl er eigentlich sein ganzes Leben lang immer nur mit Lob überschüttet und in den siebten Himmel gepriesen worden ist, schlägt er die Augen nieder, als Slaktus erfreut reagiert. Das ist ein Reflex. Positive Resonanz ruft bei Castellaneta eine emotionale Reaktion hervor, die er zu übertünchen versucht, indem er zu Boden oder irgendwohin schaut. Dieser niedergeschlagene Blick zeigt, dass ihm Rückmeldungen auf das, was er darbietet, noch immer wichtig sind, dass er weiterhin emotional in sein eigenes Tun involviert ist. Deshalb kommt Castellaneta meist als sympathischer Typ rüber, obwohl er so seine Macken hat.

»How do you do that?«, Slaktus saugt noch stärker an seinen Zähnen.

»You ...«, lächelt Castellaneta, »... you could say that I have practiced a bit.«

Sprechen als Kommunikation und Sprache als Material sind immer noch Castellanetas grundlegende Interessensgebiete. »I think like a genius, I write like a distinguished author, and I speak like a child«, sagte Nabokov. Castellaneta hat immer das Gegenteil von sich selbst gedacht, und zwar, dass er wie ein Kind denkt, wie ein Gelehrter schreibt und wie ein Genie redet. Castellaneta hat sich mehr als oft gefragt, wie seine Schüchternheit und sein Stolz, das innige Verhältnis, das er zu seiner Arbeit empfindet, Seite an Seite mit der Leere existieren können, die er so häufig fühlt. Wie können ein paar lobende Worte et-

was bedeuten inmitten eines von Leere und Tristesse er-
füllten Lebens? In seinen dunkelsten Stunden fragt Castellaneta sich, wie dunkel das Dasein eigentlich werden kann.
Manchmal erscheint es ihm so dunkel, dass die vom
Herzen ausströmende Lähmung – er hat tatsächlich den
Eindruck, dass sie direkt vom Herzen kommt, es kitzelt
beinahe, wenn die Tristesse sich einstellt –, dass diese Lähmung, die vom Herzen aus durch den ganzen Körper bis
in die Fingerspitzen und Zehen dringt, sich auch außerhalb
seines Körpers ausbreitet, sie fließt zu allen Seiten hin und
zieht ein in die Umgebung, in alle Sachen, in jedes Ding.
Tristesse und Lähmung durchdringen alle Gegenstände.
Das Traurige ersetzt die Luft, und das Wehmütige ersetzt
die Wolken; es wird nicht dunkel, das Licht wird nicht
durch Dunkelheit ersetzt, das Licht wird schwarz, nicht
schwarz wie die Farbe Schwarz, sondern schwarz wie das
Wort schwarz. Schwarz also, schwarzes Licht, schwarzes
Gehirn, schwarzes Leben; das schwarze Licht taucht alles
in Dunkelheit, keine Dunkelheit wie in der Dämmerung
oder bei Abwesenheit von Licht, sondern Dunkelheit wie
das Wort Dunkelheit, eine Dunkelheit, die das triste Leben
allgegenwärtig macht, die alles Leben trist macht. Kummer
mitten am Tag. Das Licht lässt öde Bäume und Pflanzen
wachsen, die öde, stumme Vegetation und die tränende
Fauna breiten sich überall aus und erheben sich und werden niedergehauen von jämmerlichen Menschen, die ein
Art Leidenskraft benötigen, um weiterhin ihre Arme und
Beine zu bewegen und kümmerliche Systeme aufrechtzu-
erhalten, um sie auszuwechseln, Systeme, die Bewegungen
erzeugen, Bewegungen, die Reibung und Lärm erzeugen,
den ewigen, ekelhaften Lärm einer Stadt. Das Geräusch
von Menschen, die sich fortbewegen oder Dinge aufheben

oder Dinge hinlegen. Das ist es, was sie tun. Menschen bewegen sich fort, sie heben Dinge hoch, und sie legen Dinge hin. Der Lärm von langweiliger, menschlicher Aktivität drängt von allen Seiten heran wie eine Wand, das Geräusch menschlicher Beschäftigung gleitet, sickert, fließt durch das große Fenster von Thiên Nga Vietnamese Food, mischt sich mit den Geräuschen im Saal und kriecht unbemerkt zurück in den Körper des Mannes, der da sitzt und sich unterhält und Grünzeug in sich reinstopft. Der Vegetarier Dan Castellaneta befragt seine neuen skandinavischen Bekanntschaften zu diesem und jenem, der Fleischesser Slaktus und die Falschmünzer Atal und Wataman hören zu und machen hie und da einen Einwurf. Ich halte die Klappe. Wie üblich.

»And are the guys down at *Rapefruit* going to do the overall design for the game? Covers and posters and all?«

»No, no, they are just doing the programming and the 3D-stuff.«

»Aha«, nickt Castellaneta.

»I'm not gonna have some fucking longboardist to design the cover of my game«, sagt Slaktus.

»I see«, sagt Castellaneta.

»I can't get over it. You're so on target with that voice, Dan«, sagt Slaktus zum x-ten Male und schüttelt den Kopf wie ein Jazzenthusiast.

»I would have taken you for a Negro«, pflichtet Atal bei, »… if I was blind, you know.«

»Oh, thanks, guys, I really appreciate that.« Castellaneta blickt erneut auf den Tisch. Und apropos Jazz und Enthusiasmus: Die zwei Sekunden Stille nach Castellanetas Schüchternheitsattacke werden durchbrochen von Brad

Mehldaus Klassiker *Angst*, der aus der Tasche von Slaktus' zerschlissener Lederjacke dudelt; er kramt das Handy hervor.

»I didn't hear that before … you have Brad Mehldau on your communicator? Taaasteful!«, lacht Wataman.

»Brad who?«, murmelt Slaktus mit vollem Mund und geht ran: »Hallo? … Hä? …«

RAPEFRUIT

Wenn euch dies richtig erscheint, wisst ihr,
dass alles falsch ist.

PEJMEN1

Hier kommt »KLONK« Nummer zwei. Ich bin durstig.
Bei *Rapefruit* herrschen die hohe, hohe Technologie und
die niedere, niedere Moral. Und schlechte Hygiene. Und
das männliche Geschlecht. Mich ausgenommen. Es ist eine
Art offene Bürolandschaft, wenn man mit offen unordent-
lich meint. Achtzehn bis zwanzig Faulpelze sitzen im
Raum verstreut vor riesigen Grafikschirmen. Die hohen
Fenster sind mit schwarzen Laken verhängt. *Deathbox*-
Materialien tapezieren die Wände; einige Modellstudien
von Mbo, eine Karte von Paris, mehrere Dutzend Zeich-
nungen von Pariser Reihenhäusern, technische Entwürfe
von Straßenarbeiterausrüstung, Steinsägen und Gehörschutz, ein Plakat mit verschiedenen Arbeitskleidungen
französischer Straßenarbeiter, anatomische Studien, Snuff-
bilder aller Art. Aus einer Stereoanlage neben dem Kühlschrank strömt Elektromusik. Ich bitte den Grafikzwerg,
der ihr am nächsten sitzt, leiser zu drehen. Er gehorcht.
Dann geht er fort und tut etwas, das umso unverzeihlicher
ist.

KLONK! Das Geräusch des letzten Plastikbechers, der
aus dem Plastikbecherhalter neben dem Wasserspender gepresst wird. Kein Becher mehr. Ich hasse 3D-Animateure.

»Taiwo zieht sich noch schnell an, er ist gleich fertig.« *Rapefruits* »Geschäftsführer« kommt mir mit einem Lächeln und einer ausgestreckten Hand entgegen. Ich weiß nicht mehr, wie er heißt. Er hat Dreadlocks. Und eine Hose mit Bügelfalten. Noch dazu einen PC-Buckel, eine Krümmung von der Rückenmitte bis hinauf zum Nacken, verursacht durch ein halbes Leben oder mehr voller Gaming und Surfen. Ich starre auf die ausgestreckte Hand, bis er sie wieder sinken lässt.

Lucy 1: »Gut, dann warte ich hier.«
    Lucy 2: »Dreadlocks?«
    »Wir hatten ein Problem mit den Sensoren, es hat ein bisschen länger gedauert als erwartet.«
    Lucy 1: »Okay.«
    Lucy 2: »Dreadlocks und Bügelfalten?«
    »Komm nur mit, er ist gleich da hinten um die Ecke.«
    Lucy 1: »Okay.«
    Lucy 2: »Fick dich.«

Ich war noch nie hier. Ich bin auf vielerlei Arten »involviert«, aber ich versuche, mich so gut es geht von Slaktus' Plänen fernzuhalten. Andererseits habe ich in meinem Leben nicht viel zu tun, hin und wieder helfe ich also aus. Hole Leute, fahre Leute wohin. Bin zur Stelle, wenn mal Not am Mann ist. Slaktus ist mit Castellaneta gerade im Aufnahmestudio – er war vorher total aus dem Häuschen, Slaktus, beeindruckt und aufgeregt und ernst und ängstlich, alles auf einmal –, und nachdem er Atals und Watamans »Taxidienste« einmal zu viel ausgetestet hatte, hat er heute früh am Morgen bei mir angerufen und rumgequengelt. Ich hab mich breitschlagen lassen, den Nigerianer zu

kutschieren. So kann ich jetzt auch mal einen Blick ins
Rapefruit werfen.

Wir durchqueren den Raum, ich gucke auf die Bildschirme, einer der Programmierer testet ein paar Straßen rund
um Saint Germain-des-Prés, und das wenige, das ich sehe,
verschafft mir beinahe eine Art Glücksgefühl; ich habe
noch nie den Schatten einer Grafik gesehen. Niemals. Ich
frage, wie viel von Paris sie in diesem Detailreichtum kartiert haben. Er antwortet, »alles«, und erklärt, dass sie gerade an den Vororten arbeiten. Sie haben es also hingekriegt, perfekt hingekriegt, ich nicke; sowohl mit dem
Licht als auch mit der Textur haben sie einen Volltreffer gelandet, das Detailniveau ist da, sie haben rumgebastelt bis
sie bei dieser fehlerfreien Darstellung angelangt sind: Objektiv, No-Nonsense. Sie sind nicht der Versuchung er-
legen, das Visuelle zu dramatisieren, sie haben nichts auf-
gebauscht, sie waren ausreichend nüchtern und sachlich,
um Paris einfach so zu kartieren, wie es ist, wie die Stadt
aussieht, die Endsumme der sichtbaren Teile von Paris, bis
ins kleinste Detail, mit ihren verschiedenen historischen
Schichten, den Abnutzungserscheinungen, dem Verfall.
Ich höre Slaktus: »Hast du geglaubt, es sei unmöglich ein
genaues Portrait einer Stadt zu erstellen? Überleg's dir
noch mal. Was passiert, wenn du ein genaues Portrait von
Paris siehst? Jepp, dann siehst du auch ein Portrait von Europas selbstzerstörerischem Geist im 19. und 20. Jahrhun-
dert. Es ist das Portrait einer Reise vom Tag in die Nacht.
Es ist ein Portrait vom Selbstmord einer Zivilisation. Ein
Portrait von Paris ist ein Portrait des dunklen Europas.
Nicht der Balkan ist dunkel. Nein, Europas Herz ist dunkel. Nicht London oder Berlin sind das Herz Europas.

Auch nicht Rom oder Stockholm. Es ist Paris. Immer noch. In Paris ist *das Europäische* zu einem kleinen, runzeligen Trüffel voller Bitterkeit zusammengeschrumpft.« Slaktus hat das begriffen. Mit ein wenig Hilfe meinerseits, wohlgemerkt. Wenn man Slaktus helfen will, muss man ihn in dem Glauben wiegen, dass die Ideen, die man ihm gibt, seine eigenen sind. So funktionieren die meisten Soziopathen, und so funktioniert Slaktus. Die lauwarme Idee vom »Portrait einer Stadt«, die ich ihm in den Kopf gesetzt habe, war genau die Idee, die ihn dazu gebracht hat, vom Film auf das Spiel umzuschwenken.

Ich folge dem Dreadlock-Kerl durch einen Gang; links liegt ein grünes Zimmer, rechts hat er offenbar sein Büro, getrennt von den Programmierern. So viel also zu Dreadlocks und flacher Hierarchie.

Lucy 1: »Du hast ein eigenes Büro.«
    Lucy 2: »Kleiner Rasta-Nazi.«
    »Ja, weißt du, ich programmiere nicht mehr, und es ist leichter, die Verwaltung etwas abseits von den Pizzakartons und der Musik und dem ganzen Zeug zu erledigen.«

Hier im *Rapefruit* herrschen hohe, hohe Technologie, niedere, niedere Moral, plus einem – EINEM – Idioten. Der Rasta-Nazi dreht sich halb um und lässt mich vorbei, er legt seine Hand zwischen meine Schulterblätter wie bei irgendeinem anderen verdammten Kundenkontakt und führt mich in ein halb leeres, einer Garderobe ähnelndes Zimmer, wo Taiwo mit dem Rücken zu uns vor einer Bank steht und in ein Telefon spricht. Dass er »gerade dabei ist, sich anzuziehen« ist streng genommen eine Lüge, denn

137

hier haben wir einen Afrikaner, der nichts anderes anhat als die afrikanische Nationaltracht. Den kohlrabenschwarzen Ur-Mantel aus Haut. Adams Anzug. Die einzige »Kreation«, die sich in der Nähe von Taiwos Körper befindet, ist das winzige Handy, das er sich ans Ohr hält.

»Sorry, Taiwo … Lucy is here to pick you up«, sagt der Geschäftsführer.

»Just a minute«, erwidert Taiwo und dreht sich halb zu uns um, mit ernster Miene und erhobenem Finger, während er dem lauscht, was in der Leitung gesagt wird. Und, ja, was erblicken wir da? Wie soll ich es sagen? Wie soll man das nennen? Wo finden wir ein passendes Bild? Müssen wir uns der Fauna bedienen? Nein. Vielleicht eher der Flora? Der Welt der Gemüsesorten? Wie wär's mit 'ner Aubergine? Ist das ein Gemüse? Egal. Die Größe stimmt. Der Form nach, könnte die Aubergine der Vetter von Taiwos Penis sein. Oder der kleine Bruder. Und die Farbe? Hm. Das trifft's genau. Irgendwo im Grenzbereich zwischen Lila und Schwarz.

»I'm sorry«, sage ich und gehe wieder raus. »I'll just wait outside … by the …«

»No problem«, mimt Taiwo.

»Ich geb dir eine Betaversion des Spiels, Lucy«, sagt der Geschäftsführer und nickt hinüber zu seinem Büro, »dann kannst du heute Abend in den Straßen von Paris rumwandern.« Er geht in sein Büro und kommt mit einem Lächeln und einem Stick wieder raus; Letzteren drückt er mir in die Hand. Der Stick ist so flach wie eine Kreditkarte und so breit wie mein kleiner Finger, ich stecke ihn zu den Quittungen und den Schlüsseln in meine Tasche.

Wieder im Hauptraum, wo die Programmierer sitzen, bleibe ich stehen, kneife die Augen zu und denke, verdammt, jetzt ist Lucy 2 weg. »I'm sorry«, hat Lucy 1 zu Taiwo gesagt, ohne von Lucy 2 korrigiert zu werden. »I'll just wait outside.« Verflucht. Es passiert hin und wieder, das Lucy 2 sich ausklinkt, dass sie unterdrückt wird, verdrängt wird, und es bedeutet immer Ärger. Na ja, Ärger … ja, es bedeutet Ärger, da die Abwesenheit von Lucy 2 immer gleichbedeutend ist mit Geschlechtsverkehr oder mit Gewalt; wenn Lucy 2 den Schnabel hält, ist Geschlechtsverkehr oder Gewalt in Sicht. Gewalt ist dabei das kleinere Übel. Geschlechtsverkehr bedeutet Ärger, weil ich ein Problem mit der Penetration habe. »Warum ist denn Penetration bitte schön so verflucht problematisch?«, fragte Slaktus immer, ehe er mir seinen Standpunkt, seine Argumente darlegte, ohne auf mich zu hören: »Was, wenn man aus der Sicht des Mannes Geschlechtsverkehr damit gleichsetzt, gegessen oder verschluckt zu werden? Hör mal, wenn ich dir meinen Mund auf die Nase lege, und den da drauflasse, eventuell die Nase ein bisschen rein und raus schiebe, bist du es oder ich, der penetriert? Werde ich von deiner Nase penetriert, oder wirst du von mir geschluckt? Was, wenn man die Vagina mit einer verdammten Mütze gleichsetzt, einer Kapuzenmütze ohne Löcher für die Augen, die dir gegen deinen Willen aufgesetzt wird? Ist das ein besonderer Spaß? Hä?« »Nun, Slaktus«, pflegte ich zu antworten, »wenn du diese ›Kapuzenmütze‹ nicht aufsetzen willst, brauchst du nur Nein zu sagen. Penetration ist etwas anderes. Das schnallst sogar du, wenn du ein bisschen nachdenkst. Und ›Löcher für die Augen‹ sind komplett überflüssig für ein Wesen, das mehr als alles andere diesem Außerirdischen ähnelt, der diesem Typen in *Alien*

139

aus dem Magen kriecht, oder nicht?« Spätestens bei dieser Äußerung würde Slaktus neue Witterung aufnehmen. Es reichte aus, irgendwas zu erwähnen, das mit Ridley Scotts Namen in Verbindung stand, und schon plapperte er über nichts anderes mehr als Filme. Die Diskussion wäre vorbei. Apropos *Alien*: Hier kommt Taiwo, angezogen, groß, schwarz. Mit dem Telefon in der Hand gibt er mir Küsse auf beide Wangen, gefolgt von einem tränenfeuchten Blick:

»You ok, Lucy?«

»Sure. And you? You look a bit …«

»Yes, I just got a … message.«

»A message«, sage ich und versuche, ein fragendes Gesicht zu machen. »How bad?«

»A good friend of mine just died, Boladji Badejo …«

»I'm sorry about that, Taiwo«, sage ich.

»It's ok …«, sagt Taiwo und lächelt traurig.

»I think I heard his name before«, sage ich.

»He's not super famous. But for being Nigerian, he's …«

»I'm … kind of Nigerian myself …«, sage ich und vermisse Lucy 2.

»I can hear that, Lucy … and I know, Slaktus told me … You probably heard about Boladji in Nigeria. He did some quite exceptional stuff in the late seventies, early eighties. How old are you?«

»Thirty-five.«

»Oh, ok. So you weren't born … Anyways … now he's gone.«

»Where would I have heard about him?«

»I guess the most infamous thing he did was to play the alien … he was an art student at the time …«

»The alien …?«

»Yes, the Alien-alien.«

»No way.«

»Way.«

»He was the guy in the suit?«

»Yes.«

»I guess I heard the name from Slaktus, then«, sage ich.

»Why?«

»Why?«

»Yes, why?«

»Because Slaktus is a Scott-fanatic, that's why. I guess he at some point winded himself up in the idea of mixing a science fiction-narrative with a slave-narrative ...«

»Sounds reasonable. Alien as a metaphor for alienation was something Boladji liked to fantasize about too ... sitting inside that costume ... You know Dan O'Bannon – the screenwriter of Alien – was heavily influenced by Joseph Conrad, and ...«

»No, I didn't know«, lüge ich und versuche das Gespräch zu beenden, das Ganze wird mir zu filmclubartig.

»I'm very sorry about your friend«, sage ich, um höflich zu sein.

»Are you?«

»Yes.«

»How could you be?«

»Ok, allright, I'm sorry for you«, verbessere ich mich.

»Better«, sagt Taiwo.

»What?«

»You are sorry for me because I'm more or less Boladjis next of kin? And you think you know how that feels?«, fragt Taiwo genauer.

»Well ... yes. That's the only way to be sorry about death«, sage ich.

»I get your point«, sagt Taiwo.
»Do you …«, sage ich.

Es ist schwer zu sagen – jetzt nach fünf Minuten –, wie klug Taiwo eigentlich ist. Ist er klug, oder spricht da nur der geborene Gentleman? Ich werde das schnell herausfinden.

»Human compassion is basically that ›imagine-how-it-must-hurt‹-feeling«, nickt Taiwo. »That ›poor-thing-I'm-glad-it's-not-me‹-feeling?«
»Sort of«, sage ich.

Er kommt einen Schritt näher, er ist einen Kopf größer als ich, mindestens, und seine Haut zehn Töne dunkler. Er schaut auf mich herab wie jedes andere Dreckschwein, er seufzt, sein Atem berührt meine Brust und meinen Hals, aber ich fühle es im Magen. Er hat einen Treffer gelandet. Ich fühle es im Magen und vom Magen abwärts bis in den Unterleib. Er hat einen Treffer gelandet. Ich denke genau wie er. Dass Mitmenschlichkeit darauf beruht, dass wir alle Angehörige sind. Der Verlust eines Menschenlebens an sich bedeutet nicht viel, bis man selbst davon betroffen ist. Um den Toten ist es nicht schade, es ist schade für die Zurückgebliebenen. Der Gedanke, zurückgelassen zu werden, das Gefühl, zurückgelassen zu werden, die Furcht vor der Trauer, vor dem Vermissen … sind das egoistische Gedanken? In welchem Verhältnis steht das Gefühl von Verlust zum Gefühl von Eifersucht? Ist Eifersucht nicht eine Art Verlust von Aufmerksamkeit? Der Zwang, Eigentum zu teilen? Ist das Verlustgefühl nicht immer an die Idee des Eigentums gekoppelt? Und was halten wir vom Eigentum? Nein, nein, gar nichts. Vom Eigentum halten wir nichts. Anarchie muss rein ins Gefühlsleben. Taiwo steht jetzt 40 cm vor mir, ohne etwas zu sagen; er atmet einfach nur und schaut auf mich herab, oder sieht er nicht vielmehr durch mich hindurch? Konzentriert er sich? Seine tränenfeuchten Augen sind nicht mehr tränenfeucht, sie drücken eher eine Art Entschlossenheit aus. Sein Atem trifft mich ständig an derselben Stelle, am Hals und an der Brust, das heißt im Magen und im Unterleib.

»You ok?«, frage ich.
      »Yes, yes. I'm over it«, sagt Taiwo.

Dieser Satz haut mich um. Er ist darüber hinweg. Zwei Minuten sind vergangen, und er ist darüber hinweg. Aus den Augenwinkeln sehe ich den Programmierzwerg auf den iPod-Lautsprecher zusteuern; er hat die Elektromusik im Auge, ich schnipse mit den Fingern und zeige auf ihn, er sieht mich an, ich sende ihm einen Blick, der keinen Interpretationsspielraum zulässt, er dreht auf der Stelle um und geht zurück zu seiner Grafikmaschine. Keiner wird mir diesen Augenblick mit Musik vermiesen. Was ist ein Soundtrack? Etwas, das man um jeden Preis vermeiden muss.

»You're over it«, stoße ich hervor.
      »Yes, I'm over it«, sagt er ruhig. »Sorrow is for the selfish.«

Er schaut auf meinen Haaransatz, ich schaue auf seinen Kehlkopf.

»So«, sage ich.

143

»So.«
»So, you want …«
»Yes, I do.«

ZU HAUSE

Ein großer Penis ist ein kleiner Trost in einer armen Familie.

SCHWEDISCHES SPRICHWORT

Meine Küche trägt die Spuren des seit 12–14 Jahren immer gleichen Morgenrituals: Aufstehen und Bademantel anziehen. Licht an, zur Espressokanne, Wasser in den Behälter, Kaffeepulver aus der alten Aluminiumdose neben der Zuckerdose einfüllen. Die Platte rechts oben aufdrehen, Geschirrspüler aufklappen, Teller und Töpfe in die Schränke räumen, Besteck in die Schublade legen, den Kaffee vom Herd nehmen, zum Kühlschrank rüber, Milch holen, ein Knäckebrot schmieren, runterwürgen, Teller und Besteck rein in den Geschirrspüler, Platz nehmen auf dem 90er-Jahre-Stuhl mit rotem Sitzkissen neben dem Fenster, niemals auf dem Sprossenstuhl neben der Küchenbank. Und so weiter. Mein Abend- und Nachtritual variiert wild, da habe ich keine Regeln, das Morgenritual ist immer das gleiche. Wegen dem Morgenritual ist die Wand über dem Waschbecken auf der linken Seite schmutziger als auf der rechten; meine einstudierten Bewegungen sorgen dafür, dass die Krümel sich dort ansammeln und nicht anderswo. Manchmal schneide ich Früchte und Gemüse, deshalb ist das Schneidebrett teilweise abgenutzt. Egal, was ich in der Nacht treibe, am Morgen mache ich immer das Gleiche, jeden Tag zur selben Zeit. Das ist meine Routine. Ob nach acht Stunden Schlaf oder nach zwei Stunden Schlaf, ich führe immer die gleiche Liturgie durch. Und während ich meinen Kaffee trinke und aus dem Fenster gucke, denke ich immer das Gleiche; ich schaue auf den Park, der sieben Etagen weiter unten liegt, und auf die Vögel. Zu dieser Uhrzeit kreisen sie immer zwischen den Wohnblöcken, die die Grünanlage einrahmen. Und dann denke ich, dass es nicht viel Fantasie braucht, um sich vorzustellen, dass die Tauben kleine Flugsaurier sind, die herumgleiten. Und dass die Wohnblöcke relativ fortschrittliche Nester sind, die mittelgroße Säugetiere für sich selbst und ihre Nachkommen gebaut haben. Und dass es leicht ist, die ganze Struktur von außen zu sehen. Und dass man selbst ein Alien ist. Der dasteht und auf das Ganze hinabblickt. Und sich ärgert. Es braucht nicht viel Fantasie, um das zu denken, egal, ob ausgeruht oder ausgebrannt, ich denke immer dasselbe. Genau dasselbe. Ob krank oder gesund. Heute Nacht krieg ich vielleicht vier oder fünf Stunden lang die Augen zu, ehe ich das Morgenritual starte. Es ist noch nicht besonders spät, aber so wie es aussieht, denkt Taiwo nicht daran, so schnell aufzuhören. Er sitzt hinter mir im Bett und rollt den Daumen auf meinem Anus vor und zurück, als wäre er ein verdammtes iPod-Rädchen. Auch wenn er gegenwärtig hauptsächlich aus Eigeninteresse auf meinen Anus fixiert ist, hat er bereits angedeutet, dass er nicht nur »an sich selbst denkt«, wie man so sagt. Und auch wenn die Fixierung auf den Anus für mich normalerweise keine sexuelle Hauptattraktion ist, schafft er es doch, dass ein Ruck durch meinen Unterleib geht, als er den iPod-Trick in einen harten Six-Pack-Griff übergleiten lässt und mich mit der Linken zugleich in eine Art Würgegriff nimmt. Die Penetration hat zum Vorteil, dass sie, wenn man von den problematischen Aspekten wie der Okkupation usw. mal absieht, als eine Art kurzweiliger Eskapismus gebraucht

werden kann – auch von Frauen, ja ja. Die wenigen Sekunden oder Minuten, in denen die Impulse zwischen glatter
Muskulatur und zentralem Nervensystem den Drang des
Gehirns nach der Beschäftigung mit praktischen Fragen
abschalten, sind vielleicht keine Sekunden oder Minuten
reeller Freiheit, aber Sekunden oder Minuten, in denen
man *zur Abwechslung* mal nicht an das Verhältnis zwischen
Dingen, Geld und Bedürfnissen denken muss. Mein Geld
materialisiert sich in Dingen, und diese Dinge decken
meinen Horizont. Die Zeit, in der ich meinen Körper für
etwas verleihe, das an Arbeit erinnert, wird mit Geld be-
glichen; danach breitet sich das Geld um mich herum aus,
in Form von Zahnbürste und Bett, Zucker und Deodo-
rant, den Gläsern im Schrank, dem Parkettboden, dem
hässlichen Wandschrank mit den weißen Türen. Das Sofa
ist mein Geld. Der Computer. Die Bettdecke. Alles. Die 19
Grad Celsius in meiner Wohnung sind mein Geld. Das
Licht ist mein Geld. Das Klo ist mein Geld. Die Bücher, die
Blätter, die Spiele. Die Pornos. Die Ohrstäbchen. Die Tep-
piche. Der Abfall ist mein Geld. Ich bringe den Abfall raus,
also mein Geld, also meine Zeit, also mein Leben, und
schmeiße es in den Container. Ich bezahle fürs Wegwerfen.
Ich bezahle dafür, nicht zu haben. Ich bezahle dafür, nicht
zu besitzen. Ich bezahle für Abwesenheit. Genau jetzt
kann Taiwo die Abwesenheit von Schamhaar genießen,
wofür ich bezahlt habe. Das ist es wert, ihm diesen Genuss
zu verschaffen, meine ich. Er holt seinen Schwanz raus und
steckt ihn mir rein. Taiwo kennt sich aus in Sachen Penetration, das fühle ich, auch wenn ich hier passiv daliege; die
passive Rolle ist eigentlich nie mein Ding gewesen, zur
Hölle mit der Biologie, die mich dorthin zwingt, aber im
Moment ist es trotz allem ganz nett, am passiven Ende zu

147

sein. Sich dem Manne zur Verfügung zu stellen, sodass dieser die Möglichkeit bekommt, seiner Begierde »Auslauf« zu gönnen, kann eine feine Sache sein, sogar für Frauen, sogar für mich. Trotz der Tatsache, dass die Begierde des Mannes im Verhältnis zum Status der Frau eine komplexe Angelegenheit ist. In der männlichen Analyse der Frau, die emotional aufgeladen ist durch den Zorn und den Widerwillen des Mannes gegen ihren starken, scheinbar unerbittlichen Griff um seinen Körper und seine Sinne, liegt implizit das Eingeständnis, dass Gleichheit die Antithese der sexuellen Anziehung ist, solange man den Geschlechtsverkehr als Bedingung für die sexuelle Anziehung begreift. Die Frau muss auf ein Sexualobjekt, auf ein Sexspielzeug reduziert werden oder sich darauf reduzieren lassen, um dem Mann zu gefallen, der sie dann, aber auch nur dann, ficken will. Indem sie sich auf diese Weise unterordnet, wirkt sie sinnlich auf den Mann, der Mann fühlt sich von ihr angezogen, seine Begierde – das heißt, sein Wille, sie zu benutzen – wird von ihm, paradoxerweise, als ihre Macht über ihn erlebt. Die Umkehrung von Penetration ist schwierig, aber es lässt sich hinbekommen. In solch einem Fall muss man das Verhältnis zwischen den Geschlechtern umkehren, und dadurch das Verhältnis zwischen Menschen und Dingen. Genauso wie ich Atals und Watamans Bruder als Ding gesehen habe, als Pavel seine Spritze ansetzte, muss ich den Mann zu einem Ding machen, um ihn dazu zu bringen, mich als Mensch zu betrachten. So wie der Mord eines Mannes an seiner Ehefrau diese mehr zu einem Ding als einem Menschen macht und sie in seinen Augen paradoxerweise genau dadurch menschlich wird, da sie nun jemand ist, den er nicht länger ficken will, so muss es möglich sein, die Rollen zu vertauschen und diese Prozesse umzukehren. Ich habe mir viel den Kopf darüber zerbrochen. Habe mich mit der Umkehrung dieser Prozesse abgequält. Zu versuchen, die Reihenfolge von Dingen, Menschen und Geld umzuschichten, ist eines meiner privaten Vergnügen. Ja, Geld hat auch seinen Platz in dieser Rechnung. Das ewige Geld. Wo kommt es hier ins Bild? Jepp, hier ist es. Hier ist das Geld. Es steht da und glotzt uns an.

»He, fickt ihr hier rum?« In der Tür steht Wataman und grinst breit, die Zähne verdeckt hinter dem üblichen Batzen Snus; ich hätte den Jungs niemals die Schlüssel für meine Wohnung geben sollen. Seine Schuhe sind dreckig, und ein unanständiges Bündel Geldscheine hängt aus der Brusttasche desselben Hemds, das er anhatte, als er, sein Bruder und Castellaneta vor ein paar Tagen ins Thiên Nga kamen. In der Hand hält er eine Tragetasche, vollgestopft mit General-Snus. Taiwo beeilt sich, seinen langen und, ja genau, snusfarbenen Schwanz aus mir rauszuziehen, er deckt sich mit der Decke zu. Nach seinem Ausruf zu urteilen, hat Wataman trotzdem einen Blick auf das Prachtstück erhaschen können:

»WUU!WUUU!WUUUHHH!«
    Lucy 1: »Wataman … Reiß dich zusammen!«
    Lucy 2: »Scheißjunge.«
    »Und wer sind Sie, oh unendlich ausgestatteter Negerkönig?«, kichert Wataman und macht kleine Verbeugungen.
    Lucy 1: »Er spricht nur Englisch.«
    Lucy 2: »Scheißjunge.«
    »Who the hell is this?«, ruft Taiwo.

149

»How on earth did you grow that … that … CREA-
TURE!?«, antwortet Wataman fröhlich.

»What? … What?«, sagt Taiwo.

»Hey, can I see it again? Please. Lord have mercy!
Please. Here, I'll pay you. Here …« Wataman zieht Geldscheine aus seiner Brusttasche und streckt sie Taiwo entgegen, als würde er einer Ziege zu Fressen geben. Taiwo
blickt mit runden Augen auf die Scheine.

»I beg your pardon? Lucy, who is this?«

»It's my son«, antworte ich.

»Your what?«, sagt Taiwo. Wir hören jemanden im Klo
kotzen. Perfekt. Atal ist ebenfalls im Haus. Atal, Wataman
und die Gehirnerschütterung. Sie folgen einander wie Blitz
und Donner, diese Jungs, wie Rauch und Feuer. Wie Scheiße und ich, wie Bier und Rülpser. Schwanz und Ficken.
Hier ist er; Atal schaut seinem Bruder mit wirren Augen
über die Schulter, während er Himbeersaft aus einer Zwei-
literflasche trinkt, er schüttet den Saft über den Mundwinkel in sich rein, um den Snusbatzen zu umgehen, er hat
noch immer einen dreckigen Verband um den Schädel.

»Was geht ab?«, fragt er und rülpst.

»Another one?«, fragt Taiwo.

»My sons«, erkläre ich.

»Your what?«

»You're wet?«, lacht Wataman.

»Sons?« Taiwo blickt von einem Jungen zum anderen.

»Your desire is my home, mister.«

Lucy 1: »Gebt mir die Wohnungsschlüssel zurück.«

Lucy 2: »Verzieht euch.«

»Ficken?«, sagt Atal.

»Is that Norwegian?«, fragt Taiwo.

»Yup«, sagt Wataman.

»Will we have a brother with another father, mother?«, fragt Atal nachdenklich.

»HAHA!« Wataman drückt seinem Bruder einen Kuss auf die Wange und gibt ihm einen Klaps auf den Hintern.

Ich wedle mit der Hand, um sie rauszuschicken. Sie grapschen aneinander rum und trippeln und kichern, wie sie es schon immer tun, all die Jahren, die ganze Zeit, total spastisch, und taumeln hintereinander ins Wohnzimmer, wo sie CNN einschalten. Wetterbericht. Sie fangen an zu johlen und zu schreien, wie immer, wenn schlechtes Wetter vorhergesagt wird. Und es wird immer schlechtes Wetter vorhergesagt. Heiß ist schlecht. Kalt ist schlecht. Nass ist schlecht. Trocken ist schlecht. Das Wetter ist schlecht.

»The weather is gonna be bad!«, rufen sie zu uns rein, als wollten sie uns auf dem Laufenden halten, was draußen in der Welt vor sich geht. »Houses are being destroyed by water! All over Europe! Storm! Landslide! Africa! USA!«

»The weather report?«, fragt Taiwo verwundert.

»Yes, they are really into weather«, sage ich.

»Are they always coming this late?«

»What time is it?«

»Four-thirty am.«

»Yeah, well they come … you know, whenever.«

»Allright …« Taiwo nickt.

»Do you want to come before we quit?«, frage ich.

»Oh, thanks, but … I'm fine, Lucy, thanks.«

»Sure? I can blow you or whatever.«

»Thanks, but no. *Coitus interruptus* has never been a big deal for me. I'll just save it.«

»And I miss you, bumms-bumms-bumms-bumms-

bumms-bumms-bumms, like the desert miss the rain«, wird im Wohnzimmer gesungen; es wird rumort, Bücher knallen auf den Boden, irgendwas wird verspritzt, es wird gerülpst, das Radio lauter und leiser gedreht. Verdammte Gremlins.

»Do they live here?«, fragt Taiwo.

»No, they don't«, antworte ich. »They have a key. I should take it back, I guess.«

Dann wird es still. Totenstill. Stille bedeutet Ärger, genau wie damals, als sie noch klein waren. Wenn sie still sind, geht irgendetwas vor. Ich ziehe ein *Manowar*-T-Shirt an, das mir bis zur Mitte der Oberschenkel reicht, und gucke ins Wohnzimmer. Atal und Wataman haben den Stick mit der *Deathbox*-Betaversion gefunden, den ich vom Geschäftsführer mit den Rastazöpfen bekommen habe; ich hatte ihn ins Regal gelegt. Jetzt sitzen sie auf dem Sofa und gleiten auf dem LCD-Bildschirm, der drei Viertel der Wand neben dem Bücherregal einnimmt, durch die Straßen von Paris. Sie gaffen, Atal steuert, Wataman glotzt, beide mit ihren monströsen Batzen Snus unter der Oberlippe. Beide sind recht erfahrene Gamer, alle in ihrem Alter sind das, sie sind erfahrene Unterhaltungskonsumenten; dass sie dasitzen und gaffen, ist ein gutes Zeichen. Ich bleibe stehen und glotze selbst. Slaktus hat da wirklich was hinbekommen. Trotz allem. Sie sind unten am Montparnasse. Atal lässt die Kamera entlang der Außenmauer des Friedhofs gleiten, er biegt bei *Chez Papa* um die Ecke, geht durch das Tor ein wenig weiter unten an der Straße und fängt an, von Grabstein zu Grabstein zu wandern; er geht nah an sie ran, so dass wir die Namen der Toten lesen können, einen nach dem anderen, Michel Sans, Madeleine Porriot, Jean-

Baptiste Deschamps; auf einem der Gräber liegen frische Blumen, ein kreuzförmiger Grabstein ist umgefallen, er liegt da offensichtlich schon länger so, denn das Gras rundherum ist nicht geschnitten. Atal steuert auf die Kapelle zu, und als er zur Tür kommt, quillt ein Teil des Kappelleninneren heraus und legt sich über die rechte Seite des Bildschirms, Texturen, Ornamente und Gegenstände aus der Kapelle überziehen ihr Äußeres wie eine Art flimmernde Maske; die Kappellentür ist nicht offen, aber dass Innere der Kappelle fließt nach draußen.

»Ziemlich psycho, dieses Spiel!«, lacht Wataman.
 »Ja, total lustig!«, ruft Atal. »Schau mal Jesus am Kreuz an … da … da … an dem Baum da.«
 »Hä?«
 »Da … schau mal, seine Beine. Die reichen vom Baum bis zur Mauer. Ha ha!«
 »Hä hä! Und der Kopf! Schau den Kopf an!«
 »Hä hä häää!«

Das Telefon klingelt. Slaktus ist dran. Er ist extrem aufgeregt. Es ist fünf nach halb fünf. Hat man denn nie seine Ruhe? Im Schlafzimmer zieht Taiwo sich seine Hose an. Slaktus darf sich nicht aufregen, denke ich, höre aber, dass dem nicht so ist; es ist lange her, dass ich mit einem so wütenden Slaktus gesprochen habe. Mir graut vor dem, was kommen wird.

»Was ist los, Slaktus?«
 »Verdammte Scheiße«, schnaubt er.
 »Hast du deine Medikamente genommen?«
 »Verflucht, Lucy, hör mir jetzt zu.«

»Was denn?«

»Es ist im Arsch«, sagt Slaktus.

»Immer mit der Ruhe, Slaktus. Was ist im Arsch?«

»Das Spiel.«

»Du meinst den Bug unten bei Montparnasse?«

»Montparnasse?«

»Ja.«

»HÄ?«

»Montparnasse.«

»In Montparnasse auch!? Wo? Wo?«

»Unten beim Friedhof. Vor der Kappellentür.«

»Verfickte Scheiße! Da auch? Es ist überall. An der Bastille. Place des Vosges. Gare du Nord. Überall.«

«Das ist doch nur eine Betaversion, die kriegen das schon wieder hin. Hast du mit den *Rapefruit*-Jungs geredet?«

»Nein, noch nicht. Ich kann nicht, das Ganze fängt an, mir über den Kopf zu wachsen. Das ist die neue Betaversion, Lucy, weißt du das? Die neue!«

»Du hast nicht einmal mit ihnen geredet? Entspann dich, das regelt sich schon«, sage ich in einem Ton, der zugleich bedeutet: »Jetzt lege ich auf«, und im selben Moment fällt mir auf, dass Lucy 2 auch bei dieser Unterredung nicht anwesend ist; ich fühle, wie die Unsicherheit mir einen Stich verpasst, rund um mein rechtes Auge erschlafft alles, meine Wange wird gefühllos; Lucy 2 zu vermissen ist wie seinen Schatten zu vermissen, oder sein Spiegelbild, vielleicht nicht direkt gefährlich, aber verdammt unangenehm. Bedeutet das Ärger? Bedeutet das Kopulation, wie so oft? Bedeutet das Geschlechtsverkehr zwischen Slaktus und mir? Das kann nicht sein, wir haben nicht mehr kopuliert, seit die Jungs klein waren, das muss vor mindestens 13–14 Jahren gewesen sein. Ich habe ihn nie mit dieser

Lucy 2-Fotze an meiner Seite gefickt. Bedeutet das dann Gewalt? Ich tröste mich mit dem Gedanken, dass es irgendwie eine Reaktion darauf sein muss, dass ich jetzt – am Telefon – zum ersten Mal seit vielen Jahren Slaktus' Wut durch die von Schlaf und Medikamenten errichtete, angeblich wasserdichte Schutzmauer sickern höre, die seine Aggressionen und den Rest der Welt voneinander trennt. Wie oft stand ich da und habe die Aggression, egal, ob in Form von Sex oder Gewalt, empfangen; ich versuche mich zu beruhigen, sage mir, dass Lucy 2, auch wenn sie die Dinge durchschaut, doch keine Hellseherin ist; sie kann nicht in die Zukunft sehen, sie ist empfindlich und reagiert auf sexuelle oder gewalttätige Energie, aber man kann sie nicht als eine Art Barometer benutzen, um abzuleiten, was passieren wird, sie ist keine verfickte Seherin; das wird kein Rein-und-raus zwischen Slaktus und mir. Und er wird mich nicht schlagen. Nie mehr.

»Das wird NICHT schon wieder, Lucy, ich fühle es«, sagt Slaktus, und ich höre die Wut in ihm hochsteigen; ich kenne ihn so gut, dass ich beinahe den leichten Brechreiz wahrnehmen kann, der den Zorn begleitet. Ich fühle ihn im Zwerchfell, aber halt, das ist kein Brechreiz, was ist das, es blubbert; Gelächter drängt herauf.

»Ich weiß, dass es nur ein Bug ist, aber ich rieche, dass da noch mehr ist, noch was anderes, das liegt tiefer. Verflucht, Lucy. Meine Nase täuscht sich nie.«

»Nimm noch eine Pille und leg dich hin«, sage ich mit der richtigen Mischung aus Strenge und Sorge, ohne zu kichern. »Du kannst jetzt sowieso nichts dagegen machen. Schlaf ein bisschen und ruf mich an, wenn du mit ihnen geredet hast.«

»Verdammt, Lucy, kannst du das nicht machen? Please. Ich schaff es nicht, in meinem Zustand mit denen zu reden, das weißt du. Ich schlag diesen kleinen Scheißern die Fresse ein.«

»Okay, ich kann das machen. Wenn du dich hinlegst, fahre ich Taiwo nach dem Frühstück zum *Rapefruit* und rede mit denen.

»Nach dem Frühstück? Scheiße, wohnt er bei dir oder was?«

»Er wohnt ... wie du weißt ... im Hotel«, sage ich mit geschlossenen Augen, während ich mit dem Lachreiz kämpfe.

»Das klingt, als hätten sich die Hottentotten gefunden«, sagt Slaktus.

»Ja, das klingt so«, sage ich.

»Hast du eine Party bei dir?«

»Nein«, sage ich, »wieso das?«

»Das Geheul im Hintergrund ... sind das die Jungs?«

»Bingo.«

Die Jungs brüllen und lachen über das Unheil, das der Bug auf dem Bildschirm anrichtet. Atal hat die Knie hinter den Ohren und tut so, als bediene er die Fernbedienung mit dem Anus. Jetzt haben sie herausgefunden, dass, wenn sie sich um die Rückseite der Kapelle schleichen, sich direkt an die Mauer stellen und dann nach links schauen, eine der großen Kerzen auf dem Altar durch die Rückwand geschleudert wird, wobei sie aussieht wie ein relativ großer Silberpenis. Eine Art T-1000 in Penisgestalt, sollte sich noch einer daran erinnern, was ein T-1000 ist. Taiwo steht in der Tür zum Wohnzimmer. Er setzt das Headset auf und fummelt am iPod rum, während er zwischen den heulen-

156

den Jungs und dem Bildschirm hin und her blickt. Letzterer fährt fort, die digitalen Horrorhalluzination von Dingen und Räumen, die ihr Inneres nach außen kehren, vorzuführen. Taiwo hat zweifelsohne vor, sich zu verdrücken, ohne daraus eine große Nummer zu machen. Wataman riecht Lunte und dreht sich zu ihm um.

»So who's playing?«, fragt er.

»What?«, sagt Taiwo und nimmt einen Kopfhörer aus dem Ohr.

»Who's playing?«

»The Who.«

»The what?«

»The Who.«

»What's that?«

»A band.«

»Oh … Old?«

»Mhm.« Taiwo nickt. »And what's this?«, fragt er.

»Your game.«

»It's fucked.«

»I see.«

»You do?«

»Mhm.« Taiwo nickt, jetzt sehr nachdenklich. »Bug?«

»Bug«, lächelt Wataman. Atal drückt wild auf die Fernbedienung, um die Programmierfehler zu weiteren vergnüglichen Abnormitäten zu zwingen. Die Zunge hängt ihm weit aus dem Mund und zuckt heftig, während er unkontrolliert lacht. Die beiden Negerjungen verhalten sich gegenüber den Fehlern und Schwächen wie Haie; dieser Bug hat sich in ihr Revier verirrt. Haben sie einmal eine Schwäche gerochen, gibt es keine Gnade, der Schwache muss gejagt und lächerlich gemacht werden. Das ist vermutlich ein Ik-Impuls. Man muss um jeden Preis vermeiden, jegliche Art von Glaube, Meinung oder Wertvorstellungen vor Atal und Wataman zu zeigen. Sollte es etwas geben, für das sie stehen, dann ist es, mehr als alles andere, das Lächerlichmachen sämtlicher Werte.

»You wanna come with us to a comedy club one of the nights, paps?«, fragt Wataman.

»A comedy club?«, erwidert Taiwo.

»Yes. Standup. We like comedy, you see.«

»After work some day?« Taiwo schaut zu mir rüber. Ich stehe im Flur und zucke mit den Schultern.

»Yes, yes«, sagt Wataman ungeduldig.

»Well, why not, if we're on schedule down at *Rapefruit* and all«, sagt Taiwo.

»Haha! On schedule? Right!«, lacht Wataman und deutet vielsagend auf das verwüstete Montmartre. Plötzlich wird er wieder ernst: »We'll pay.«

»Yes, we will definitively pay«, versichert Atal, ohne den Blick vom Bildschirm zu wenden.

»Ok, thanks, but that's not necessary.«

»Yes, it is«, sagt Wataman.

»But you are kids, and I have quite some ...«

»We have quite some more«, unterbricht ihn Wataman. »So, yes or no.«

»Yes, sure, yes, ok.« Taiwo verzieht sich in Richtung Tür. Ich folge ihm.

»Mama!«, ruft Atal aus dem Wohnzimmer.

»Ja?«

»Kannst du nicht deinen verfickt starken Kaffee aufsetzen? Zeit aufzuwachen hier!«

LEICHEN

Well, gentlemen, you are about to see a baked apple.
GEORGE APPEL (LETZTE WORTE VOR
DER HINRICHTUNG)

Zu einem früheren Zeitpunkt in seiner »kreativen Karriere«, als Slaktus noch an den Kinofilm als Medium glaubte,
hatte er, so erinnere ich mich, folgende Filmidee: Wir treffen eine durch und durch gute Frau, die sich tagaus, tagein
ihren philanthropischen Aufgaben widmet. Der Film stützt
sich auf ein stabiles politisches und moralisches Fundament, jede Szene handelt vom bewundernswerten Kampf
dieser Frau für das Gute, ihren *struggle*, wir bekommen
ihre Tadellosigkeit und Selbstlosigkeit vorgeführt. Aber die
Szenen sind so gedreht, dass der Zuschauer nicht umhin
kann, ihr Auftreten nervtötend zu finden. Es liegt in den
Details: ihre Art, Fahrrad zu fahren, ihre Stimme, ihr
Haarschnitt, ihre Körperhaltung, die Lippen, ihre Art zu
schlucken, der harte Zug um den Mund, die Zähne. Nach
und nach wird es immer unerträglicher. Zum Schluss ist
der Zuschauer so genervt, dass er ihr die Pest an den Hals
wünscht und den Kinosaal voller Hass auf diese durchweg
gute Figur verlässt.

Keine schlechte Idee. Ich denke daran, weil Pavel, der vor
mir und Slaktus steht, die Kriterien für eine solche Figur
erfüllen würde; ich denke jedes Mal an diese Filmidee,
wenn ich Pavel sehe, ja, ich verdächtige Slaktus in vielerlei
Hinsicht, Pavel als Modell für diese Idee verwendet zu ha-

ben. Oder vielleicht dessen Frau? Die Rothaarige, die ständig über Haut redet? Eins von beidem. Wir stehen vor der rechtmedizinischen Abteilung, ein Gebäudeflügel, der selbst aussieht wie eine Leiche, was dem Ausdruck »lebende« und »tote« Architektur einen neuen Sinn verleiht. Pavel soll uns das eine oder andere zeigen – oder, besser gesagt, Slaktus und der Art Director aus dem *Rapefruit*, plus einer der Programmierer, haben gebeten, ein bisschen »Research« machen zu dürfen – ich bin nur aus Neugierde dabei, was nicht oft passiert; ich bin ein durch und durch unneugieriger Mensch, aber eine leichte Erregung hat mich befallen. Ich will mal wieder eine Leiche sehen.

»Wie geht es euch?«, fragt Pavel und spielt mit der Schlüsselkarte. Seine Stimme ist unglaublich heiser. Es klingt, als habe er sich jahrelang nicht mehr geräuspert. Slaktus nimmt die Angelegenheit in die Hand.

»Räuspere dich erst mal, Pavel.«

»Wie bitte?«

»Könntest du dich bitte räuspern? Ich ertrage dein Gekrächze nicht.«

»Ehehem …«

»Bist du heute gekommen?«

»Eh-eh-em-ehem. Verzeihung. Nein. Ehemmm. Nein, bin ich nicht.«

»Solltest du nicht anrufen, sobald du kommst?«

»Ja.«

»Aber?«

»Ja.«

»Du bist also gestern gekommen?«

»Ja, gestern, ja.«

Pavel ist einer von denen, die einen guten letzten Eindruck hinterlassen. Sobald er »Tschüss« sagt, wird einem klar, dass er etwas Besonderes ist. Als ob jemand käme, wenn er geht. Slaktus und ich haben ihm oft genug »Tschüss« gesagt, um zu wissen, was er zu bieten hat, deswegen sind wir noch immer in Kontakt. Pavel meldet sich nie von sich aus, aber er ist außerstande, Nein zu sagen, wir sind gewissermaßen gegen seinen Willen noch in Kontakt. Slaktus starrt Pavel an. Pavel blickt zu Boden und räuspert sich noch einmal. Mir ist leicht übel. Mir ist oft leicht übel, wenn ich Pavel sehe. Der AD mit seiner komischen Frisur und der Programmierer, der aussieht, als müsste er in der nächsten Minute zu einem Studienaustausch nach Australien, schauen sich um und rauchen und kratzen sich. Mit mir als Zwischenhändlerin haben sie es geschafft, Slaktus in Bezug auf die Programmierfehler zu beruhigen; sie baten mich, ihm zu sagen, dass es sich um einen minimalen Fehler handle, den man problemlos beheben könne. Aber seit ich mit ihnen geredet habe, verhalten sie sich sehr ausweichend, die jugendliche Selbstsicherheit, mit der sie sich normalerweise umgeben, hat sich in nichts aufgelöst. Vielleicht merken sie, dass Slaktus sich noch immer Sorgen macht, obwohl, oder eher weil er den Fehler noch mit keinem Wort erwähnt hat. Slaktus hat eine schreckliche Ausstrahlung, wenn er sich Sorgen macht. Auch möglich, dass von mir negative Schwingungen ausgehen. Und dazu kommt noch Pavels schwache Persönlichkeit; man könnte die Stimmung hier auf der Treppe vor der Rechtsmedizin als mies bezeichnen. Miese Stimmung. Jepp. Die Stimmung ist mies.

»Können wir Fotos machen?«, fragt der AD.

161

»Ja, sicher«, antwortet Pavel, »nur nicht von den Köpfen.«

Sieben Minuten später halte ich einen Fuß in der Hand und lächle. Der Fuß ist blassgelb, wie auch der Einweghandschuh, den ich übergezogen habe. Und schön. Schön gepflegt. Slaktus ist heiter wie die Sonne. Der Eifer des ADs und des Programmierers ist zurück, und das ist gut so. Der Umgang mit losen Körperteilen bringt sogar Pavel dazu, zwanglos zu plaudern.

»Hände und Füße sind das eine«, sagt er, »aber erst die Köpfe bringen Schwung in die Sache. Dort sitzt der Tod.« Er beugt sich unter die längs der Mauer verlaufende Ablage, worauf er bereits Schüsselchen mit Fingern und Zehen abgestellt hat, und holt ein paar durchsichtige Plastiktüten hervor.

»Ein Körperteil kann immer verloren oder ersetzt werden.« Pavel zieht einen Frauenkopf aus einer der Tüten. »Aber nicht der Kopf.«

»Verdammte Scheiße«, sagt der Programmierer und kann ein Grinsen nicht unterdrücken.

»Oder«, fährt Pavel fort, »auch der Rumpf kann nicht ersetzt werden. Aber ein Kopf *tut* etwas für dich, das macht nicht einmal der Rumpf.« Er legt den Schädel vorsichtig auf die Ablage.

»Hübsches Mädel«, sagt Slaktus.

»Ja … aber ihr seid ja gekommen, um die Schnittflächen zu sehen. Der hier wurde der Kopf abgerissen, das ist kein sauberer Schnitt. Autocrash. Aber dieser Freund hier …« An den Ohren zieht Pavel einen Glatzkopf mittleren

Alters aus der anderen Tüte. »Diesen Typen haben sie nebenan aufgeschnitten. Hier könnt ihr sehen, wie ein glatter Schnitt aussieht.«

»Ist das die Speiseröhre?«, fragt der AD.

»Nein, die Luftröhre. Das hier ist die Speiseröhre. Und das, was da raushängt, sind die Stimmbänder.«

»Mit was haben die gesägt?«, fragt Slaktus.

»Mit etwas Ähnlichem wie einer Bandsäge. Er war gefroren, als sie das gemacht haben, deshalb ist der Schnitt so glatt. Bei eurem Spiel benutzt ihr eine Steinsäge als Werkzeug, nicht wahr?« Slaktus, der AD und der Programmierer nicken. »Eine Steinsäge an einem lebenden Menschen ... ja, das gibt bestimmt ein paar Fransen. Wenn das Gerät nicht sehr scharf ist, wird die Haut um den Schnitt ziemlich zerfetzt. Und dann spritzt auch viel Blut. Der Schnitt bleibt weniger als eine Sekunde sauber, bevor das Blut rausfließt.« Die Jungs nicken wieder. Pavel sieht mich an.

»Alles klar, Lucy?«, fragt er.

Lucy 1: »Ja, ja.«

Lucy 2: »Sieht aus wie Castellaneta, der da. Glatzenmann.«

»Kann ich Fotos von der Unterseite machen ... nur von der Schnittfläche?«, fragt der Programmierer.

»Ja, das dürfte gehen. Aber pass auf, dass du nichts vom Gesicht oder andere Merkmale mit draufkriegst. Pavel rollt den Kopf in seinen Händen hin und her und schaut dem Kerl unter das Kinn, auf den Hals und den Nacken. »Er hat keine Muttermale oder so was. Das ist okay, ja.«

»Kannst du ihn mir halten?«

»Klar.«

Pavel hält den Kopf auf Nabelhöhe, während der Programmierer vor ihm kniet und Fotos sowie kurze Videoaufnahmen von dem abgeschnittenen Hals macht. Slaktus geht zum Seziertisch, hebt eine Hand auf und fingert ein wenig daran herum. Er biegt den Ringfinger und den Mittelfinger der toten Hand nach innen gegen die Handfläche, sodass sie ein lasches Teufelszeichen macht, und hält sie mir entgegen, wobei er die Worte »Rock 'n' Roll« mimt. Ich antworte, indem ich einen Mittelfinger aus einem der Schüsselchen hole und ihm diesen entgegenstrecke, wobei ich »Leck mich am Arsch« mime. Slaktus bildet schnell ein »Daumen hoch« mit der toten Hand. Pavel dreht sich um und fragt, ob wir Stichwunden sehen wollen.

»Die meisten ›mit Hilfsmitteln‹ durchgeführten Morde, um es mal so zu sagen, werden mit Stich- oder Schlagwaffen begangen«, erklärt Pavel. »Der Großteil liegt natürlich gerade bei der Obduktion, da haben wir keinen Zugang, aber wir haben ein paar Forschungsobjekte hier drinnen.«

Wir betreten etwas, das einem Kühlraum ähnelt, wo es tatsächlich eine ganze Wand mit Stahlschubladen gibt, wie man das aus den B-Filmen kennt. Pavel liest die Schildchen unter den Handgriffen und zieht eine Schublade in der Mitte heraus; darauf liegt ein Kerl in den Dreißigern. Am ganzen Oberkörper hat er Schnittwunden und kleine Stiche, plus einer tiefen Kerbe am Kinn und einer an der Leiste.

»Glaubt es oder nicht, aber es war dieser Stich hier, der ihn das Leben gekostet hat«, sagt Pavel und zeigt auf einen kleinen Schnitt unter den Rippen auf der linken Seite.

»Der da?«, fragt Slaktus unbeeindruckt und saugt an seinen Zähnen.

»Ja. Er ist 12–14 cm tief und hat starke innere Blutungen verursacht.«

»Was ist mit dem da?« Slaktus deutet auf einen L-förmigen Schnitt gleich neben dem Brustbein.

»Nee, der Stich ging nicht tief. An den Rissen in der Haut sieht man, dass er auf den Knochen getroffen und seitlich abgeglitten ist.«

Mein einziger Gedanke ist, dass die Stichwunden aussehen wie kleine Fotzen. Er hat irgendwie fünfzehn Minifotzen auf dem Oberkörper und eine am Kinn. Und eine an der Leiste gleich neben dem Schwanz. Pavel beugt sich nach vorn und zieht rechts unten eine Schublade raus. Da liegt noch ein Kerl, so um die Vierzig, etwas füllig, sparsam behaart, ein paar Tätowierungen auf den Schultern, ein paar unregelmäßige Risse und einen tiefen Schnitt im Oberschenkel. Seine Nase ist mehr oder weniger verschwunden, und seine rechte Gesichtshälfte ist angeschwollen, sein Auge zerschmettert. Die Augenhöhle leer. Ist es ausgelaufen? Er hat ganz schön viele Sackhaare, oben an seiner Birne kann man eine tiefe Delle erkennen, aber keine Öffnung, keine Wunde.

»Axt«, sagt Pavel beinahe stolz.

»Abgefahren«, sagt der Programmierer.

»Der Schlag hier oben auf den Schädel hat ihm den Garaus gemacht. Das war der erste Schlag, er wurde mit der Rückseite der Axt ausgeführt. Der Täter hat weiter auf das Opfer eingeschlagen, als es schon tot war.«

»Mhm?« Slaktus nickt interessiert. »Sonst noch was?«

165

»Der Grund war ein Streit um irgendwelchen Schnaps. Der eine beschuldigte den anderen, zu gierig gewesen zu sein.«

»Hui«, sagt Slaktus und grinst.

»Ja, weißt du, das außerordentlichste Ereignis – dass ein Mensch dem anderen das Leben nimmt – wird zumeist von den banalsten Ursachen ausgelöst. Das Unvorstellbare – zum Mörder zu werden – geschieht sozusagen immer in einer leicht vorstellbaren Situation.«

Pavel plaudert mit Hingabe, er gestikuliert sogar ein wenig mit seinen ungeschickten Händen.

»Für dich ist das ein Heimspiel, was?«, lacht Slaktus und gibt ihm einen Schubs mit dem Ellbogen. Pavels Miene gefriert zu Eis, er macht eine Kopfbewegung, die weder ein Nicken noch ein Schütteln ist. Er zeigt auf einen der Schnitte auf der Schulter des Mannes, bleibt aber einfach nur mit gestrecktem Finger stehen, ohne etwas zu sagen.

»Ja, seht ihr?«, sagt Slaktus und nickt allen außer mir fröhlich zu.

»Ja. Hiebe«, sagt Pavel. »Hiebe.«

»Na sieh mal an«, sagt Slaktus anerkennend. »Axt, nicht wahr?«

»Ja, Axt.«

Ich frage Pavel, ob ich den Körper und die Wunden ohne Plastikhandschuhe anfassen darf. Pavel schüttelt den Kopf. Ich bleibe hartnäckig, setze mein schönstes Lächeln auf und bekomme die Erlaubnis.

»Das verstößt gegen die Vorschriften, aber, okay, Lucy, wenn du nur nachher nicht damit rumprahlst.«

166

Lucy 1: »Aber nicht doch.«

Lucy 2: »Darauf kannst du deinen Arsch verwetten.«

»Ich filme ein bisschen, wenn das in Ordnung ist«, sagt der Programmierer.

Ich streife den Einweghandschuh ab und streiche dem Fettsack über die Brust. Es fühlt sich an wie erwartet, kalt wie irgendein Gegenstand, elastisch, aber doch fest, organischer als Gummi, ein bisschen wie ein Wachstuch oder so was in der Art. Begleitet von einem leichten Übelkeitsgefühl wird mir klar, dass ich diesen Fettsack niemals so hätte berühren wollen, wenn er nicht tot wäre. Er zeigt mir sozusagen das Leben durch dessen Abwesenheit. Er lässt mich der einen oder anderen Gegebenheit (Leben?) auf die Spur kommen, indem er mir deren Fehlen vor Augen führt. Er definiert Leben, indem er zeigt, was es nicht ist. Er erzählt mir mehr über das Dasein als die vier schnaufenden, schluckenden, schlurfenden und sich kratzenden Männer, die mich umgeben. Slaktus, Pavel, der Programmierer und der AD blinzeln und schmatzen, aber was tun sie für mich? Rein gar nichts. Der Fettsack hingegen macht mir klar, jetzt, wo ich ihn berühre, jetzt, wo ich ihm über den Bauch streiche, dass Leben an und für sich nichts Besonderes ist – es ist nur so, dass die Abwesenheit von Leben so unendlich schwierig für die Lebenden ist. Die Gegenwart von Leben ist nicht nur banal, sie ist aufdringlich, Leben ist Anwesenheit und daher per definitionem lästig, man muss sich um Leben kümmern, Leben ist mühsam, beschwerlich. Die Abwesenheit von Leben erscheint dagegen als heilig. Indem er diesen Trunkenbold umgebracht hat, hat der Mörder ihn zu etwas Heiligem gemacht, und damit ist er mehr als etwas Lebendiges. Ein Trinker ist in

167

der Lage, dadurch dass er einen anderen Trinker tot-
schlägt, die Grenze zwischen dem Weltlichen und dem
Heiligen zu überschreiten. Ein verlorenes Leben ist vielleicht nicht »mehr wert« als ein Leben, das tickt und wei-
tergeht, aber es gibt eine vage Vorstellung davon, wie diese
Welt sein sollte. Die Abwesenheit von Leben erzählt etwas
darüber, wieso lebende Menschen so erpicht darauf sind,
sich selbst Wert zu verleihen. Man muss den Wert der anderen betonen, um selbst etwas Wert zu sein. Hier kommt
mein Paradoxon des Tages: Warum soll man die Gefühle
oder Leiden anderer ernst nehmen, wenn man auf die eigenen scheißt? Soll man die anderen wie sich selbst behandeln, wenn man sich selbst die Pest an den Hals wünscht?
Wieso soll man das Leben anderer wertschätzen, wenn
man sein eigenes hasst? Ich versuche fortwährend, Rück-
sicht auf die Menschen um mich herum zu nehmen, besonders auf meine Nächsten, meine Angehörigen, Slaktus,
die Jungs, aber ich bin mir nie sicher, was sie mir bedeuten,
was es bedeutet, deren Leben um mich herum zu haben.
Ich bin mir nie sicher. Sie sind da, manchmal reden sie, oft
lachen sie; sie essen, und dann reden sie noch mehr. Sieh
mal, hör mal, hier öffnet der lebende, denkende Organis-
mus neben mir den Mund. Der Vater meiner Kinder redet,
er äußert sich in der Gewissheit, dass da etwas ist, dass es
Leben außerhalb seines Lebens gibt, dass jemand hört,
jemand zuhört. Aus seinem Mund kommt Sprache, die
sinnvollste aller sozialen Technologien, verfeinert von
Hunderten von Generationen, weitergegeben von den Eltern an die Kindern, wieder und wieder, geschliffen und
geknetet, vereinfacht und verkompliziert in ein und derselben Bewegung, in einer unaufhaltsamen Entwicklung,
die Sprache, Beweis für Intelligenz, Ursprung aller Werte,

Brunnen der Menschwerdung, unser Quell, unser Gut, unser einziges Gut, hier kommt sie:

»Verfluchte Scheiße, schaut mal seinen Sack an! Mann, oh Mann!«

Ich möchte dem Leben danken. Slaktus ist 46 und hat festgestellt, dass das Skrotum des Mannes leicht aufgebläht ist. Pavel gibt eine fachliche Erklärung ab, die ich nicht mitbekomme, weil ich einen Finger in eine der Schulterwunden des Säufers stecke. Der Schnitt geht durch die Muskeln und tief hinein bis zum Schlüsselbein, ich drücke den Finger auf die Einschnittstelle, es ist – keine Überraschung – als ob man ein Stück Fleisch berührt. Der Programmierer bittet mich, die Wunde ein bisschen zu öffnen, damit er hineinfilmen kann; ich tue, was er verlangt, spreize die Wundlippen – um es mal so auszudrücken – und lass ihn näher ran mit der Kamera. Mit ruhiger Hand filmt er die Wunde aus unterschiedlichen Winkeln, bis er mit dem Objektiv beinahe in das Loch eintaucht. Im selben Augenblick klingelt sie, die Kamera, meine ich. Derjenige, der darauf gekommen ist, sämtliche Technologie in einen Apparat zu stecken, gehört gesteinigt. Der Programmierer führt das Kameratelefon zum Ohr:

»Hallo. Hä? ... Okay ... Okay ...« Er nickt rasch im Takt zu seinen Worten. »Sicher? ... Scheiße. Okay ... Ja, er ist hier. Ich sag's ihm.«

»Was ist los?« Slaktus sieht aus wie ein Köter, der eine Urinfährte riecht.

»Nichts, das war Johan vom *Rapefruit* ...«

»Und?«

»Nichts …«

»UND?!«

»Nee, na ja, er meinte, dass dieser Bug … der ist ein bisschen …«

»Verfickter kleiner Hurenbengel!«, brüllt Slaktus und knallt dem Programmierer eine auf den Hinterkopf, sodass dessen Kappe haarscharf am entstellten Gesicht der Leiche vorbeisegelt.

»Scheiße, Mann«, jammert der Programmierer und holt sich seine Kappe zurück.

»Was da ›Scheiße, Mann‹? Hä? Was da ›Scheiße, Mann‹?« Slaktus knallt ihm noch eine. Erneut verliert der Programmierer die Kappe und setzt sie sich wieder auf.

»Ihr könnt hier drin nicht so einen Krach machen«, sagt Pavel ohne Autorität. Slaktus zeigt mit zwei Fingern auf ihn, eine Art waagerechtes Victory-Zeichen, einen Finger für jedes von Pavels Augen, Pavel gibt auf und blickt zu Boden. Und während Slaktus Pavel mit zwei steifen Fingern Gewalt androht, stehe ich da, den Finger im Loch des Fettwanstes und denke, dass es 12–14 Jahre her sein muss, seit Slaktus das letzte Mal durchgedreht ist. Wenn sein unfähiger Therapeut es im Laufe all dieser Jahre fertiggebracht hat, dass die Aggressionen sich angestaut haben, statt sich abzubauen, haben wir einen saftigen Knall zu erwarten. Das würde mich nicht wundern. Der Blick ist da, ich kenne diesen Blick. Slaktus lässt ihn hin und herwandern zwischen Pavel und dem Programmierer, die den Blick unterwürfig und mit flackernden Augen erwidern.

»Sag deinen Kumpels, sie sollen sich ein bisschen sputen mit dem Programmieren«, sagt Slaktus, während er weiterhin auf Pavel zeigt, als würde er eine Pistole in der Hand halten.

Lucy 1: »Das ist eine Kleinigkeit, Slaktus.«

Lucy 2: »Schluck ne Pille.«

»Ich höre dich, Lucy, aber meine Vorahnung ist lauter. Ich werde zum WEIB, wenn sich meine Vorahnung meldet.«

»Es kann schon mal vorkommen, dass ...«, murmelt der AD.

»KLAPPE!«, schreit Slaktus und reckt zwei Finger der anderen Hand in die Luft. Langsam ähnelt die Choreografie einem mexikanischen Stand-off. Ich hoffe, die *Rapefruit*-Vertreter haben genug Hirn und halten das Maul, bevor es hier ernsthaft anatomisch abgeht. Ja, der AD hat scheinbar genug, er gräbt sich nicht noch tiefer in die Scheiße.

»Das wird mir zu dumm ...«, sagt er und macht Anstalten wegzugehen, aber noch ehe er eine Eindritteldrehung vollziehen kann, verabreicht Slaktus ihm mit der flachen Hand eine so heftige Ohrfeige, dass Pavel den Kopf zwischen die Schultern einzieht wie eine Schildkröte.

»DU ... KOMMST ... HIERHER.« Slaktus zeigt auf den Boden, um zu zeigen wo ›hierher‹ sich befindet. Der AD gehorcht. Er kommt hierher. Er hat starke Schmerzen; sein rechtes Auge füllt sich mit Tränen, und langsam, aber sicher treten rote Fingerspuren auf seiner linken Gesichtshälfte hervor, eine Art Kontaktkopie von Slaktus' Hand. Nur um es klarzustellen – Slaktus dreht hier nicht durch, dies ist nur eine Art und Weise, die Leute zum Zuhören zu bewegen, er statuiert ein Exempel. So veranschaulicht er die Tatsache, dass er jovial ist, jawoll, aber auch dass er *mehr als nur interessiert* daran ist, dass alles nach seiner Pfeife tanzt. Das Szenario für Slaktus' Drohgebärde hätte nicht besser sein können; auf dem Seziertisch zwischen uns liegt ein lebendiges (öh ...) Beispiel dafür, wozu angespannte zwischenmenschliche Beziehungen und abweichende Meinungen potenziell führen können. Alle, inklusive Slaktus, sehen nach unten – die ganze Bande schaut auf den Fettsack. Die schlechten Schwingungen, auf die wir vor dem Hereinkommen auf der Treppe schon einen Vorgeschmack bekommen hatten – und die sich beim Anblick von Leichen und Leichenteilen natürlich in Gelächter und Bewunderung aufgelöst haben –, sind nun serviert, ein Fünf-Gänge-Menü aus mieser Stimmung.

»Ich brauch jetzt ein Nickerchen«, sagt Slaktus. Keiner antwortet. Er geht zu der Bank an der Wand und legt sich so gut es geht nieder; sein Rücken ist sicher dreimal so breit wie die Sitzfläche der Bank. Er legt einen Unterarm über die Augen und atmet tief aus. Zwanzig Sekunden später erklingt leises Schnarchen.

AUSSICHT

African-Americans watch the same news at night
that ordinary Americans do.

BILL CLINTON

»I'm not sure if they like us«, sagt Taiwo.
»Who?«, fragt Castellaneta.
»The people up here, I'm not sure if they like us.«
»I'm not sure if I care«, sagt Castellaneta.

Es ist wichtig, sich ins Gedächtnis zu rufen, dass Feindlichkeit gegenüber – und Hass auf – andere Rassen ein Ausdruck für den Hass des Menschen auf sich selbst sind. Jeder von uns ist sein eigener Neger, aber es ist vollkommen okay, diesen inneren Neger hin und wieder nach außen zu kehren. Castellaneta hat im Augenblick ziemlich die Nase voll von Taiwo. Von allen Schwarzen, die Castellaneta hier oben in Skandinavien über den Weg gelaufen sind, ist Taiwo der schwärzeste. Schon im Auto auf dem Weg zum Berg war es offensichtlich, dass es mit der Chemie zwischen Taiwo und Castellaneta, dem Körper und der Stimme, nicht zum Besten steht. Der Kiesweg vom Parkplatz zum Aussichtsposten ist in schlechtem Zustand, Taiwo muss den Rollstuhl schieben, während Castellaneta durchgerüttelt und durchgeschüttelt wird und sich darüber ärgert, dass Slaktus auf Teufel komm raus wollte, dass das erste Treffen von Schauspieler und Stimme von der nordischen Natur eingerahmt wird. Auf dem ganzen Weg hat Taiwo filmclubartig rumgebrabbelt. »You know, Dan, the

Deathbox game, like *Heart of Darkness* is a journey into an alien interior that isn't alien at all; it is our own minds – each of us is a king in his own jungle.« Solche Dinge hat er gesagt, Castellaneta hat davon nicht viel mitgekriegt; wenn er genervt ist, geht alles in ein Ohr rein und zum anderen wieder raus.

Die Aussicht über den Wald und den Fjord und die Stadt ist toll, wäre da nicht so viel Wald und Wasser. Taiwo stellt sich neben Castellaneta und legt schützend eine Hand über die Augen, während er sich gegen den Zaun lehnt; nicht das die skandinavische Sonne zu vergleichen wäre mit dem, was er gewohnt ist, aber irgendwie ist man darauf programmiert, sich mit der Hand eine kleine Schirmmütze zu machen, wenn man in die Ferne blickt. Castellaneta sitzt da, den Kopf in Penishöhe, und beobachtet den Afrikaner aus den Augenwinkeln; dabei denkt er, dass er direkt aus dem *Deathbox*-Skript gesprungen ist. Wer sind eigentlich die schwarzen Menschen? Wer sind sie?, fragt er sich, fährt sich langsam mit der Hand über den glatten Schädel und denkt, dass das Unglück über im hängt wie ein verdammter Strohhut. Genau die beiden Dinge, denen er feindlich gegenüber steht – schwarze Menschen und Vegetation – umgeben ihn jetzt, Slaktus sei Dank. Taiwo seinerseits ist schon lange genug schwarz, um zu bemerken, dass Rassenproblematik in der Luft liegt. Er wechselt das Thema.

»Ever been to Africa, Dan?«

Castellaneta schüttelt den Kopf.

»What do you think of the racism in Deathbox?«, bohrt Taiwo nach.

»The what?«

»The racism.«

»I thought the game was anti-racist«, sagt Castellaneta.

»Well …«, sagt Taiwo und lächelt Onkel-Tom-artig.

»Well what?«

»That game is as anti-racist as rape/revenge movies are feminist«, sagt Taiwo.

»Is that so?«

»Yes, that is so«, sagt Taiwo mit geschlossenen Augen und nickt, »you should know, having given your voice to the whitest tv-show on earth for 30 years.«

Körperlich betrachtet war er eigentlich immer gut in Form, Castellaneta, aber nach dem Unglück hat er so einen Komodowaranhals bekommen. Der ist lang und aufgedunsen – soweit nichts Ungewöhnliches für einen älteren weißen Mann, aber trotzdem etwas, das man sich nicht unbedingt wünscht. Ist der Komodowaranhals den Weißen vorbehalten? Es scheint so, immerhin sieht man nicht viele Schwarze mit so einem Hals. Taiwo wird so einen nicht kriegen, so viel ist sicher. Er sieht wie hingegossen aus, als er so dasteht und in die Ferne blickt, man könnte glatt Lust bekommen, ihn zu schlagen oder etwas in ihn rein zu stechen. Ja, er hat so gute Gene und strotzt so sehr vor Gesundheit, dass man auf seltsame Weise dazu ermuntert wird, ihn zu vernichten.

»The general attitude towards rape/revenge films is that they are just excuses for creating lurid rape scenes …«, sagt Taiwo.

»Ok …«, sagt Castellaneta.

»… followed by exploitive scenes of gruesome violence.«

»Ok, yes«, sagt Castellaneta. Er sucht eine Stelle, auf die er seinen Blick richten kann – der Wald und der Fjord helfen ihm dabei nicht – zuletzt findet er seine eigenen, lahmen Oberschenkel.

»The game still has some splatterpunk attitude«, fährt Taiwo fort.

»Splatterpunk?«, fragt Castellaneta.

»Indeed«, sagt Taiwo, ohne sich die Mühe zu machen, den Begriff zu erklären. »But racism aside, I think Slaktus' motivation is to provide that Conradian *engin of demonism.*«

»Really«, sagt Castellaneta. Er reibt sich ohne Begeisterung die Oberschenkel.

»Good plots, rich characters and mazes of moral complexity has never been enough.«

»Ok.«

»The thing I like …«

»What do you like?«

»The thing I like is that Slaktus messes up the relationship between the narrating voice, the ›normal‹ and the entity possessed by evil.«

»Possessed?«, fragt Castellaneta ohne zu fragen.

»Yes, you know, the standard metaphysical rule of the splatter genre. Evil possesses someone or something, and drives it. In the game this something is Mbo. Our character.«

»Yes …«

»Slaktus has seen the gaming potential in Conrad's profane structure – his heathen template that can be built on a will; it can be extended in all directions, narrative and metaphysical.«

»Aha.«

»And that narrating voice, which is deploying its ›normality‹ as a defence against, or foil to, unnameable horror in Conrad's scheme, is lended to horror itself in Slaktus' game.«

»Is it?«

»Yes, and that is why I look away from the racist streak in the game.«

»I see.«

»Yes. I think the point of the voice is sufficiently good.«

»Mhm.«

»The sound of normality, the howl of evil and the voice of Kurtz in one.«

»Aha.«

»That voice is yours, Dan.«

»Yes.«

»So don't mess it up.«

»...«

Castellaneta spürt, wie sein Rückgrad bricht, er hört den Nacken seiner Frau Deb neben sich knacksen. Die Flashbackszenen vom Unglück können durch was auch immer ausgelöst werden, durch Gerüche, durch Geräusche; zweimal bekam Castellaneta Flashbacks, als er eine YSL-Tasche sah, die der glich, die Deb beim Restaurantbesuch am Abend vorher dabeigehabt hatte, an jenem Abend, als sie in Bezug auf die eine oder andere Kleinigkeit, die Dan Kopfzerbrechen bereitet hatte, in übertragenem Sinne gesagt hatte: »Dan, we'll cross that bridge when we get to it.« Eines der jungen Mädchen, die ein Stück abseits stehen und Taiwo sehnsüchtige Blicke zuwerfen, hat irgendetwas an sich. Vielleicht ist es ein Zug in ihrem Gesicht, etwas, das an die junge Deb erinnert; Castellaneta wird in die Vergangenheit zurückgeworfen, weshalb auch immer, vielleicht ist es wegen Taiwo, der Rücken knackst, es blitzt in seinem Kopf, Deb fällt ins Koma, die Mädchen glotzen, Taiwo merkt nichts, Taiwo ist froh, plaudern zu können, er plappert weiter.

»You're the Kurtz of comedy, Dan.«
    »What?«
    »You're the voice from that dark heart of comedy.«
    »Really?«
    »Can you …«
    »What?«
    »Can you guarantee that you …«
    »No,« unterbricht ihn Castellaneta.
    »Can you do that for me?«
    »No.«
    »No?«
    »Yes, no.«
    »What do you mean ›no‹?«
    »What do I ›mean‹ no?«
    »Yes.«
    »I mean no. No as in ›no‹. No.«

Taiwo atmet tief ein.

»But you …«
    »No.«

Pause. Die Mädchen kichern. Taiwo spuckt auf den Boden.

»You're starting to sound like Lucy«, sagt er.

Pause.

»Lucy?«, fragt Castellaneta.

»Yes, Lucy. The ex of Slaktus. She says ›no‹ all the time.«

»You mean to say I sound like a woman?«, fragt Castellaneta.

»No, I mean you sound like a negro.«

CHUCKLE CLUB

Stop. Situation hopeless. Stop. Can no longer write. Stop.
Had to stop. Stop. Yes, stop! Stop.

BILL HICKS

Atal und Wataman halten die Klappe. Was sich vor ihren
Augen abspielt, ist so spektakulär, dass sie hinglotzen; eine
Art lächelndes Glotzen, ein irgendwie fröhliches Glotzen,
ein Glotzen, das jederzeit in Gelächter umkippen kann, das
zurückgehalten werden muss, damit das Erlebnis nicht ge-
trübt wird. Sie glotzen Taiwo an, der vor dem Green
Screen im *Rapefruit* steht, nackt bis auf ein Paar hautenge,
hautfarbene Hotpants – Hautfarbe bedeutet hier Dunkel-
mokka –, und sich über ein totes Schwein beugt. Er trägt
Gehörschutz und eine Staubmaske und hält eine riesige
Steinsäge in den Händen. Taiwo hat Bewegungssensoren
an allen Gliedern und Extremitäten, inklusive Knöcheln
und Brustwarzen. Die riesigen Lampen, die in allen Ecken
an der Decke hängen, tauchen den Raum in gleißendes
Licht, ein Dutzend an kleine Digitalboxen gekoppelte
Kameras sind rundherum angebracht, die Kontrollpulte
leuchten. Leitungen laufen aus den Apparaten und sammeln sich in dicken Bündeln, die sich unter Stühlen, hinter
Kisten und Stativen in Richtung Tür schlängeln, wo die
Zwillinge glotzend stehen, mit ihrem weißen Gebiss und
ihren guinnessfarbenen Halbafros. Der glotzende Ausdruck wird durch den Snus verstärkt; weder Atal noch
Wataman hätten es geschafft, den Mund zu schließen, auch
wenn sie es noch so sehr versucht hätten, beide haben sich

zum heutigen Anlass einen Batzen Snus von der Größe einer Hodenolive reingeschoben. Zwei Techniker, plus dem Geschäftsführer, dem mit den Rastazöpfen, heute ohne Bügelfalte, aber mit Blazer – Jesus Christ, Allmächtiger –, befinden sich neben Taiwo im Raum; als weiteres Säugetier kann noch der Schweinekadaver genannt werden, zusätzlich liegen zwei weitere in Plastik verpackte Schweinekadaver am Eingang.

»Action when you're ready, Taiwo«, sagt der eine Techniker, er fungiert offenbar als eine Art Regisseur. Taiwo stellt sich mit gespreizten Beinen über den Kadaver, unbeweglich, er konzentriert sich, fühlt sich in die Rolle ein, irgendsowas, jetzt lässt er die Maschine an, die ein kreischendes, Tinnitus-ähnliches Geräusch von sich gibt; der Nigerianer beugt sich vor, er sieht jetzt böse genug aus; ein muskulöser, schwarzer Buckliger mit Steinsäge, halb Mensch, halb Tier, bereit zu *slashen*; er hebt die Steinsäge und lässt sie auf den Kopf des Schweins niedersausen. Das Geräusch der Säge ändert den Ton, es klingt, wie wenn man einen Holzbalken mit einer Kreissäge teilt, nur auf eine andere Weise, das Geräusch ist dumpfer, nicht metallisch wie auf Holz; man hätte vielleicht ein schärferes Geräusch erwartet, da das Sägeblatt dem Schwein ja den Schädel spaltet, aber die Schweinehaut dämpft den Klang. Wenn man sich Sägespäne aus Fett, Fleisch und Knochen von einem relativ großen Tier vorstellt, dann weiß man genau, was vom Sägeblatt auf Taiwos Oberkörper spritzt. Er scheint vollkommen abwesend zu sein, so ist das vielleicht, wenn Schauspieler sich auf etwas konzentrieren. Sobald er den Schweinekopf von den Augen bis in den Nacken gespalten hat, hebt er die Säge und fängt an, auf dem Schweinerücken rumzuhacken und rumzuhauen, kreuz und quer. Es sieht so aus, als würde man der Entstehung eines suprematistischen Bildes aus Strichen und Dreiecken beiwohnen, Haut und Fett öffnen sich, das Schwein ruckt und wabbelt unter dem Gewicht der Säge, die Ohren zucken. Taiwo hört auf zu hauen, beginnt, lange Schnitte entlang der Rippen zu machen, er geht einen Schritt zurück und sägt bei den Hüften los. Sobald er beim Hinterteil angekommen ist, treibt er das Blatt zwischen die Schinken des Schweins – nennt man das beim Schwein auch »den Schritt«? –, er teilt den Arsch und die Fotze des Schweins, das Schwänzchen purzelt zur Seite und bleibt an einem kleinen Hautzipfel hängen, und da, ja, da können sich die beiden Halb-Iks, die sich in der Türöffnung an den Händen halten und gaffen, nicht mehr zurückhalten.

»HAHA! Work that ass! HAHA!«, schreit Wataman. Der Geschäftsführer blickt ihn mit großen Augen an und schüttelt den Kopf.

»Trim the rim! HAHA!«, ruft Atal. Der ältere Techniker winkt mit den Händen, um ihnen zu bedeuten, dass sie ihre Negerlippen geschlossen halten sollen.

Taiwo zeigt keine Reaktion, es ist kaum wahrscheinlich, dass er Atal und Wataman hört, er trägt Gehörschutz, und das Kreischen der Steinsäge bei über 12000 Umdrehungen blendet alles andere aus. Jetzt zieht er die Steinsäge vom Hinterteil des Schweins entlang dem Rückgrad nach oben, er schneidet so tief ins Fleisch, dass der eine Schinken fast abfällt. Taiwo richtet sich mit der Steinsäge in den Händen auf, seine Brust ist vollgesaut mit Haut-und-Fleisch-Mus, er dreht den Oberkörper nach links, ehe er die Säge auf den Nacken des Schweins senkt. Angestrengt versucht er, den Kopf mit einem Schnitt abzutrennen. Das klappt nicht. Er legt sich voll ins Zeug, seine Adern am Hals schwellen an, seine Brustmuskeln spannen sich, aber er muss die Säge wieder aus der Schnittwunde ziehen, sein Gleichgewicht verlagern und von der anderen Seite neu beginnen. Nach drei weiteren Schnitten fällt der Schweinekopf zur Seite, vom restlichen Körper abgetrennt. Taiwo richtet sich wieder auf, hält die Säge ein paar Sekunden bei voller Umdrehungszahl über den Schädel, ehe er den Hebel loslässt und das Teil abschaltet. Der ganze Kerl glänzt vor Schweiß, hier und dort kullert ein Tröpfchen, das anders als der Schweißtropfen eines Skandinaviers riecht, der Schweiß mischt sich mit den Überresten des Schweins. Taiwos Muskeln sind noch immer angespannt, man kann die Faserbündel unter der Haut sehen, seine Füße stehen über einen Meter voneinander entfernt zu beiden Seiten des Schweinekadavers, die Sehnen der Oberschenkel weisen auf das gewaltige Blutbad auf den hautfarbenen Hotpants. Ein schwarzer, schweißnasser, massiver und gut ausgerüsteter Mann, der breitbeinig über einem aufgeschnittenen rosa Schwein steht. Ein ansprechendes Bild.

»Awesome!«, ruft der Geschäftsführer und klatscht in die Hände. »Awesome!« Taiwo erntet eine Runde Applaus.

»Wuff! Wuff! Aaauuuu!« Atal und Wataman heulen und klatschen und bellen, Taiwo winkt ihnen heiter zu. Er legt die Steinsäge zur Seite und geht vom Schwein weg, ohne es eines Blickes zu würdigen; einer der Techniker reicht ihm ein Handtuch, womit er sich die Fettspritzer wegwischt.

»Tearing flesh around the clock!«, ruft Atal ihm zu. »ARRgghh!«, stimmt Wataman ein. Taiwo lächelt und hält den Daumen hoch, während er ein paar Worte mit dem Geschäftsführer wechselt, der ihm dankbar auf die nasse Schulter klopft und sich danach die Hand am Hosenbein abtrocknet. Atal und Wataman trippeln auf der Stelle wie zwei Köter, die auf ihr Herrchen warten. Als Taiwo zu ihnen rübergeht, umarmen sie ihn, und zwar so, dass sie ihre ganzen Körper gegen seine Haut, seinen Hals, seinen Unterleib und seine Schenkel drücken.

»Woa, is it my birthday?«, lacht Taiwo.

»More or motherfucking less«, sagt Wataman und umarmt ihn gleich noch einmal.

»That was fun, and there's more to come«, grinst Atal.

»More to come«, nickt Taiwo.

»Are you done? Can we go now?«, fragt Wataman.

»I think so. Hang on a second.« Taiwo geht zurück zur Crew, um sich zu erkundigen, ob noch etwas ansteht, ehe sie den Drehtag beenden. Atal fieselt seinen Snus raus und schaut, wo er ihn loswerden kann. Er beschließt, ihn mit einem Platsch an die Wand zu schmeißen, aber nicht mit einem leisen und bescheidenen Platsch, sondern mit einem Platsch, das laut genug ist, um einen der Techniker zu einer Reaktion zu animieren, denselben Gamer, der versucht hat, ihnen das Maul zu verbieten, als Taiwo noch gearbeitet hat.

Der Techniker sieht aus wie ein Biker; Pferdeschwanz, Teddybauch, kleiner Ziegenbart und Lederjacke, er ist eine kleine Bierdose, 0,33 Liter, mit Haut und Haaren. Er ist ganz offensichtlich in das Alter gekommen, wo er, trotz seiner »unkonventionellen« Einstellung, »diese Verarsche nicht mehr abkann« – und demzufolge reagiert.

»Verflucht, wart ihr das?«, fragt er ruhig, aber bestimmt, postiert sich vor Atal und stemmt seine kurzen Ärmchen in die Hüfte.

»Snus ist wie der Mädchen Ritzen, schmeckt gut, riecht aber beschissen«, lacht Atal.

»Hä?«, sagt der Computerteddy. Atal fängt von vorn an.

»Snus ist wie der Mädchen Ritzen, schmeckt gut ...«

»Ich meinte nicht ›hä‹? Ich meinte HÄ?«, sagt er und setzt Atal einen Finger auf die Brust.

»Hä?«

»Ja, hä, ja.«

»Was hä?«

»Hä wie verdammtnochmalwaswardas?«

»Was das war?«

»Ja, was das verdammt noch mal war.«

»Das war eine Prise«, lächelt Atal.

»Das sehe ich«, knirscht der Computerteddy.

»Warum fragst du dann, wenn du es siehst?«

»Hä?«, zischt der Teddy.

»Hä? Vertraust du deinen Augen nicht? Lügen deine Augen dir sonst immer was vor?«, sagt Atal. Wataman prustet los.

»Hä?« Der Computerteddy macht einen Schritt auf sie zu.

»Hä? Funktionieren deine Ohren nicht?«

»Jetzt sei mal langsam verfickt noch mal vorsichtig«, zischelt er und pikt Atal bei jedem Wort in die Brust, nicht im Takt, und beim letzten Wort lässt er seinen Finger dort. Atal blickt nach unten und fischt einen Geldschein aus der Brusttasche, den er vorsichtig um den Zeigefinger des Computerteddys wickelt.

»So«, lächelt er und gibt dem Fettsack einen Klaps aufs

Kinn, »so, ja.« Der Geldschein hängt wie ein Kartoffel-
fladen um den Wurstfinger. Der Computerteddy glotzt
Atal an, dann seinen Wurstfinger, dann wieder Atal. Wataman streckt seelenruhig eine Hand in die Brusttasche seines Bruders und zupft ein paar Scheine raus, mit denen er
den Snus von der Wand putzt. Atal wartet lächelnd auf den
nächsten Wutausbruch, aber scheinbar hat es Teddy die
Sprache verschlagen, nur noch in seinen Augen ist Leben.

»We are done for today«, sagt Taiwo. »We're not doing
those other pigs before tomorrow.«

»Prrrfect.« Wataman knüllt die Scheine mit dem Snus
zu einem kleinen Ball und stopft ihn in die Tasche der Lederjacke des Computerteddys, als wäre der ein Page, der
auf sein Trinkgeld wartet.

»Let's get the fuck out of this slaughterhouse, Paps«,
sagt Atal und schlingt die Arme um Taiwos breite Schultern – der Schweißgeruch vermittelt Atal das Gefühl, zu
Hause zu sein.

Regen tropft durch das Schiebedach. Draußen ist es dunkel. Nicht so dunkel, wie es durch das abgedunkelte Glas
wirkt, aber doch sehr dunkel. Der Chauffeur – mit einem
außergewöhnlich gut frisierten Nacken für einen Weißen –
fragt sie über das Mikrofon, ob er schon bald Kurs auf den
Standup-Club nehmen soll.

»Fahr erst mal rum, bis ich dir Bescheid sage, KUT-
SCHER«, ruft Wataman. Ohne zu antworten, biegt der
Chauffeur von der Hauptstraße in Richtung der Bezirke
ab, wo die Theater und die Revuebühnen liegen.

»Ich hab' nichts gehört!?«, insistiert Wataman durch das
Mikrofon, das den Chauffeur mit dem «Luxusabteil» ver-
bindet.

»Wie Sie möchten«, murmelt der Chauffeur.

»Tausend Dank!«, kichert Wataman und schiebt einen
viel zu großen Geldschein durch einen kleinen Schlitz in
der Scheibe. Der Chauffeur streckt eine Hand nach hinten
und nimmt das Geld. Damit akzeptiert er auch weitere Be-
leidigungen.

Atal sieht Taiwo mit einem so breiten Lächeln an, dass seine Prise beinahe auf den Autositz fällt. Besser gesagt, auf
den Limousinensitz. Jepp, Atal und Wataman haben für
die Gelegenheit eine Limousine gemietet; sie haben vor,
sich einen geilen Abend zu machen; oder, wie Atal es formuliert hat: »Dieser Abend soll so werden, als *wäre* der
Song ›Bad Attitude‹ von den *Darkthrones* plötzlich ein
Partyabend – so soll dieser Abend werden.« Zusammen
mit Taiwo gleiten sie durch die Straßen im Stadtzentrum,
das eigentlich zu klein für eine solche Limousine ist. Eine
weiße Limousine. Schwarze Passagiere. Weißer Chauffeur.
Schwarze Fenster. Taiwo ist nicht fein gekleidet, aber er
sieht fein aus in seiner Kleidung. Neue Klamotten. Gut geschnitten. Geschmackvolle Farbkombinationen. Darunter
ist er frisch geduscht. Fest wie ein Fisch. Geschmeidig und
hart. Atal und Wataman sehen etwas zerlumpter aus, aber
was ihnen an Stil fehlt, machen sie durch gute Laune wett.
Atal trägt ein ausgewaschenes kariertes Hemd, hat ein
dickes Bündel Geldscheine in der Brusttasche und noch
immer denselben Verband um den Kopf. Wataman trägt einen schwarzen College-Pulli, der nicht mehr sonderlich
schwarz ist. Seine Jeanstaschen platzen zu beiden Seiten

seines Schwanzes beinahe vor zusammengerollten Geldscheinen.

»You know, Taiwo«, beginnt Wataman nachdenklich,
während er eine neue Prise formt, »you know, money is a
fabulous agent.«

»You think so?« Taiwo wirft Wataman seinen Sidney-
Poitier-Blick zu.

»I know so«, nickt Wataman. »It makes people happy.«
Er schiebt sich die Prise unter die Oberlippe, die Tabak-
kugel ist so riesig, dass sich die ganze Nase hebt.

»Money is not traditionally known for generating hap-
piness«, sagt Taiwo, »it has its ups and downs.«

»It makes downs into ups«, unterbricht ihn Atal,
»without exception.«

»That's it«, lächelt Wataman, »there's no down that
can't be made into an up with a bit of money.«

»I am not interested. I am listening«, sagt Taiwo diplo-
matisch.

»For instance ... for instance«, sagt Atal und streckt be-
lehrend einen Finger vor sich in die Luft, während er mit
der anderen Hand gegen das Fenster hämmert, das sie vom
Chauffeur trennt, und ihm das Zeichen gibt, den Wagen
anzuhalten.

»For instance ... an insult is a down, right?«

»Well, yes. In most cases«, nickt Taiwo.

»Ok, good ...« Die Limousine hält an die Bordstein-
kante zwischen zwei Cocktailbars. Atal öffnet das Fenster
mit einem fast lautlosen elektrischen Surren. Von außen
sieht man, wie die verspiegelten Fenster sich senken. Drei
Negerköpfe kommen zum Vorschein. Zwei mit Snus, einer ohne. Zwei mit Halbafro, einer ohne. Zwei Schoko-

188

ladenbraune, ein Kohlrabenschwarzer. Zwei Junge, ein Erwachsener. Vier wirr, zwei scharf blickende Augen. Sechs wie für die Aufnahme von Drogen geschaffene Nasenlöcher. Drei Paar Lippen, die nach Alkohol und Fotzen schreien. Zwei der Lippenpaare schreien herausfordernd nach Alkohol und Fotzen. Das dritte Lippenpaar schreit eher so, wie die Lippen eines Yogalehrers nach Alkohol und Fotzen schreien. Hier kommen zwei Nordmänner, ein Hell- und ein Dunkelblonder, 26 Jahre vielleicht, aus der Cocktailbar *Achilles*.

»He, he, ihr zwei da!«, ruft Atal. Der Helle zeigt auf sich selbst und setzt die »Wer, ich?«-Fresse auf.

»Ja, du«, nickt Atal, »komm mal kurz her.«

Sie nähern sich der Limousine. Der Hellblonde beugt sich vor und hebt kurz den Kopf, auf eine Weise, die besagt: »Was geht?«

»Wenn ich dir zweitausend Kröten gebe, darf ich dich dann eine verfickte Hure nennen und dir sagen, dass du dich verpissen sollst?«, fragt Atal und hält zwei Tausender hoch. Der Typ sieht die Scheine an, nimmt sie und zuckt mit den Schultern. Er richtet sich wieder auf und wartet.

»FAHR ZUR HÖLLE, ZISCH AB DU VERSCHISSENE VERFICKTE KLEINE FOTZENHURE!«, brüllt Atal ihm aus voller Kehle ins Gesicht. Der hellhaarige Typ lächelt und hält den Daumen hoch. Atal hebt die Daumen, einen zu jeder Seite seines milden Lächelns, und blickt der Fotzenhure nach, bis die Fensterscheibe hoch fährt und sein Gesicht verdeckt.

»You see?«, sagt er grinsend zu Taiwo. »A typical down, turned into a nice up.«

»I'm afraid I didn't understand«, sagt Taiwo.

»What?«

»You where talking in that other language.«

»FUCK! HAHA! ... FUCK! I didn't notice! HAHA!« Wataman bekommt einen Lachanfall, als er gerade aus einem Glas trinkt, Snus und Champus spritzen.

»Unbelievable. Ok ... ok, I'll do it again«, sagt Atal und drückt auf den Knopf, das Fenster öffnet sich und die drei Negerköpfe kommen für die Passanten zum Vorschein.

»No-no-no, I get it, Atal, I get it«, sagt Taiwo. Er packt Atal beim Unterarm und nickt mit geschlossenen Augen, um zu versichern, dass er *wirklich* verstanden hat. Wataman wischt sich mit einem Geldschein Snus und Champus aus dem Gesicht, während er prustet und lacht.

»Got it?« Atal klatscht in die Hände.

»Point taken, indeed«, lächelt Taiwo, die Augen noch immer geschlossen.

»Then there are two more ... phenomena you need to know when you're hanging with people with as much money as us.«

Wataman wirft den Schein mit dem Snus auf den Limousinenboden und macht sich startbereit, um seinem Bruder zu soufflieren, ganz offenbar weiß er, was kommt. Taiwo nickt wieder, er ist noch immer nicht uninteressiert.

»The first thing is that money gives you, no, not you, not ›you‹ in general, it gives *us* an infinite amount of self-confidence.«

»Mhm?«, nickt Taiwo.

»And that makes it impossible – I mean really *i-m-p-o-s-s-i-b-l-e* to insult us. We are un-insultable.«

»I see«, sagt Taiwo und gießt nach, zunächst den Jungs, dann sich selbst.

»The second thing is that if we – Wataman and I – want to insult someone, we have to *hide* our money. Because if the people we insult know how rich we are, they will become un-insultable as well.«

»Oh, you think so?«, fragt Taiwo.

«We know so.« Wataman schaltet sich ein und erklärt, dass Leute ohne Geld so erpicht darauf sind, in der Nähe von Geld zu sein, dass sie sich nur zu gern von den Geldbesitzern unterdrücken und erniedrigen lassen. Atal fügt hinzu, dass Leute, die so schnell Geld ausgeben wie er und Wataman, große Probleme haben, hart gegen andere zu sein, aus dem einfachen Grund, dass die anderen es dulden, hart rangenommen zu werden. Erniedrigungen, Hohn und Kritik haben also wenig oder keine Wirkung, weder vom Finanzstarken auf den Finanzschwachen noch vom Finanzschwachen auf den Finanzstarken.

»And that's why we have to hide our wealth tonight«, sagt Wataman, »sometimes we have to hide our money in order to keep people on the edge.« Taiwo gibt ein paar bejahende Geräusche von sich und hebt das Champagnerglas ungefähr alle vierzehn Sekunden; seine andere Hand liegt auf dem Limousinensitz und liebkost das Leder, feines Leder, das hier. Wataman schnauzt den Chauffeur an, dass es langsam mal an der Zeit sei, den Arsch in Richtung Stand-up-Club zu bewegen. Atal sagt, dass er erst mal kotzen müsse.

191

Der *Chuckle Club* ist die beste Stand-up-Bühne der Stadt. Davor steht ein Labskaus von Leuten, die unterhalten werden wollen – niemals ein schöner Anblick. Atal und Wataman haben Tickets, mit denen sie, an der Warteschlange vorbei, sofort auf die teuersten Plätze direkt vor der Bühne zusteuern können. Taiwo fragt sich, was in einer weißen Limousine vorzufahren, an der Warteschlange vorbeizumarschieren und sich dann auf den teuersten Plätzen des Saales hinzupflanzen mit »hide wealth« zu tun hat, ist sich aber zu gut, um die Frage laut zu stellen. Wataman macht sich davon, um Drinks zu kaufen. Atals Handy klingelt mit einem grässlichen Klingelton, er schaut aufs Display, spielt mit der Zunge, nimmt aber nicht ab.

»It's dad«, sagt er zu Taiwo.
»Oh, ok«, antwortet Taiwo.
»He's so fucking pissed right now«, fährt Atal fort.
»Drunk?«
»I HOPE NOT! No, he's angry.«
»Really? Because of the bug?«, fragt Taiwo.
»Of course.«
»I can understand that he's annoyed«, sagt Taiwo.
»You're not afraid of him?«
»Not really«, lächelt Taiwo.
»He has a history of violence, you know«, kichert Atal.
»Oh, does he, now?«, sagt Taiwo. Wataman kommt mit drei Wodka Tonic, die er eng aneinanderdrückt, um sie nicht fallen zu lassen. Er verschüttet das meiste, als er die Gläser absetzt und serviert als Beilage zu den Drinks etwas, das einer Entschuldigung ähnelt.
»Violence? Who? Dad?«, fragt er und faltet drei Tausender zusammen, um sie als Untersetzer zu benutzen.

192

Atal schnappt sich die Scheine und steckt sie ihm wieder in die Brusttasche.

»Yes, dad«, nickt Atal.

»Yeah, he's a wild and violent motherfucker«, versichert Wataman mit einem breiten Grinsen.

»You know, me and Wataman have a theory that he once killed our brother«, sagt Atal.

»Killed your brother?« Taiwo reißt die Augen auf.

»Yes, yes, we were triplets. And dad killed the last one.«

»Get out of here«, lacht Taiwo.

»You wanna laugh at that«, sagt Atal und lacht.

»If you don't mind.«

»Haha, hell no, go ahead«, lacht Atal, »it's fucking funny.«

»Living the dream«, sagt Wataman.

»Living that cock sucking ass raping dream«, sagt Atal. Dann prosten sie sich zu. Und trinken. Es wird dunkel im Saal. Ein Scheinwerfer erleuchtet die Bühne. Das Publikum beruhigt sich, insgesamt sind so an die 300 Menschen im Raum, das Geplapper wird gedämpft und die Geräuschkulisse abgelöst vom Kratzen, Knirschen und Reiben der Hände, Füße und Hinterteile. Ein Mann mit Topffrisur und »nettem Gesicht« kommt von links auf die Bühne und stellt sich vor das Mikrofon. Es wird still im Saal. Atal lehnt sich zu Wataman rüber und flüstert.

»Wenn man einen Idioten mit einem Trottel paart, kommt ein Typ mit so einer Frisur raus.«

»Mmmpppfffff«, prustet Wataman los.

»What?«, flüstert Taiwo.

»I said, if an idiot breeds with a fool, you get a guy with

193

that haircut«, flüstert Atal etwas zu laut. Taiwo lehnt sich zurück und wiehert leise. Die Topffrisur wirft Atal einen finsteren Blick zu. Im selben Augenblick klingelt Watamans Handy mit einem Klingelton, der kaum weniger absurd ist als der von Atal. Seine Hosentaschen sind so eng, dass Wataman aufstehen muss, um es herauszuziehen. Mit dem klingelnden Handy in der Hand wirft er die Arme hoch, grinst und nickt entschuldigend nach rechts und links, aber auf eine Weise, die allen zu verstehen gibt, dass er sich über sie lustig macht. Ein paar Kerle rufen von ganz hinten im Saal, dass er sich verflucht noch mal hinsetzen soll. Wataman drückt den Anruf weg und setzt sich, wobei er weiterhin entschuldigend mit den Schultern zuckt und den Personen an den umstehenden Tischen zugrinst.

»Vater«, flüstert er seinem Bruder zu
      »Jetzt flippt er total aus«, antwortet Atal und kichert, »er ruft in einer Tour an, hi-hi.«

Der erste Komiker wird als »kompromisslos« und »einer, der harte Schläge austeilt« vorgestellt, ein Satiriker, der vor keiner Autorität buckeln würde, dem kein Thema heilig sei. Die Topffrisur hört sich an wie ein Wrestling-Ansager, als er anfängt, die Vokale langzuziehen und ins Mikrofon zu schreien.

»Halten Sie Ihre Hüte fest, halten Sie Ihre Taschen fest – halten Sie Ihre Werte fest; hiiiiieeeer iiiiiieeer kooooooo-ommt Nicholaaas Neijjj!« Er geht nach hinten links von der Bühne ab, während Nicholas Neij von rechts angeflitzt kommt. Neij ist von Kopf bis Fuß in Schwarz gekleidet, er selbst ist weiß, wahrscheinlich ein Schwede, dem Namen

194

nach zu urteilen, er grüßt das Publikum nicht, geht stracks
zum Mikrofon und stiert mit Priestermiene in den Saal.
Noch ehe er den Mund aufmacht, ist klar, dass Nicholas
Neij Satire als ein Mittel betrachtet, nicht als Ziel. Er will etwas erreichen mit seiner Satire. Mit anderen Worten, er ist
ein Humorist von der schlimmsten Sorte.

»Hat jemand von euch heute Geld verdient?«, ruft Neij
streng ins Mikrofon, er ist Schwede, ja. Der Saal jubelt.
Atal und Wataman schauen sich an wie zwei Jungdrosseln
auf Ecstasy, so glücklich sind sie, als sie die ersten Worte
des Komikers hören. Wataman packt Atals Hand und
drückt sie aus reiner Freude, Atal schüttelt den Kopf und
kriegt den Mund vor lauter Grinsen nicht mehr zu; die Iks
trauen ihren Augen nicht. Oder ihren Ohren. Geht es um
Geld? Nicholas feuert erneut los:

«Hat jemand von euch heute Geld BENUTZT?«

Der Saal jubelt lauter. Atal legt seinem Bruder einen Arm
um die Schulter und küsst ihn auf die Wange. Nicholas
Neij macht einen Schritt zurück, weg vom Mikrofon. Er
bleibt stehen und schaut streng in den Saal. Dann geht er
wieder nach vorn, als ob er Anlauf nähme und zu einem
Stage-Dive ansetzen würde, er legt beide Hände ums Mikrofon und brüllt:

»SKLAVEN!«

Das Publikum lacht und grölt. Atal und Wataman schließen die Augen und drücken sich fester. Es geht um Geld
und Sklaven. Das ist zu schön, um wahr zu sein.

195

»SKLAVEN!«, schreit Nicholas Neij wieder.

Das Publikum grölt noch mehr.

»SKLAVEN!«

Das Publikum lacht etwas weniger.

»SLAVEN!«, ruft Nicholas Neij noch einmal. Dieser Kerl will, dass »den Leuten das Lachen im Halse stecken bleibt«. Darauf ist er aus. Manch einer klatscht, der eine oder andere johlt ein bisschen. Ein paar Damen lachen fistelig.

»Ich sagte SKLAVEN!« Neij schreit wieder, diesmal, als sei er eher böse-böse als nett-böse. Er starrt aggressiv nach vorn. Das Gelächter hört auf. Nicholas Neijs Plan ist vermutlich, »sich auf der Unsicherheit des Publikums auszuruhen«, bevor er den nächsten Peitschenhieb serviert. Aber, ach je, da dreht der Wind. Das Meer teilt sich. Jetzt kippt die Waage. Denn sowohl Atal als auch Wataman, beide für sich und zugleich – mit ihrem tierischen Gespür für Abweichung –, sehen ein kleines Flackern in den Augen des Komikers. Ein leichter Schleier legt sich kurz über Nicholas Neijs Augen, ein winziges Zucken geht durch den scheinbar starren, kompromisslosen Blick. Was war das? Hat er seine Meinung geändert? Hat er sie gesehen? Das dreiblättrige schwarze Kleeblatt in der ersten Reihe? Was war das? Ein Hauch von Zweifel? Ist ihm kurz die Initiative entglitten? Die meisten hätten dem nicht viel Aufmerksamkeit geschenkt, aber für Atal und Wataman ist die Sache klar; das hier riecht nach Blut, duftet nach Schwäche – das Zeichen zum Angriff. Neijs Blick war eine Steilvorlage für die Wölfe in der ersten Reihe. Atal fühlt an

196

Watamans Händedruck, dass er es gesehen hat, und Wataman fühlt an Atals Arm, dass er es gesehen hat; sie wechseln kein Wort, sie fühlen es an ihren Körpern, sie hätten
nicht einmal so eng beieinander sitzen und sich halten
müssen, sie hätten jeder in einem anderen Zimmer sitzen
können, und sie hätten gewusst, dass der andere es gesehen
hat. Nicholas Neij hat das peinliche Schweigen lange genug
ausgedehnt und will gerade einen neuen Vorstoß unternehmen. Eine Million Kronen darauf, dass gleich eine Be-
merkung kommt, die das Schweigen entzweireißt, ein
Brüller, der das Publikum zum Lachen bringt, eine erlö-
sende, aber zugleich beißende Kritik. Aber kommt der
Witz hervor? Nix da. Kommt der Punch? Auch nicht. Atal
schlägt zuerst.

»Seht den Sklaven!«, ruft er und erhebt sich. Nicholas Neij
stutzt und verpasst den entscheidenden Moment. Atal legt
nach. «Seht den Negersklaven!«

Er packt Taiwo am Arm und zieht ihn hoch. Taiwo lässt es
etwas verdattert mit sich geschehen. Nicholas Neij starrt
die Mulatten und den Neger an.

»Ein echter Negersklave!«, ruft Atal und grinst, so breit er
kann. Ganz hinten im Saal wird gekichert.

»Guter Körperbau. Ein starker Kerl. Er spricht kein Nor-
wegisch, aber sein Englisch ist hervorragend. Guuute Zähne! Schauen Sie mal!« Atal zieht Taiwos Oberlippe hoch
und entblößt eine makellose Perlenreihe, mit der anderen
Hand dreht er den Kopf nach rechts und links, sodass die
Zahnreihe von beiden Seiten sichtbar wird.

»Stark, aber gehorsam«, fährt er fort, »stark, aber gehorsam, er bleibt brav an seinem Platz. Seht euch den Sklaven an. Direkt aus dem Kongo. Gute-guuute Zähne.«

»Setz dich hin, kleine Negerjunge«, sagt Nicholas Neij ins Mikrofon.

»Okay, ich setze mich«, sagt Atal und zieht Taiwo mit sich.

»What's the deal?«, fragt Taiwo.

»Haha, no big deal, just interacting a bit«, lächelt Atal, »it's normal.«

»Does ›Sklave‹ mean what I think it means?«

»Yes, sure, it means slave. I just presented you as the only real slave here, when that guy was doing his moronic ›you're all slaves‹ joke.«

»I see«, nickt Taiwo.

»Gut, Klein-Bimbo hat sich wieder beruhigt«, sagt Nicholas Neij, und das Publikum grölt. »Wie bestrafen wir ihn für diese Unterbrechung?«

»Werft ihn raus!«, ertönt es aus einer Ecke.

»Ihn rauswerfen?« Nicholas Neij setzt eine Hab-nicht-verstanden-Fresse auf.

»Teeren und Federn!«, ruft einer, und der Rest im Saal lacht.

»Die Peitsche!«, schreit ein anderer.

»Jetzt wird das langsam was!«, nickt Neij.

»Hängt ihn!«, ruft ein Dritter. Die Stimmung steigt.

»Auf den Scheiterhaufen mit ihm!«

»Wie wär's mit … wie wär's mit …« Neij nimmt eine Art Denkpose des Bösen ein, mit dem Daumen und dem Zeigefinger am Kinn. Da piept Atals Handy laut – er bekommt eine Nachricht und steht auf, um an seine Hosentasche zu kommen. Nicholas Neij lächelt zum ersten Mal im Lauf der Show und hält eine Hand in die Luft, um dem Publikum zu bedeuten, dass es leise sein soll.

»Wartet … psssst. Bimbo soll erst seine Nachricht lesen … Danach können wir ihn lynchen. Stört niemals einen Negerjungen, wenn er liest.« Das Publikum lacht und klatscht. Atal liest die SMS, ohne auf die von der Bühne und dem Saal ausgehende Hetzjagd zu reagieren; die Nachricht ist von Slaktus, in Großbuchstaben.

ICH HÄTTE EINEN FILM MACHEN SOLLEN. WIESO EIN SPIEL? WIESO? VERDAMMT. WEGEN EUCH.

Die Prise platzt unter Atals Lippe und rinnt über seine Zähne. Mit vor Schreck geweiteten Augen reicht er seinem Bruder das Telefon. Der bricht vor Furcht in Gelächter aus.

»HO-HO-HOOO! WIESO?!«

Auf der Bühne hält Nicholas Neij inne und blinzelt. Er schnallt nichts, lächelt aber. Seine Hände hängen lose herab, und der Scheinwerfer zeichnet dunkle Schatten in seine Augenhöhlen.

»VEEERFICKTE SCHEISSE. Jetzt flippt er voll aus!«
»Genau! Genau!«, ruft Wataman. »Ein Ausraster. Ich erkenne das wieder!«
»Er wird uns hinrichten!«
»Wir sind so gut wie tot. HA-HA-HAAAAA!«
»We're doomed! DOOMED!«
»HAHA!«

Das Publikum jubelt und lacht über die beiden lachenden und mit Fistelstimmen kreischenden Negerjungen. Lachen steckt an, Lachen generiert Lachen. Genau wie ein Gähnen ansteckt, Gewalt Gewalt erzeugt. Und Böses Böses erzeugt.

Taiwo bleibt leicht zur Seite gewandt sitzen, er kapiert nicht, was vor sich geht, als ob da was zu verstehen wäre.

»Now what?«, fragt er.

»Daddy has finally realized that the idea to make a fucking game was the worst idea EVER!«, hickst Atal.

»Is that so?«, sagt Taiwo.

»That's fucking so«, lacht Wataman.

»I see«, sagt Taiwo nachdenklich. »And what about this scenario?«

»Huh?« Wataman blickt verständnislos drein.

»You know, this …« Er zeigt auf den Saal.

»Oh, they're just waiting for us to read the message.«

»Oh.« Taiwo nickt.

»But that's done, and we're doomed anyway, so they can just continue …« Wataman wendet sich zur Bühne, wo Nicholas Neij geduldig wartet.

»Fang einfach an, wenn du willst, wir sind fertig. Fertig.«

»Ach nein.« Neij verbeugt sich ehrerbietig.

»Ja, nur …« Wataman steht auf und legt ein Bündel Geldscheine auf den Tisch.

»Wollten wir nicht dieses Negerpack hinausjagen?«, ruft Neij.

»Jaaa!«, antwortet das Publikum.

»Ha ha ha, nur kein Stress, wir sind sowieso schon auf dem Weg«, antwortet Wataman. »Wir haben genug gesehen. Vielen Dank.«

200

»Hängt sie!«, ruft wieder einer aus den hinteren Reihen.

»Besten Dank!« Atal lacht und winkt. »Hey, Taiwo, let's do something else, alright?«

»Oh, well, don't let me stop you from enjoying your-selves«, sagt Taiwo.

»That's impossible«, sagt Atal. »We forgot about that language thing and all. No fun for you here.«

»Danke. Vielen Dank euch allen!« Atal lächelt Nicho-las Neij zu und verbeugt sich Richtung Saal. Nicholas Neij zeigt auf das dreiblättrige Kleeblatt, das zwischen den Rei-hen lachender, klatschender, buhender und pfeifender Leu-te nach draußen stolpert.

»Dreckiges Pack«, sagt er.

»Ich muss kotzen«, murmelt Atal.

BUGGY

My mind is going. I can feel it. I can feel it.

HAL 9000

Nur einmal zuvor ist Slaktus betrunken im Fitnessstudio gewesen. Das ging problemlos. Die Gewichte wackelten ein bisschen, die Stangen hingen leicht schief. Er hat sein Trainingsprogramm durchgezogen und ist wieder abgezogen. Es ist absolut möglich, die Muskeln zu benutzen, wenn man unter Alkoholeinfluss steht. Man erreicht nicht die Energie, die Speed als Aufputschmittel so populär gemacht hat, aber dadurch, dass die Schmerzschwelle gesenkt wird, kann der Effekt durchaus so gut wie in nüchternem Zustand sein, wenn nicht sogar besser.

Jeden einzelnen Tag, seit sie den Bug im Spiel entdeckt haben, ist Slaktus beim Therapeuten gewesen. Eine wie die vom Programmierfehler ausgelöste Wut hat er seit mehreren Jahren nicht mehr erlebt. Das macht Slaktus Angst. Was wiederum seinem Therapeuten Angst macht. Denn der Therapeut weiß, dass Angst Slaktus' Wut noch verstärkt. Dieser sich selbst verstärkende emotionale Knoten, weiß der Therapeut, ist gordisch; der kann sich mit einem Knall lösen. Mit was für einem Knall, daran will er gar nicht denken.

Neben den rezeptpflichtigen Pillen ist Schlaf die beste Medizin für Slaktus. Ein Nickerchen hier und ein Nickerchen da lindert die Wut, Slaktus hat im Lauf der Jahre gelernt, den »Schlaf ernst zu nehmen«. Die Sprechstundenhilfe ruft seinen Namen viermal und muss schließlich zu ihm rübergehen und an seinen massiven Schultern rütteln, um eine Reaktion zu bekommen. Slaktus öffnet die Augen und sieht rot; das Schundblatt, auf dem er seine Stirn zum Schlafen abgelegt hat, hat Weihnachtsmotive auf dem Titelblatt: eine Nikolausmütze, ein riesiges Geschenk, einen Bären mit Regenschirmdrink. Druckerschwärze klebt an seiner Stirn, die Zeitschrift bleibt dort einen Moment haften, als er den Kopf hebt.

»Häh?«
　　»Doktor Nicolaisen erwartet Sie«, sagt die Sprechstundenhilfe.
　　»Nicolaisen«, murmelt Slaktus.
　　»Ja«, sagt die Sprechstundenhilfe.
　　»Doktor.«
　　»Richtig.«
　　»Wartet.«
　　»Genau.«

Slaktus ist seit Jahr und Tag bei Doktor Nicolaisen, was in diesem Fall heißt, dass er drei Wochen, nachdem Nicolaisen seine Praxis eröffnet hatte, sein Patient wurde. Die Praxis ist noch immer dieselbe, die Probleme sind dieselben, und die Prozedur ist demnach reine Routine. Slaktus wird wütend, der Doktor fragt wieso, Slaktus erzählt, der Doktor bringt alles ins Lot, Slaktus beruhigt sich und bekommt ein neues Rezept und dazu den Ratschlag, sich zu entspannen, am besten so oft zu schlafen, wie er kann, und Situationen zu vermeiden, von denen er weiß, dass sie destabilisierend auf ihn wirken.

203

»Das mit dem Schlafen klappt nicht mehr«, sagt Slaktus.

»Das ist nicht gut«, sagt Nicolaisen.

»Ich mache die Augen auf und sehe rot«, sagt Slaktus.

»Das gefällt mir nicht«, sagt Nicolaisen und mustert seinen Patienten eindringlich.

»Es ist, als ... als wäre ich ein Topf voller Wasser«, sagt Slaktus. »Und jemand hat die Platte aufgedreht, aber ich kann sie nicht abschalten, denn ich bin ja ein Kochtopf. Ich hab' keine Arme, nur solche Topfohren. Das hilft mir einen Scheiß. Ich schaff' es nicht.«

»Hm.« Nicolaisen nickt.

»Und dann wird es immer heißer«, fährt Slaktus fort.

»Was ist im Topf?«, fragt Nicolaisen mit geschlossenen Augen.

»Wasser, hab' ich doch schon gesagt.«

»Nicht mehr?«

»Nein, nur Wasser.«

»Keine Nudeln?«

»Nein.«

»Eier? Kochst du Eier?«

»Nein, ich koche keine Eier, Nicolaisen.«

»Ist Reis in deinem Topf, Theodor?«

»Nein, da ist kein Reis in meinem Topf. Sprich mich nicht mit meinem Namen an, das haben wir schon besprochen«, sagt Slaktus.

»Nur Wasser ... nur Wasser.« Nicolaisen reibt sich nachdenklich das Kinn.

»Ja, nur Wasser«, sagt Slaktus.

»Auch keine ... Fleischbrühe.«

»Also, VERDAMMT NOCH MAL!« Slaktus steht auf.

»Tschuldige, Theodor ...« Nicolaisen hebt die Hände, um zu zeigen, dass er sich ergibt.

»DER NAME!«, brüllt Slaktus.

»Der Name?«

»Sprich mich nicht mit meinem Namen an, habe ich gesagt.«

»Tut mir leid, tut mir leid. Kannst du mir noch mehr erzählen?«

Ja, Slaktus kann ihm noch mehr erzählen. Er atmet tief ein und lässt den Blick durch das Fenster nach draußen wandern, hinauf zu den grauen Wolken, und erklärt, dass er soeben eine Mail mit den ersten Entwürfen zu der Figur Mbo erhalten habe. Der stehende Mbo, der gehende Mbo, der laufende Mbo, der schlagende Mbo, der mit der Steinsäge Tuck slashende Mbo. Mbo, der Leichen umherschleppt. Er erzählt, dass die Jungs vom *Rapefruit* es geschafft haben, eine Art Totalrealismus zu verwirklichen, wie er ihn noch nie zuvor gesehen hat. Das ist absoluter Realismus. Sie haben eine computergenerierte Figur entwickelt, die bis hin zur Mikrostruktur dreidimensional und fotorealistisch ist; man kann den Blick über Poren, Haarwurzeln und Fingerabdrücke gleiten lassen. Und man kann wegzoomen und Mbo in Bewegung versetzen, und seine Bewegungen sind perfekt. Das Muskelspiel, die Haut, die Schwerkraft, die Beleuchtung, alles bildet eine Einheit, genau wie es sein soll. Slaktus erzählt Nicolaisen, dass er Mbo in unterschiedlichen Outfits gesehen hat. In der französischen Straßenarbeiteruniform. Mit nacktem Oberkörper, bedeckt von Steinstaub, sodass er mattgrau ist und wie ein dicker Nuba aussieht. Mit Gehörschutz. Ohne Gehörschutz. Mit Staubmaske. Ohne Staubmaske. Sie haben auch eine Version gebastelt, wo er normale Klamotten trägt.

»Das T-Shirt, das er anhat … verflucht, man kann die Qualität des Stoffes *sehen*. Man kann problemlos *sehen*, dass es so ein billiges, altes H & M-T-Shirt ist. Man könnte fast kotzen, so realistisch ist es«, erzählt Slaktus.

»Beeindruckend«, sagt Nicolaisen.

»Ja«, sagt Slaktus.

»Spannend«, sagt Nicolaisen.

»Ja, aber dann …«, sagt Slaktus düster.

»Dann?«, fragt Nicolaisen.

»Dann zoomte ich auf seinen Gehörgang.«

»Was hattest du da drin zu suchen?«

»Egal.«

»Ja?«, nickt Nicolaisen.

»Da ist es wieder passiert.«

»Ah.« Nicolaisen runzelt die Augenbrauen.

»Als ich bis auf 40-50 cm am Ohr dran war, hat sich auf einmal die Augenhöhle nach außen gestülpt. Sie öffnete sich sozusagen zwischen den Lidern, und ein riesiger, aufgedunsener, von Adern überzogener, verdrehter Augapfel quetschte sich raus und wuchs proportional zu meinen Bewegungen.«

»Oi«, sagt der Therapeut.

»Wenn ich vom Ohr wegfuhr, wurde er kleiner, wenn ich ganz nah hinzoomte, auf 10 cm Abstand, wurde er beinahe so groß wie der Kopf. Verstehst du?«

»Ich verstehe«, sagt Nicolaisen.

»Das war einfach grauenhaft«, sagt Slaktus, »wie eine Blase, die sich auf- und leerpumpt.«

Slaktus faltet die Hände und presst sie so fest zusammen, dass die Fingerspitzen hellgelb werden. Nicolaisen notiert drei Worte auf seinem Block. Die Uhr tickt. Draußen nie-

206

selt es. Da sitzt ein Vogel, sieh mal, auf einem Ast. Eine Drossel. Die Regenwolken ziehen dahin. Hinter den Wolken scheint die Sonne. Unter seinen Klamotten ist Slaktus nackt. Unter seiner Haut schreien die Muskeln danach, geschunden zu werden, in seinem Schädel lechzt das Gehirn nach Endorphinen. Ganze zwei Tage ist es her, seit er das letzte Mal trainiert hat. Das ist viel, viel zu lange.

»Hast du mit den Programmierern gesprochen?«, fragt der Therapeut.

»Bist du übergeschnappt? Ich bin sofort zu dir gekommen. Es ist anderthalb Stunden her, dass ich dieses Machwerk gesehen habe.«

»Warum möchtest du nicht mit ihnen über das Problem reden?«

»Das weißt du genau«, sagt Slaktus.

»Ich will es von dir hören«, sagt der Therapeut.

»Please«, sagt Slaktus.

»Komm schon«, sagt Nicolaisen.

»Ich hätte sie umgebracht«, sagt Slaktus.

Nicolaisen sieht auf den Tisch. Slaktus sieht Nicolaisen an. Nicolaisen sieht Slaktus an. Slaktus sieht auf den Tisch. Nicolaisen hält den Blick. Slaktus sieht Nicolaisen an. Nicolaisen hält den Blick. Slaktus sieht aus dem Fenster.

»Du hättest sie nicht umgebracht«, sagt Nicolaisen.

»...«

»Du hättest sie nicht umgebracht«, wiederholt Nicolaisen.

»Vielleicht nicht«, brummt Slaktus.

»Warum sagst du es dann?«

»Weil es sich so anfühlt.«

»So anfühlt?«

»Ich habe die Jungs vor Kurzem geschlagen.«

»Trinkst du wieder?«

»Nein … noch nicht.«

Nicolaisen sieht auf den Tisch. Slaktus sieht Nicolaisen an. Nicolaisen sieht aus dem Fenster. Zum Vogel, zu den vorüberziehenden Regenwolken. Da kommt noch ein Vogel, sieh mal an. Auch eine Drossel. Die Drossel sieht Nicolaisen an. Nicolaisen sieht zurück zu Slaktus.

»Es ist ein Unterschied, jemanden zu schlagen oder jemanden umzubringen.«

»Ich weiß das«, nickt Slaktus, »aber ich fühle mich nicht gut. Ich fühle … mich gar nicht gut.«

Slaktus sieht zur Drossel rüber. Die Drossel sieht zu den vorbeiziehenden Regenwolken. Der Regen prasselt gegen das Fenster. Slaktus' Blick folgt einem herabrinnenden Tropfen. Er fühlt, dass er kurz davor ist, in Tränen auszubrechen. Die Drosseln fangen an, sich zu paaren, während sie Slaktus ansehen. Slaktus wird immer geil, wenn er traurig ist. Nicolaisen sieht auf den Tisch. Slaktus sieht Nicolaisen mit feuchten Augen an. Das Fenster spiegelt sich auf der glänzenden Tischplatte. Die Drosseln fliegen davon.

»Bist du einsam, Theodor?«

Die Sprechstundenhilfe hört ein Klatschen aus Nicolaisens Büro, sie geht davon aus, dass jemand die Hände zusammengeschlagen hat oder so. Slaktus kommt ins Vorzimmer, bringt ein höfliches »Wiedersehn« hervor und winkt mit der schmerzenden Hand. Er geht geradewegs zum »Weinmonopol« und kauft eine Flasche Wodka und eine kleine Flasche Vargtass; auf dem Heimweg liegen die Flaschen wie zwei kleine Huren auf dem Beifahrersitz, stumm, verdorben, verlockend. Vor dem Fernseher trinkt er viel vom Wodka und wenig vom Vargtass. Mit nacktem Oberkörper. Das Handy in der einen Hand, das Schnapsglas in der anderen. Niemand ruft an. Niemand schickt eine Nachricht. Er verschickt ein paar. Keiner antwortet. Wie immer. Keiner antwortet auf die Nachrichten. Keiner hebt ab. Ist das nicht typisch?, denkt Slaktus und kippt sich einen Wodka hinter die Binde, und dann noch einen. Ist das nicht das verfickte Ergebnis von Überkommunikation? Er ist kurz davor, das Telefon an die Wand zu knallen, hält sich aber zurück. Bei Slaktus ist das so, wenn der Alkohol reinfließt, dann guckt die Gewalt raus. So war es jedenfalls bisher. Alkohol war für Slaktus, was Furcht und Zorn für Bruce Banner sind. Es ist lange her, seit er zum letzten Mal getrunken hat; dass er das Telefon nicht gegen die Wand schleudert, ist ein gutes Zeichen. Ein weniger gutes Zeichen ist allerdings, dass er plötzlich den Inhalt der Vargtass-Flasche in eine Trainingsflasche gießt und sie zusammen mit Trainingsklamotten und einem sauberen Handtuch in seine Sporttasche legt. Keine schlechte Idee, ein bisschen Dampf im Fitnessstudio abzulassen – aber gleichzeitig trinken? Tja. Die Sporttasche verschwindet im Kofferraum und der Schlüssel in der Zündung. Die Scheinwerfer werden nicht angemacht. Die Hupe wird des Öfteren verwendet. Das Gaspedal wird auf und nieder getreten wie ein Wah-Wah in einer weinerlichen Heavy-Metal-Ballade. Slaktus' Schrottkarre zuckelt und ruckelt auf der Fahrt zum *The Meat Packing District* ganz schön gewaltig, aber meistens befindet sie sich auf der richtigen Straßenseite.

Mbo ist eine lebendiges Abbild seiner selbst, er steht vor dem Spiegel mit einer riesigen Hantel in jeder Hand, so steht er jeden einzelnen Tag im Jahr da. Man kann wohl sagen, dass Mbos Leben keinen anderen Inhalt hat als die Selbstdarstellung; Mbo ist eine Miniaturausgabe der modernen Gesellschaft, wie Slaktus sie sich vorstellt, eine Gesellschaft, die keinen anderen Inhalt hat, als sich selbst darzustellen. Mbo ist Abstinenzler und riecht die Schnapsfahne von Slaktus sofort. Nicht dass man Abstinenzler sein muss, um bei Leuten im Fitnessclub eine Schnapsfahne zu riechen, aber trotzdem; Mbo lässt die Gewichte los und legt einen Arm um seinen Trainingskameraden.

»You ok, Slaktus?«, fragt er.

»Yeah, I'm fucking ok«, sagt Slaktus.

»Have you been drinking?«

»Yesterday«, sagt Slaktus. »There was a party. Great fun. Hot fiesta.« Er macht sich los und blickt Mbo in die Augen, während er einen tiefen Schluck Vargtass aus der Trainingsflasche nimmt. Mbo sieht ihn mit einem dummklugen Samuel-L.-Jackson-Blick an.

»Why do you lie to me?«, fragt Mbo.

»What are you, my fucking mother?«, sagt Slaktus durch die Mundwinkel, wobei er noch mehr an der Saugflasche nuckelt.

»No, I'm not«, sagt Mbo und legt sich auf die Bank.

»You want me to backup?«, bietet Slaktus an und rülpst.

»No need for that«, sagt Mbo und stemmt weiter.

Slaktus beschließt, aufs Aufwärmen zu scheißen, scheiß auf den Zykloergometer; er lässt seinen Blick über die Trainingsgeräte gleiten und geht rüber zum *Action Traction*, um ein paar Kalorien zu verbrennen; dort sitzt bereits ein junger Pakistani und schuftet. Slaktus baut sich mit seitlich herabhängenden Armen vor ihm auf, leicht schwankend.

»Zisch ab«, sagt er. Der Pakistani reißt die Augen weit auf, sodass er eher wie ein Inder als wie ein Paki aussieht, steht aber auf, ohne zu mucken. Slaktus bleibt stehen und zeigt mit einem krummen Finger auf die Sitzfläche.

»He!«, sagt er.

»Hä?«, sagt der Pakistani verschreckt.

»Trockne gefälligst hinter dir ab.«

»Sorry«, sagt der Pakistani und reibt den Sitz und die Rückenlehne mit seinem Handtuch ab. Mürrisch zeigt Slaktus auf Flecken, die der Pakistani vergessen hat; die beiden erinnern ein bisschen an einen Schuhputzer und einen Schuhbesitzer, der eine kniet, der andere steht, der eine putzt, der andere zeigt. Der Pakistani schleicht davon. Slaktus bückt sich stöhnend und muss mit der linken Hand ausbalancieren, um keinen Ausfallschritt machen zu müssen. Er steckt den Stab in die höchste Gewichtsstufe und stiefelt zu den Hanteln rüber, wo er ein paar 15-Kilo-Scheiben aufklaubt, die er auf die Gewichte des *Action Traction* legt. Er schlürft ein bisschen Vargtass aus der Saugflasche. Dann fängt er an zu ziehen.

»ÄÄÄÄÄHHHHH!«, brüllt er schon beim ersten Zug. Er zieht eine ganze Serie, lässt die Griffe los, sodass die Gewichte mit lautem Getöse zu Boden krachen, schließt die Augen und trinkt noch was. Dann packt er die Griffe wieder und zieht.

»ÄÄÄÄÄHHHHH-ÄÄÄHHH-ÄÄÄHHH-ÄÄÄ!«, brüllt er und lässt die Griffe los. Und schließt die Augen. Diesmal langt er sich erst ins Gesicht, ehe er sich einen Schluck Vargtass genehmigt, dann wischt er sich mit dem Handrücken über die schniefende Nase; anschließend packt er wieder die Griffe und zieht, dass man glaubt, sein Hals würde gleich platzen.

»ÄÄÄHHHUUU-HHHUUU-HHHUUU!«, brüllt er, jetzt mehr ein stoßweises Heulen als ein Brüllen. Er zieht eine ganze Serie, aber da, wo er bei den beiden vorherigen aufgehört hat, macht er jetzt weiter, begleitet von einem rhythmischen Geheul bei jedem Anziehen:

»UHUUU ... UHUUU ... UHUUU!«

Mbo, der drüben vor den Spiegeln steht und wie eine Ölpumpe arbeitet, dreht sich um – dieses Geräusch ist er nicht gewohnt. Slaktus' Gesicht ist verzerrt, was an und für sich nichts Neues ist, aber es ist auf eine andere Art verzerrt, als wenn er es anspannt, weil er wie verrückt zieht. Um es poetisch auszudrücken: Es sieht so aus, als hebe er mehr als nur die Gewichte. Mbo geht ein paar Schritte auf Slaktus zu und stoppt beim nächsten Aufheulen, er streckt den Hals vor und mustert seinen Trainingskameraden. Was? Was ist das? Was läuft Slaktus da über die Wangen? Das ist kein Schweiß. Slaktus schwitzt nie aus den Augen. Mbo tritt noch näher heran. Er versteht gar nichts.

»Slaktus«, sagt er mit seinem fetten kongolesischen Akzent.

»UHUUU«, schreit Slaktus und pumpt weiter, während die Tränen rinnen.

»Are you ok, Slaktus?«

»UHUUU!«, brüllt Slaktus.

»What's the matter, Slaktus?«

Slaktus lässt los, die Gewichte sind gerade am höchsten Punkt des Geräts, der Krach, den sie machen, als sie zu Boden fallen, ist so gewaltig, dass Johnny Svendsens größte Trophäe in der kleinen Nische, die ein Büro darstellen soll, von der Wand plumpst. Svendsen, der Geschäftsführer von *The Meat Packing District* und frühere Bronzemedaillengewinner bei den *Scandinavian Open* stürzt polternd hervor.

»Was ist denn, verflucht noch mal, hier LOS?«

Mbo nickt zu Slaktus rüber, der mit dem Kopf zwischen den Händen dasitzt und schluchzt. Es ist das erste Mal, dass jemand in *The Meat Packing District* weint, ziemlich verwirrend. Johnny Svendsen stapft breitbeinig zu Slaktus hin, er geht nicht in die Hocke, das kann er nicht, er beugt seinen Oberkörper nach vorn, wie es Wachmänner tun, wenn sie mit Obdachlosen kommunizieren.

»Slaktus … SLAKTUS!«, sagt er streng.

Slaktus hebt den Kopf und sieht Johnny Svendsen in die Augen. Beim Anblick der Tränen auf Slaktus' Wangen reagiert Svendsen so, wie Mbo reagiert hat, als er zum ersten

Mal Schnee gesehen hat; er macht einen Satz nach hinten und schaut nach rechts und nach links, als wolle er doppelt sichergehen, dass er sich noch immer in der realen Welt befindet und nicht in einem Paralleluniversum, wo Schwarz Weiß ist und hetero homo.

»SLAKTUS!«, wiederholt er, noch immer im Rückwärtsgang, »SLAKTUS!«

»Hä?«, sagt Slaktus dumpf und lässt den Kopf wieder auf die Brust sinken.

»Slaktus«, sagt Mbo, als wolle er Svendsen ein bisschen die Arbeit abnehmen.

»Häääh …«, röchelt Slaktus.

»Verdammt, Slaktus«, sagt Svendsen.

»Ja«, nickt Slaktus.

»Verdammt, Slaktus«, sagt Svendsen wieder.

»Hä? Was is los?«, fragt Slaktus.

Johnny Svendsen und Mbo stehen nebeneinander und denken genau das Gleiche, sie denken, dass Slaktus nicht so ist, wie er sein sollte, da läuft irgendwas nicht rund, irgendwas passt da nicht. Im übertragenen Sinn denken sie, dass Slaktus einen Bug hat. Da stehen sie, ein Weißer und ein Schwarzer, breite Schultern, schmale Hüften und große Augen. Sie denken, um bei dem Bild mit dem Bug zu bleiben, dass irgendwo in Slaktus ein Fehler aufgetreten sein muss, Slaktus' Quelltext ist falsch programmiert worden, Slaktus ist buggy, irgendwas verursacht eine Funktionsstörung. Mbo und Johnny Svendsen können nicht programmieren, sie haben keine Ahnung, wie sie mit einer fehlerhaften Person umzugehen haben, sie wissen nicht, wie man sich einem Homo Sapiens gegenüber verhält, der

214

abgestürzt ist. Sie können auf den An/Aus-Knopf drücken, ja, das können sie. Und das tun sie auch.

»Slaktus«, sagt Svendsen.
    »Slaktus«, sagt Mbo.
    »Slaktus«, sagt Svendsen.

Slaktus antwortet nicht, Brad Meldau dudelt aus der Tasche seiner Arbeiterhose, er fischt das Handy hervor.

TIERE

*Ich liebe Katzen, weil ich mein Zuhause mag; nach
und nach werden sie seine sichtbare Seele.*

JEAN COCTEAU

Alle guten Tiere sterben aus. Alle bösen Tiere sind noch
da. Auch die prächtigen Arten der Serengeti sind am Aus-
sterben. Der Moschusochse. Die Wale. Die Kreuzottern.
Weg. Die wenigen guten Tieren, von denen es noch genug
gibt, sind verblödet. Der Hund beispielsweise. Im Grunde
gut, aber blöd als gezüchtetes, domestiziertes Tier. Das
Gleiche gilt für die Pferde, die Kühe, die Hühner. Schöne
Tiere, aber als Produkte widerlich. Die Einzigen, die es auf
eigene Faust schaffen, sind die Möwen, die Ratten und die
Fliegen. Die Zecken. Die Egel. Keine Kunst also, zum
wahren Kern dieser Aussage vorzustoßen: Was ist das letzte Tier, ergo das blödeste von allen, das auf Erden übrig
bleiben wird? Das alle anderen überleben wird. Genau.
Der Mensch. Vielleicht überlebt uns die Kakerlake, aber
das sagt mehr über die Kakerlake aus als über den Menschen. Oder? Es ist recht *aufschlussreich*, dass der Mensch
diesen blinden, rosa Schleimaal, der sich im Amazonas
oder wo auch immer rumtreibt, überleben wird.

Ich habe eine Katze. Sie heißt Pussi und ist grau, mit ein
bisschen Weiß an den Pfoten und am Schwanz, sie ist acht
Jahre alt und wird es sicher nicht mehr lange machen. Tante
Grete hat sie angeschleppt. Pussi war damals drei Wochen
alt und hatte ihren Namen schon. Tante Grete ist nicht

meine Tante, sondern eine alte Partykumpanin meines Vaters Murai. Die beiden trinken zusammen und ziehen sich noch immer hie und da ein wenig Speed rein, beide sind nicht mehr die Jüngsten, aber Alter und Rauschmittel haben sich noch nie ausgeschlossen. Tante Grete hat Pussi ich weiß nicht wo aufgestöbert und dachte, dass Atal und Wataman vielleicht was zu spielen wollten. Das wollten sie gern – 45 Sekunden lang. Das ist keine *fancy* Untertreibung, sie spielten wirklich 45 Sekunden lang mit der Katze; für sie war das sogar recht lang, sie waren damals gerade zwölf und total aufgedreht. Pussi und ich haben per se kein Verhältnis zueinander, ich bin kein Katzenweib. Zwischen uns herrscht eine Art von Vertrautheit, wie man sie zu einem x-beliebigen Möbelstück entwickelt, das lang genug herumsteht; man mag das Möbelstück nicht, man hat es nicht ausgesucht, aber es hat einem so lange zur Verfügung gestanden, dass es anfängt, einem selbst zu ähneln, die ständige Nähe zu einem selbst ist das einzig Besondere am Möbelstück. Sollte man es irgendwann einmal loswerden, würde man das gute Stück innerhalb von zwei Sekunden vergessen haben und ihm nie wieder einen Gedanken widmen. So ist es mit Pussi und mir. Pussi und Lucy. Wir sind beide Teil des Wohnungsinventars, und keine wird die andere vermissen, wenn eine von uns stirbt. Ich gebe Pussi nichts zu essen. Weiß der Himmel, was sie frisst, von mir kriegt sie nichts, die Paletten von KiteKat, die Atal und Wataman ins Haus schleppen, rühre ich nicht an, das ist viel zu ekelhaft. Pussi verbringt den Großteil der Nacht draußen, ich lasse sie am Abend raus, also nicht wirklich raus, ich öffne einfach die Tür unserer Wohnung im Siebten, sie huscht die Treppe runter und erledigt den Rest auf eigene Faust. Sie bettelt nie um Fressen. Pussi ist für mich in keins-

217

ter Weise ein Ersatz für irgendetwas. Ich habe Kinder. Ich habe Sex. Ich bekomme sogar »Nähe«, wenn ich das will. Ich schmuse nie mit Pussi. Sie schmust nie mit mir. Ich habe sie noch nie miauen hören, sie ist die Katze, die nicht miaut.

Es ist nach zehn und Zeit für Pussi, rauszugehen. Ich war den ganzen Abend zu Hause und habe *Not Life* gespielt, ein brauchbarer First-Person-Shooter; ich habe Slaktus gebeten, mal einen Blick darauf zu werfen, aber soweit ich weiß, hat er es nicht getan, er ist ein miserabler Researcher, der Wichser. Ich öffne die Tür und sehe, dass Pussi das eine Hinterbein nachzieht. Ich stelle ihr einen Fuß in den Weg und scheuche sie zurück in die Wohnung. Tut dir was weh am Bein?, frage ich, als ob das was brächte, wohl nur ein Mittel, um das Unausweichliche noch ein bisschen rauszuschieben – ich werde die Katze berühren müssen. Ich hasse es, sie zu berühren, aber das tue ich jetzt. Ich halte ihre Pfote fest und taste mit Daumen und Zeigefinger ihr Bein entlang, es fühlt sich ganz normal an, sie reagiert nicht, bis ich das erreiche, was man vielleicht Leiste nennt, da sitzt eine Art Klumpen, und als ich auf den Klumpen drücke, kotzt mir die Katze auf die Socke. Ich kreische »Scheißkatze« und schubse sie weg. Lachen blubbert im Magen. Meine Socke ist voller gelber Katzenkotze, ich ziehe sie fluchend aus. Pussi hat sich hingesetzt; als ich sie wegjagen will, sehe ich, dass sie es nicht schafft, den Arsch vom Boden zu heben, als hätte das Kotzen auch das andere Hinterbein gelähmt. Ihr Hinterteil und ihr Schwanz wippen nur von einer Seite auf die andere, sie glotzt mich aus ihren leeren Augen an, ehe sie erneut kotzt, diesmal auf den Flickenteppich und ein bisschen auf die Türschwelle zu

Atals ehemaligem Zimmer, das inzwischen ein Abstell-
raum ist für Eimer, alte elektronische Geräte, Tüten voller
Kabel, Kisten und Wannen (wofür habe ich jemals eine
Wanne gebraucht?) plus all dem Katzenfutter, das sie nie
frisst. Scheißkatze, sage ich erneut, pruste los und ent-
scheide hier und jetzt, dass sie sterben wird. Ich ertrage es
nicht, eine kotzende lahme Katze in der Wohnung zu haben. Eine behinderte Katze, nein danke.

Ich habe nicht die Kraft, es selbst zu tun. Vielleicht können
Atal und Wataman es erledigen? Die sagen doch zu allem
Ja, was Spaß verspricht. Und die Katze gehört im Prinzip
ihnen. Ich rufe Wataman an und erkläre ihm das Problem.
Im Hintergrund herrscht ein unglaublicher Radau.

»HÄ? HAHA! HAHA! HÄ! Unsere Katze ist am Ver-
recken? HAHA! So kann es gehen! Wir sind geboren, um
zu sterben, Mama! HAHA! Born to die! Verfickte Scheiße, du hättest das gerade sehen sollen! Taiwo ist bei uns,
der Typ, der dich kürzlich durchgefickt hat, wir gehen zusammen aus! AAAAAAAAAAAHAHAHAHA, DAS
IST SO WAS VON HAMMERGEIL! Hä? HAHA! Stell
dir die Marx Brothers vor, schmier ihnen Schuhcreme
in die Fresse, schmeiß sie in eine Zeitmaschine, die sie in
die Zukunft bringt, und verpass ihnen ein paar persönlich-
keitsverstärkende Rauschmittel, dann siehst du, wie wir
gerade drauf sind! HAHA!«

Ich gebe auf und rufe Slaktus an. Er hebt ab, ohne irgendetwas zu sagen. Im Hintergrund höre ich dumpfe Geräusche
gemischt mit dem Klirren von Gewichten, die auf Gewichte treffen, und von Stangen, die auf Halterungen stoßen.

Lucy 1: »Trainierst du?«
Lucy 2: »Du trainierst.«
»Ja«, sagt Slaktus.

Ich höre sofort, dass etwas nicht stimmt, das ist kein normales Ja, das ist ein Ja, das von woanders kommt. Es ist eine Art Nein in Ja-Form, ein Ja als Bekräftigung für etwas Negatives. Lucy 2 verschwindet wieder. Es ist ein Knarzen in Slaktus' Stimme, dass Lucy 2 wie ein Stück Eis in einer Hand zusammendrückt und schmelzen lässt.

»Meiner Mieze geht's nicht gut«, sage ich.
»Geht's deiner Mieze nicht gut?«, sagt Slaktus.
»Kannst du herkommen und mir helfen?«, sage ich.

Langes Schweigen.

»Du bittest nicht oft um Hilfe, Lucy«, sagt Slaktus.
»Nein.«
»Warum jetzt?«
»Mich ekelt vor der Katze.«

Pause.

»Dich ekelt vor der Mieze?«
»Ja«, sage ich. »Mich ekelt's.«

Mein linker Handrücken ist dunkelbraun. Warum habe ich Ja gesagt? Ich drehe die Hand um. Innen ist sie eher gelb als rosa. Ich drehe sie wieder um und studiere die Muster auf dem Handrücken, die Adern. Ich bilde eine lose Faust. Die Haut spannt sich über den Knochen, manche Runzeln glätten sich. Die Hand sieht nicht alt aus, sie sieht erwachsen aus. Sie sieht aus wie eine gesunde, erwachsene Hand. Ich strecke den Zeigefinger aus, als würde ich auf mich selbst zeigen. Die Haut unter dem Nagel – ist da Haut drunter? – ist wesentlich heller als der Rest des Fingers. Pussi steht direkt hinter mir und glotzt, ich kann sie nicht ansehen.

»Kommst du?«, frage ich.
    »Ja«, sagt Slaktus.

Das Viech kotzt wieder, diesmal auf meine andere Socke.

»Slaktus?«
    »Ja?«
    »Bist du betrunken?«
    »Neija.« (Klick)

DIE STIMME

We will all be butchered in this fog.

Heart of Darkness

Castellaneta ist ganz gut gelaunt, als Taiwo und die Jungs in sein Hotelzimmer kommen. Wataman hat vorher angerufen und »Besuch« und »Hotel« durch all den Radau gebrüllt, und Castellaneta hat gleich zugesagt; er hatte bereits Besuch, er hat ein paar Gläser gekippt, Besuch oder ein wenig mehr Besuch – das spielte nun auch keine Rolle mehr.

»Come on over«, sagte Castellaneta.

»We need that«, erwiderte Wataman, »we just met dad, you see …«

»Is he coming too?«

»No-no-no! Are you crazy?«

HABE MICH BERUHIGT. MUSS EUCH WAS ER-ZÄHLEN. WO SEID IHR?

Die Negerjungs saßen an einem Champagnertisch im Stripperclub *Haze*, als Wataman dumm genug war, Slaktus zu simsen und zu verraten, wo sie sich befanden. Slaktus quengelte so entsetzlich. Nach einem Dutzend eingegangener Nachrichten schrieb Wataman »Haze« zurück; fünfzehn Minuten später standen er mit blutender Nase und Atal mit Ohrensauen im warmen Hurenlicht vor einer Horde von Strippern, die sie anstarrten, statt umgekehrt.

222

Slaktus verprügelte die Jungs der Reihe nach, mehrmals, erst den einen, dann den anderen, und wieder von vorn. Wataman bekam eins auf die Nase, Atal erwischte eine flache Hand am Ohr, dass es nur so pfiff. Dies wiederum rief eine Lachattacke von seltener Heftigkeit hervor – Atal und Wataman sind nicht mehr geschlagen worden, seit sie elf waren, natürlich bewirkte ein solches Rendezvous mit Slaktus' geballten Fäusten eine Reaktion, das heißt, Gelächter, vermischt mit dem einen oder anderen »verflucht noch mal« und »wir haben doch nichts getan« und »verdammt, Vater«. Taiwo, der tief in die Schwindeltheorie der Jungs über Werte in Verbindung mit Strippen und Falschgeld versunken war (»… funny money in the thong – the ultimate exchange! Fake cash traded for bullshit desire – it's the best fucking deal *ever*!«, hatten Atal und Wataman beinahe im Chor geschrien), wurde grob zurück in die »Wirklichkeit« gerissen, und zwar vom einzigen unbezweifelbaren zwischenmenschlichen Kontakt: Gewalt. Man kann an Freundschaft zweifeln, an Gerede und Familie und Geschäft und Freizeit und Absprachen und Liebe; Gewalt lässt keine Zweifel zu, deshalb haben die Leute so Angst vor Gewalt. Die Leute zweifeln gern, und Gewalt schließt Zweifel aus.

Die Türsteher kamen angewatschelt, nicht angerannt, wie sonst in solchen Fällen; Slaktus ist kein Mann, dem man entgegenrennt; sogar die Türsteher des *Haze* verstanden, dass man einem Typen mit solchen Augen und einem derartigen Kreuz besser freundlich zuspricht, keine Berührung, nein, freundliches Zusprechen; aber daraus wurde nichts, denn Slaktus ging wortlos davon, und die Jungs standen mit blutender Nase und Ohrensausen da.

223

»This is quite messed up«, sagte Taiwo.

»Oah bu ju bean«, fragte Wataman mit Blut in der Nase.

»This whole thing … messed up«, sagte Taiwo.

»Hä?«, fragte Atal mit Ohrensausen.

»It's messed up!«

»You wanna go and stress Castellaneta?«, erwiderte Atal halb schreiend.

»Yeahff!«, johlte Wataman.

Jepp. Zunächst erklärten Atal und Wataman dem verwirrten Taiwo, was es mit dem Begriff »Negerstress« auf sich hatte, danach beschlossen sie einstimmig, bei Castellaneta vorbeizuschauen und ihm ein wenig Negerstress zu machen. Taiwo hatte ja dessen Negerfeindlichkeit gespürt, die war mehr als offensichtlich – nichts einfacher, als Negerfeindlichkeit bei anderen zu erahnen, wenn man selbst Neger ist –, aber ihm war noch nie der Gedanke gekommen, das Verhältnis zwischen der negerfeindlichen Person und dem Neger zu einer Art Entertainment umzufunktionieren – Negerstressing. Andererseits – wieso nicht? Sie könnten Castellaneta in seinem Hotelzimmer umringen, wie die Wilden Kurtz draußen im Busch umdrängen. Atal und Wataman drehten eine Ehrenrunde im *Haze*. Sie begrapschten und zwickten alle Stripperinnen, stopften ihnen großzügig Falschgeld in die BHs, ehe sie den beiden Türstehern Unmengen davon in die Brusttasche steckten und dem Garderobier ein paar Scheine in die Hand drückten. Dafür gab der Garderobier Wataman einen Packen Taschentücher, damit er sich die Nase abwischen konnte. Atals Ohrensausen hörte ja nur Atal.

In Castellanetas Hotelzimmer sitzen bereits zwei Vertreter von *Rapefruit* und jammern über die schlechte Stimmung, die Slaktus in den letzten Tagen verbreitet hat. Da sind der AD mit seiner Topffrisur und der Programmierer, der aussieht wie ein Austauschstudent, es sind die beiden, die in der Rechtsmedizin Ohrfeigen kassiert haben. Sie sind zum Amerikaner gegangen, um sich zu beklagen, sie klagen und hoffen, dass er auf die Pauke haut. Wieso Castellaneta? In Skandinavien hat ein Amerikaner, egal, wie bescheuert er ist, allein Kraft seines Amerikanerseins eine gewisse Autorität. Nicht dass Castellaneta dumm wäre oder es ihm an »popkultureller Tiefe« fehlte, aber die Tatsache, dass er Amerikaner ist, war ausschlaggebend für die *Rapefruit*-Jungs, als sie beschlossen, jemanden zu suchen, bei dem sie sich ausheulen können. Es ist schön, eine amerikanische Stimme ruhig und mit Autorität das sagen zu hören, was man schon weiß. Übersetzt ins Amerikanische bekommen Worte, die an und für sich hölzern und leer sind, neuen Pep, die Konzepte wirken bedeutungsvoller und logischer. Skandinavier lechzen nach dem Talent der Amerikaner, Probleme gewissermaßen sprachlich visualisieren zu können. Und genau das brauchen sie, die *Rapefruit*-Jungs, sie brauchen Hilfe beim Visualisieren, was sie ja weiterhin tun sollen, jetzt wo das Spiel voller Bugs ist und Slaktus durchdreht. Sie brauchen eine Stimme, an die sie sich lehnen können. Die Wahl fiel auf den Amerikaner.

»I didn't know he was so unstable«, sagt Castellaneta und hebt sein Ginglas von der Armlehne des Rollstuhls, »it's horrible.«

»Nobody knew«, sagt der AD mit der Topffrisur.

»Well …«, sagt der Programmierer, »you can kind of tell, can't you? Just look at the guy.«

Castellaneta nickt. Ja, er hatte sich schon seinen Teil gedacht, noch ehe er Slaktus in Person traf. Er hatte begriffen, dass das Organisationstalent dieses Mannes »bunt gefächert« war. Ihre Telefongespräche hatten ihm gezeigt, dass Slaktus kreativ war, aber plump, klug, aber unbeständig – an und für sich interessante Eigenschaften, aber nicht unproblematisch, wenn man sie kombiniert. Castellaneta war immer offen gegenüber unorthodoxen Menschen. Das macht aus ihm noch lange keinen Philanthropen, im Gegenteil, voller Faszination hegt er seit jeher Hass gegenüber den unbegreiflichen Sprachkonstellationen, und gegenüber dem Ursprung der Sprache, dem menschlichen Gemüt. Und das menschliche Gemüt ist zu allem fähig, denn alles passt in ein menschliches Gemüt hinein, denkt Castellaneta, die gesamte Vergangenheit genauso gut wie die gesamte Zukunft. Als Castellaneta Deb verlor, verlor er alles, alles außer seinem Redetalent, alles außer seiner Stimme. Er war ein Schatten, dunkler als die Nacht, vornehm gehüllt in eine strahlende Sprachbegabung. Er stand bei Debs Begräbnis auf der anderen Seite und blickte zu sich hinüber und in sich hinein. Es schien ihm, als reise er durch eine unbegreifliche Welt, in der es weder Hoffnung noch Begehren gab. Letzten Endes kann selbst tiefste Trauer in Gewalt enden – auch wenn Trauer uns vor allem apathisch macht. Als der Amerikaner, der er war, wollte er sich durch Sprechen von der Lähmung befreien. Er wollte versuchen, den Fluch aufzuheben, diesen schweren, stummen Fluch des Todesfalles, der einfach nur dastand und ihn unerbittlich in seine Arme zog. Er redete mehr und mehr wie Dan, weniger wie Krusty, Barney Gumble, Itchy, Homer, Kodos, Sideshow Mel und Arnie Pie. Der Rollstuhl führte ihn zu sich selbst, und Castellanetas Stimme wurde zu Dans Stimme. Er konnte die größten Menschenmengen verzaubern. Er konnte sich dazu bringen, alles Mögliche zu glauben – alles Mögliche. Er wäre gern ein schillernder Führer einer extremistischen Partei gewesen. Irgendeiner Partei. Er war ein Extremist. Es gab niemanden, weder über noch unter ihm. Seine Beine gehorchten ihm nicht, aber er war dem Irdischen entflohen. Er hatte Bilanz gezogen – er hatte ein Urteil gesprochen. »Grauenvoll!« Im Grunde war das der Ausdruck für eine Art von Glauben, einen aufrichtigen und überzeugten Glauben, der in sich einen leisen Ton von Aufruhr trug, der entsetzliche Ausdruck von jemandem, der einen Schimmer der Wahrheit gesehen hat – diese sonderbare Mischung aus Hass und Begierde. Slaktus hatte ihn zum richtigen Zeitpunkt getroffen und zum falschen enttäuscht. Skandinavien lag offen vor ihm und kroch auf ihn zu in Form von Telefonen und nicht zuletzt von Slaktus' Nachkommenschaft. Als Amerikaner war er es gewohnt, sich besiegte und in Eisen gelegte Ungeheuer vorzustellen, aber hier draußen, hier oben – hier starrte er auf etwas, das nicht nur ungeheuerlich, sondern auch noch frei war. Er war in einem Reich gelandet, in dem es nicht einmal einen dünnen Streifen Licht gab, wo alles von einem unfassbaren Grauen überschattet war und wo echte Grausamkeit eine wirkliche Erleichterung war, weil sie – mit größter Selbstverständlichkeit – bei hellem Tageslicht praktiziert wurde.

»Exterminate all the brutes!«, zischt Castellaneta, er ist inzwischen ziemlich voll.

»What?«, sagt der AD.

»Nothing.«

»Huh?«, sagt der Programmierer.

»Ok«, sagt Castellaneta, er lehnt sich im Rollstuhl ein wenig vor und fährt sich mit der Hand über die Glatze, »you guys have a problem with the bug«, sagt er.

»Yes, we do?«, sagt der AD hoffnungsvoll.

»And you have a problem with the brain«, fährt Castellaneta fort.

»The brain?«, sagt der Programmierer.

»The brain … of the game … You have a problem with Slaktus«, sagt Castellaneta.

»Yes, yes«, sagen der AD und der Programmierer wie aus einem Mund und versuchen, Castellaneta durch Kopfnicken zum Weiterreden zu animieren. Dass *Rapefruit* ein Problem mit dem Bug hat, und dass sie ein Problem mit Slaktus haben, wissen die beiden nur allzu gut. Hier erfahren sie es aufs Neue, Castellaneta pausiert und denkt nach. Und weiter kommen sie nicht, weder in der betriebspsychologischen Musterung noch was Castellanetas geplanten Monolog angeht, denn hier kommt Slaktus' Nachkommenschaft und hämmert an die Tür. Castellaneta ruft »Enter«, ohne den Kopf zu drehen. Die Tür geht auf, und zusammen mit Atal und Wataman betreten Wirrwarr und Durcheinander den Raum, dicht gefolgt von Falschgeld, Taschentüchern, geronnenem Blut, Snuslippen und Ohrensausen. Taiwo beschließt die Karawane mit einem gutmütigen Lächeln.

»The geeks are here!«, lacht Wataman und zeigt von einem der *Rapefruit*-Jungs zum anderen.

»Verflucht, ich höre nichts!«, sagt Atal und reibt sich die Ohren. »Mir ist übel.«

»Hähä!«, lacht Wataman.

»Hä?«, sagt Atal.

»Hähä!«, lacht Wataman.

»The whole party«, sagt Taiwo.

»Indeed«, sagt Castellaneta.

»Good«, sagt der AD, »we're having kind of a meeting.«

»Too bad!«, lacht Wataman.

»What?«, sagt Atal.

»No, it's good that Taiwo is here. We're discussing how to go on with this project.«

»I see«, nickt Taiwo, »a little get together without the … main man.«

»Exactly«, sagt der Programmierer.

»Dad has snapped!«, lacht Wataman.

»That's what we mean«, sagt der Programmierer.

»Dad?«, sagt Atal.

»Yes, dad«, sagt Wataman.

»Dad is a fucking *maniac*«, sagt Atal.

»We figured«, murmelt Castellaneta.

»Hello?«, sagt Atal und bohrt sich im Ohr »… fuck. The ear …«

»So do you know what his deal is?«, fragt der AD.

»So do you know the difference between a male hooker and a bingo host?«, fragt Wataman.

»I know that one«, sagt Castellaneta und leert das Glas. Atal rennt aufs Klo und kotzt.

»What's with Atal?«, fragt der AD.

»Fucking Taiwo is our fucking brother«, sagt Wataman und klopft Taiwo viel zu hart auf die Schulter, »we just found out that he is our missing brother.«

»Missing brother?«, sagt der Programmierer.

229

»The dead triplet«, nickt Wataman.

»Hä? The triplet?« Atal kommt aus dem Bad.

»Yessiree«, lacht Wataman.

»The one Dad killed«, sagt Atal.

»Now what?«, fragt Castellaneta.

»There were three of us«, erklärt Wataman, »and rumors say that Dad killed the last one.«

»Great«, sagt der Programmierer.

»We were the three leaves of a clover, you see, and Dad ripped one off … but Taiwo is taking his place. We are one again«, sagt Wataman feierlich. Dann prustet er los.

»You are one again?«, fragt Castellaneta.

»Yes, we are«, sagt Wataman, »what do you say, Taiwo?«

»Sure«, lächelt Taiwo, »one.«

»Our employer is a murderer«, sagt der AD.

»Do'h!«, lacht Wataman.

»DO'H!«, sagt Castellaneta.

Es ist, als habe jemand den Stecker rausgezogen, plötzlich ist es still. Atal und Wataman bekommen noch größere Augen als sonst, der jammernde AD und der klagende Programmierer gaffen und lächeln, sie können nicht anders, das Lächeln gewinnt die Oberhand. Taiwo schließt die Augen wie ein Nobelpreisgewinner. Castellaneta hat DO'H! gesagt. Das Geräusch klingt nach. Homer Simpson war einen Augenblick lang im Raum. Es war, als stünde man neben ihm, Castellanetas Stimme hat Homers ganzen Körper herbeigezaubert, der rundliche, gelbe Körper tauchte neben ihnen auf und drückte sich sanft in Atals Fleisch und in Watamans Blut, in Taiwos Brust und in die Gehirne der *Rapefruit*-Jungs; sie stehen da und spüren, wie Homers Echo schwächer wird, der Abdruck glättet sich wie ein Sofabezug, nachdem jemand aufgestanden ist. Taiwo öffnet als Erster den Mund:

»That was sublime.«
　　»The voice …«, murmelt der Programmierer.
　　»Say no more«, sagt Wataman.

MR PENIS

The day took a dark turn.

G. W. BUSH

Slaktus bricht Pussi das Genick, man könnte glauben, er habe in seinem Leben nichts anderes getan, als Katzen das Genick zu brechen. Pussi hat nicht einmal Zeit, »Miau« zu sagen, ehe ihr Genick »Knack« sagt und Slaktus »Bitte schön« sagt und mir das leblose Tier reicht. Ich weiß nicht so genau, was ich mit dem kleinen Körper tun soll; ich lege ihn auf den Boden. Slaktus ist seit über sieben Jahren nicht mehr in meiner Wohnung gewesen, ich lade ihn nie zu mir ein.

»Darf ich?«, fragt er. Ich kenne Slaktus nur zu gut. In diesem Augenblick bedeutet »Darf ich«, ob er sein T-Shirt im Badezimmer zum Trocknen aufhängen und ein Nickerchen machen kann; draußen regnet es, und er ist nass bis auf die Knochen. Und müde, wie immer. Ich will Nein sagen, aber ich nicke. Er hat vermutlich auch Durst.

»Du bekommst nichts zu trinken«, sage ich.

»Ich will gar nicht trinken«, antwortet er. »Ich war beim Training. Ich bin einfach nur ganz normal durstig.«

»Normal durstig.«

»Ja, normal durstig.«

Lucy 2 ist endgültig fort. Slaktus schält sich aus seinem T-Shirt und hängt es im Badezimmer auf. Dann geht er in den Flur und holt seine Trinkflasche, an der er eifrig nuckelt, während er mich anstarrt. Slaktus weiß, dass der alte

Trick mit Vargtass in einer Plastikflasche niemanden mehr täuscht – und ganz sicher nicht mich –, aber das ist genau der Punkt. Das Nuckeln an der Trinkflasche ist als Provokation gemeint, er sagt »Sieh her, ich trinke Vargtass vor deinen Augen«, ohne es zu sagen. Ich weiche dem eindringlichen Blick seiner Augen aus, die unter seinem Pony hervorlugen und mir folgen, wohin ich auch gehe. Er ist elend dran, das sehe ich. Und es verwirrt mich, ich weiß nicht, ob ich die Katze aufheben oder eine Scheibe Brot abschneiden soll; ich gehe in die Küche und komme wieder raus.

»Ich hab' die Jungs getroffen«, sagt Slaktus.
    »Wo denn?«
    »Ich hab' sie verprügelt, beide.«
    »Du hast sie verprügelt«, sage ich.
    »Jepp, ich hab' sie grün und blau geschlagen.«

Slaktus' nackter, übertrainierter Oberkörper füllt das ganze verfickte Zimmer aus, man kann ihn einfach nicht ignorieren; er schlurft über das Holzparkett und wirft sich auf das Sofa. Slaktus hat mich auf diesem Sofa schon früher gefickt und durchgeprügelt, aber nicht in dieser Wohnung; ich habe das Sofa schon so lange, es ist mit mir umgezogen, ein gutes Sofa, das hier. Slaktus scheint im Moment nicht an Sex und Gewalt zu denken, er nickt ein und schnarcht leise. Ich gehe hinaus ins Treppenhaus und schmeiße Pussi in den Abfallschacht. Als ich wieder zurückkomme, liegt Slaktus da und sieht mich aus zusammengekniffenen Augen an.

»Lucyyy?«

233

Er artikuliert sich schwerfällig und schnaubt, es klingt beinahe wie ein Seufzer. Das Blut entweicht aus meinem Kopf, Lucy 1 ist nun auch so gut wie fort. Sein Seufzer erzeugt eine Art Sog in meinem Zwerchfell, der einen so starken Zug, eine solche Anziehungskraft entwickelt, dass er meine Stimme aufsaugt; ich kann nicht einmal Ja sagen oder irgendwas anderes, ich fühle, wie meine rechte Gesichtshälfte lahm wird. Slaktus sieht mich an, er wartet, wartet, und als keine Antwort kommt, saugt er an seinen Zähnen und fährt fort.

»Ich bin geil, Lucy.«

Der Sog in meinem Zwerchfell, der meine Stimme aufgesaugt hat, ruft eine Art Übelkeit oder Hitze hervor. Die Wärme steigt empor durch das, was ich für meine Speiseröhre halte, presst sich nach oben durch den Hals und aus dem Mund. Sobald ich ihn öffne, passiert das, was bei einer Ik in Not normalerweise passiert, ich lache.

»Haha!«, lache ich.
»Hehe.« Slaktus zwinkert mir zu und entblößt seine Vorderzähne, um zu unterstreichen, dass er nicht gescherzt hat, als er behauptet hat, geil zu sein. Er stützt sich auf einem Ellbogen ab.
»Ha-ha-ha«, lache ich wieder.
»Hehe«, lacht Slaktus und schnalzt mit der Zunge.

Wie der Blitz renne ich entlang der Wand zu meiner Rechten hinaus in den Flur, in Richtung Eingangstür, aber Slaktus ist zu flink, in einem Sekundenbruchteil springt er auf und packt mein Haar so fest, dass ich das Gleichgewicht verliere und bäuchlings zu Boden falle. Slaktus zerrt mich an den Haaren zurück ins Zimmer und setzt sich seelenruhig neben mich auf den Zimmerboden, mit seinem linken Unterarm auf meinem Nacken presst er meinen Kopf auf den Boden. Ich öffne den Mund, aber anstatt eines Hilferufs, eines Schreis oder eines Stöhnens entfährt mir das Übliche:

»Hahaha«, lache ich.

»Das gefällt dir, nicht wahr?«, sagt er und lehnt sich stärker auf mein Genick, bis auch das Gelächter erstickt wird und ich einen amorphen weißen Fleck hinter meinen Augenlidern sehe. Meine obere Wirbelsäule knirscht wie beim Chiropraktiker; ich unternehme einen schwachen Versuch aufzustehen, indem ich meine Hüften hebe, aber Slaktus schlägt mir hart aufs Kreuz, und ich bleibe flach liegen. Mit der rechten Hand zieht er meine Hose runter, ich habe eine Jeans an, die ist hauteng, aber Slaktus ist so stark, dass er sie über meine Oberschenkel zieht, ohne den Knopf zu öffnen; ich spüre, dass ich einen Bluterguss bekomme; Slaktus packt meine Unterhose und reißt sie hoch, so dass ich jetzt mit meinem in der Luft hängenden Arsch daliege. Dann zieht er sie zur Seite und fängt an, mich mit den Fingern zu ficken, keine Ahnung, mit welchen Fingern, und auch nicht, mit wie vielen, es sind einige, so viel steht fest. Er steckt mir den Daumen in den Arsch, genau wie Taiwo vor ein paar Tagen. Hier liege ich wieder einmal, in diesem ewigen Six-Pack-Griff – den Kopf auf dem Boden und den Arsch in der Luft – das alte Weib, das ich bin, hier liege ich, mein Arsch im Fokus, meine Fotze im Fokus, das alte Weib, das ich bin, nun komm schon, stopf das Ding rein, rein damit in das alte Weib. Slaktus lehnt sich zurück, sodass der Druck auf meinem Nacken ein wenig nachlässt; er verlagert sein Gewicht, drückt nicht mehr mit dem Unterarm, sondern mit der Hand, jetzt ist es seine Hand, die meinen Nacken nach unten presst – wenn ich ihn richtig einschätze, will er *sehen*, was er jetzt tut; fuck, denke ich, bei ihm sitzt der Schwanz in den Augen, der ist in seinen Augen und nirgendwo anders – und tatsächlich, ich drehe meinen Kopf, um einen Blick auf Slaktus zu erhaschen, während er meinen Hintern unter die Lupe nimmt, den Kopf geneigt wie ein Klempner, der unter ein Waschbecken schaut. Verdammt noch mal, was kann daran denn so scheißinteressant sein, denke ich, was ist da so verflucht faszinierend, das ist ein Arschloch. Und ein Fotzenloch. Das ist doch keine verdammte *Wissenschaft*, sondern ein *Loch*. Man könnte glauben, manche Kerle seien auf Diplome für das Anstarren von Frauenärschen aus. Es ist offensichtlich, dass Slaktus die gesamte Pornopalette durchspielen will; er zwingt mir die Finger, die in meinem Arsch gesteckt haben, in den Mund, um sie anzufeuchten – der Arsch muss ins Maul, die Frau muss sich selbst in den Hintern beißen oder ihn ablecken, das Verdauungssystem muss einen Kreis bilden, die Öffnungen des Verdauungskanals müssen sich treffen, das ist logisch, das ist offensichtlich ziemlich aufregend; und das mir, die ich nicht mal essen mag; Verdauung ist natürlich zirkulär, genauso wie die Fortpflanzung und das Leben und der Tod – er stopft seine Finger wieder in mein Arschloch, dann wieder in meinen Mund, hin und her, Mund-Arsch-Mund-Arsch, er boxt mir auf die Schenkel und zerrt meine Fotze und meine Arschbacken mal hierhin, mal dorthin. Dann löst er den Griff um mein Genick und beginnt, mit der linken Hand an sich herumzufummeln. Hier kommt der Schwanz. Welcome, Mr Penis. Hinaus ins Licht mit dir. Und hinein ins Dunkle mit dir. Oh nein. Erst ein bisschen wichsen, ja. Noch nicht sofort ins Dunkle, nein. Mr Penis soll auch was zu sehen bekommen. Er muss sich umschauen, einen Überblick bekommen. Hart werden. Sich die Wohnung ansehen. Eine Runde drehen. Sich alles zeigen lassen. Die Stimmung aufsaugen. Etwa so:

Negerfrau, dünn
Weißer Mann, muskulös
Vagina, Anus
Eine Katze, tot
Finger
Wohnung, gewöhnlich
Regen draußen
Penis, erigiert
Abend
Skandinavien
Hoden
Penetration, kurz bevorstehend
Alte Freundschaft

Freust du dich schon, Mr Penis? Dann rein mit dir. Du bist dran. Du sollst bekommen, was du willst. Die Lunte ist kurz, die Nacht ist lang. Komm schon. Slaktus erhebt sich, ähnelt jetzt einem Bogenschützen, ein Knie auf dem Parkett, eins angewinkelt, den Rücken gerade, den Schwanz in der Fotze. In mir blubbert es wieder hoch, ich hebe leicht den Kopf:

»Haha!«, lache ich.
»Hähä«, lacht Slaktus.

237

Jetzt klingt sein Lachen mehr wie ein Ficklachen als wie ein Betrunkenenlachen, er ist von der Betrunkenenzone über die Gewaltzone in die Fickzone geglitten. Das sind verschiedene Zonen. Sie liegen nahe beieinander, manchmal überschneiden sie sich, aber grundsätzlich handelt es sich um verschiedene Zonen, verschiedene Räume. Der Raum, in dem du betrunken bist. Der Raum, in dem du schlägst. Der Raum, in dem du fickst. Es gibt neben diesen Räumen noch andere. Den Raum, in dem du bist, wenn du liest. Den Raum, in dem du bist, wenn du joggst. Den Raum, in dem du dich befindest, wenn du Computerspiele spielst. Der Raum, in dem du vergewaltigt wirst, ist auch ein eigener Raum. Eine eigene Zone. Der Raum, in dem du dich rächst, ist ein anderer, eine andere Zone. Diese beiden Räume liegen im Übrigen auch nebeneinander. *Rape room* liegt auf der einen Seite des Ganges, *revenge room* liegt auf der anderen, vis-à-vis. Man kann ohne Weiteres den Gang überqueren, es ist leicht, von *rape* zu *revenge* zu gelangen. Wird es Analsex heute Abend? Nein, noch nicht, er begnügt sich mit einfachem Ficken. Er begnügt sich weiterhin mit einfachem Ficken. Er begnügt sich noch immer mit einfachem Ficken, Slaktus. Jetzt begnügt er sich nicht mehr mit einfachem Ficken, jetzt kommt Analsex, ganz bestimmt. Ganz ruhig jetzt. Aua. Lang wird er es nicht zurückhalten können, so wie ich ihn kenne. Aua, verflucht noch mal. Was steht heute Abend an, *all internal* oder *facial*? Was wird es werden? Schwer zu sagen. Er ist noch nicht so weit. Er arbeitet an der Sache. Er ist noch nicht bereit. Aua, das dauert, mein Arschloch brennt. Ah ja, jetzt tut sich was. Jetzt zieht er ihn raus ... Das heißt ... Nichts tut sich ... Was ist los? ... Ah, ja, jetzt packt er mich bei den Schultern und dreht mich um. Ich komme auf meinem brennend heißen Arsch zum Sitzen; Slaktus stellt sich hin, und ich sehe zu Mr Hodensack auf, der dort oben dumm herumhängt, wie Mr Hodensack das immer tut und immer tun wird, und ich sehe Mr Penis, der von einer entschlossenen rechten Hand gewichst wird und auf mein Gesicht gerichtet ist. In einer extrem verkürzten Perspektive sehe ich über den Bauch zu Slaktus empor, an seinem massiven Brustkasten vorbei, hinauf zu seinem Pony, seinem Gesicht und seinen Augen, die in einer ebenso extrem verkürzten Perspektive aus der anderen Richtung auf mich herabsehen. Von seiner Seite aus sieht Slaktus Mr Penis und mein Gesicht in einem Bild, in schöner Vereinigung, wie die beiden Freunde, die wir einmal waren. Mr Penis weist gerade nach vorn, mein Kopf ist ein bisschen nach hinten geneigt, sodass mein Gesicht sowohl seinen Blick als auch sein Sperma auffangen kann, das Einzige, was er besitzt; hier ist der Blick, jetzt bekommen seine Augen diesen abwesenden Ausdruck, hier kommt das Sperma.

»Hahaha!«, lache ich, als er auf mein Gesicht spritzt.

»Wooohhhhaaa-ha-ha!«, grunzt Slaktus und lacht, während er wild seinen Schwanz schüttelt. Ich bekomme das Sperma in meine Augen, mein Haar, auf meinen so gut wie neuen Pullover, es läuft mir den Nacken hinab, ich bekomme das Sperma überall hin, wo es nicht hin soll, und mit Sperma verhält es sich vermutlich wie mit allen anderen Dingen – viel interessanter außer Kontext. Slaktus bebt und stöhnt und schüttelt seinen Schwanz noch ein bisschen. Keine Ahnung, wie die Geste gemeint ist, aber auf jeden Fall geht er jetzt ins Bad und holt ein Handtuch für mich. Ich nehme es und trockne mich ab, noch immer sitzend.

»Was ist mit der Katze passiert?«, fragt er.

Ich antworte nicht. Slaktus knöpft seine Hose wieder zu und setzt sich zurück aufs Sofa. Mit einem in die Ferne schweifenden Blick nuckelt er an der Trinkflasche, saugt an seinen Zähnen und wirft sich auf die Seite. Zehn Sekunden später schläft er tief und fest. Ich gehe zu ihm, stelle mich vor das Sofa und schaue ihn an. Es ist so gut wie unmöglich zu sehen, dass er atmet, er bewegt sich kaum, er ist nur ein Körper. Draußen ist es dunkel. Slaktus, Slaktus, Slaktus, was hast du getan.

FINAL GIRL

You can't spell slaughter without laughter.

UNKNOWN

What is to be done?, fragte Lenin. Was getan werden muss, ist etwas, das ich mir nicht vorstellen kann. Mit anderen Worten: Was getan werden muss, ist etwas, an das ich bisher noch nicht gedacht habe. Ich kann mir nicht vorstellen, was getan werden muss, also muss es halt einfach getan werden. Oder: Who is to be done? *Who Is To Be Done* war der Titel eines Pornofilms, den Slaktus und ich einige Zeit lang bei uns herumliegen hatten. Ich sehe das Cover vor mir. Gelbe Großbuchstaben auf schwarzem Hintergrund. Erst jetzt nehme ich die wahre Botschaft des Titels wahr.

Was jetzt geschieht, geschieht, nachdem ich die Sprache verloren habe. Ich werde erzählen, was passiert, ohne viel zu quatschen, es sind eigentlich nur Bilder übrig. Lucy 2 hat sich verzogen, Lucy 1 ist ebenfalls dabei zu verschwinden; ich habe nur noch Augen, ich bin ein Objektiv, nur noch ein Blick, ein herumschweifender Blick, eine Art Gewissen mit Augen. Ich beschließe, reinen Tisch zu machen, ohne Sprache; mein Leben steht sozusagen auf dem Kopf, als ob auch ich nun falsch programmiert wäre, aus rechts ist links geworden, ich will nicht, dass die Menschen, die mich umgeben, mich noch länger umgeben. Jetzt ist das Innere nach außen gekehrt. Ich bin Anarchistin, und um weiterhin Anarchistin zu bleiben, muss ich meine Angehörigen loswerden. Wenn ich die Konsequenzen aus meiner Verachtung, die ich gegenüber dem Leben empfinde, ziehen will, muss ich mich mit meinen Angehörigen konfrontieren. Wenn mein Leben eine Art Rendering ist, so geht dieses Rendering im Moment ziemlich durcheinander; aus meinen Ideen werden Fakten. So ist es, wenn das Böse sich einnistet, wie sie im Splattergenre sagen. Jetzt wird's episch.

Ein Stier liegt auf meinem Sofa und schläft, wenn ich Slaktus mit einem Tier vergleichen müsste, dann wäre er auf jeden Fall ein Stier. Ein Stier mit Pony, dünnen Beinen und riesigem Körper. Braun gebrannt ist er, Slaktus, und ich erinnere mich nicht genau, wie alt er ist, über 45, unmöglich zu sagen. Er sieht nicht alt aus, nur verdammt erwachsen. Seine Haut ist glatt. Er hat sich offensichtlich die Brust rasiert. Seine Adern sind prall. Irgendwie wirkt er undurchdringlich, da müssen um die 10–15 cm Fleisch über dem Brustkasten und dem Herz liegen. Er ist in guter Form, Slaktus, er schläft scheinbar tief, er atmet alle zehn Sekunden ein. Die Messerklinge ist mindestens 17 cm lang; ich halte eines dieser japanischen Allzweckmesser in der Hand, ein Weihnachtsgeschenk, dass ich vor zwei Jahren von Tante Grete bekommen habe. Es ist gelb und schwarz, und auf dem Schaft ist ein japanisches Zeichen, das ich nicht verstehe. Slaktus' Bauch sieht zugleich hart und weich aus, die Fleischschicht ist gar nicht so dick, da verläuft vom Brustbein bis zum Nabel ein Rinne zwischen seinen Bauchmuskeln, wo man wohl durchkommen könnte. Die richtige Stelle ist aber die Vertiefung unter seinem Kehlkopf. Ich halte das Messer in der linken Hand, in Stechposition, die Spitze auf die Vertiefung gerichtet; dann lege ich meine rechte Hand auf die Rückseite des Schafts und lehne mich mit meinem ganzen Gewicht darauf. Die

242

Messerklinge stößt auf seine Nackenwirbel und gleitet nach rechts ab. Slaktus gibt eine Art blökendes Geräusch von sich und wirft seine Arme hoch, einer davon trifft mich seitlich am Kopf, und ich verliere beinahe das Gleichgewicht. Es gelingt mir, das Messer herauszuziehen; schnell steche ich es ihm in den Bauch. »Puff«, sagt es, wie ein Ballon, aus dem die Luft gelassen wird oder so ähnlich; ich ziehe das Messer wieder heraus und steche erneut zu, diesmal ein bisschen höher, direkt unter die Rippen auf der linken Seite. Slaktus blökt und fängt an, zu zappeln und wild um sich zu schlagen. Ich weiche ein paar Schritte zurück, um zu vermeiden, noch mal getroffen zu werden.

Wenn sich ein Tier in einer Notlage befindet, zappelt es. Denk an eine Impala, die von einem Leopard gerissen wird, oder einen Fisch am Haken, oder an ein Insekt im Schnabel eines Vogels. Menschliche Wesen sind auch mit diesem Instinkt ausgestattet, man muss sich nur mal Babys ansehen. Wenn ein Baby sich verschluckt, zappelt es. Wenn man ein Kind festhält, fängt es sofort an zu zappeln. Für eine erwachsene Person sind Probleme zumeist mentaler, selten physischer Art. Menschen lernen, den Zappelreflex zu unterdrücken, aber es gibt Augenblicke, in denen sie nicht darum herumkommen. Manchmal reagiert der Mensch physisch – er »zappelt« –, wenn er mental nicht weiterweiß; der Mensch schlägt um sich, das ist ein Reflex, um sich zu befreien. *Going postal.* Man könnte es beinahe als ein Memento gebrauchen: Wenn alles den Bach runtergeht: Schlag um dich. Ich schlage jetzt um mich. Slaktus schlägt um sich. Wir schlagen auf unterschiedliche Weise und aus unterschiedlichen Gründen um uns. Slaktus' Um-sich-Schlagen hilft ihm nichts. Trotzdem schlägt er wild um sich. Auf dem

243

Sofa liegt der Ausgangspunkt meiner Gedanken über das Um-sich-Schlagen und schlägt wild um sich; er unterstreicht damit nur zu gut, wie wichtig dieses Um-sich-Schlagen dafür war, dass sich die Unmittelbarkeit auf die Spieler überträgt. Das hilflose Um-sich-Schlagen von Mbos Opfer sollte ein Gefühl von Realismus und Unbehagen wecken. Mbos Tinnitus und der Gehörschutz sollten für Distanz sorgen, das Um-sich-Schlagen sollte Nähe schaffen. Die Kombination aus kräftigem physischem Zappeln und auditiver Distanz war der Schlüssel zu *Deathbox*. Es würde, Slaktus zufolge, der Schlüssel zum Erfolg des Spiels werden. Das ist keine üble Idee. Die Geräusche sollten aus Mbos Kopf stammen, aus dem Inneren seines Kopfs, das sollte bereits in der Eröffnungsszene eingeführt werden. Der Tinnitus, das Erste, was man hören sollte, würde sowohl Mbo als auch den Spieler in eine Art Verzweiflung treiben. Das Intro des Spiels, der Prolog, sollte mehr oder weniger der Eröffnungsszene gleichen, die einst für den Film vorgesehen war. Beginnend mit einem weißen Bildschirm und einem schrillen, hohen Tinnitus-Piepen.

Weißer Bildschirm. Ein grelles Piepen.
Überblenden auf:

EXT. EINKAUFSTRASSE, PARIS – MITTAG

Über den Dächern von Paris; Zoom auf eine belebte Einkaufs-
straße. Die Sonne scheint hell; es ist Hochsommer. Autos,
Vespas und Fußgänger treiben in beiden Richtungen aneinan-
der vorbei. An einem Gehsteigabschnitt ziehen Straßenarbeiter
den Asphalt ab und ersetzen ihn durch Pflastersteine. Das grelle
Piepen überlagert ununterbrochen das Bild.

Wir fahren an einen der Arbeiter heran. Er steht vornüber-
gebeugt und schneidet die Steine mit einer tragbaren Steinsäge.
Er trägt Gehörschutz und eine weiße Staubmaske, zusätzlich zu
dem Standardoutfit eines Pariser Straßenarbeiters. Unter einer
hellgrünen Reflektorweste trägt er ein weißes T-Shirt. Seine
Hosen sind braun mit grauen Reflektorstreifen an den Beinen.
Wir hören Mbos Stimme, als ob sie im Gehörschutz oder in sei-
nem Kopf widerhallt, wir hören die Zunge in seinem Mund
schnalzen, wir hören ihn schlucken, atmen, und wir hören sei-
nen Puls, neben dem unerträglichen Piepen. Er hat einen afri-
kanischen Akzent und eine tiefe Stimme.

MBO

Mein Name ist Mbo. Ich bin ein 37 Jahre alter Straßenarbeiter. Ich bin im Kongo geboren und aufgewachsen.

Auf dem Handgriff der Steinsäge sehen wir das Wort »TUCK«
in Leuchtschrift. Das metallische Kreischen der Steinsäge dringt
durch den Gehörschutz und vermischt sich mit dem grellen Pie-
pen in Mbos Kopf. Er fährt mit seiner Arbeit fort, schneidet Stei-
ne und zieht Asphalt ab.

MBO

Ich kam 1989 nach Frankreich. Während meiner ersten Jahre als Straßenarbeiter haben sie mir keinen Gehörschutz
gegeben. Jetzt höre ich die ganze Zeit ein Geräusch in meinem Kopf …

Das Tinnitusgeräusch und das Kreischen der Säge werden über-
einandergelegt, um zu verdeutlichen, woher Mbos Tinnitus
kommt. Wir sehen Bilder von ihm, wie er arbeitet, während
die Franzosen (nicht arbeitend) an ihm vorbeispazieren. Ge-

räusche der Stadt kommen hinzu: Hupen, Fahrräder, Stimmen. Grauer Staub von der Steinsäge bedeckt Mbos braune Arme und sein Gesicht, was ihm eine Art grauen Nuba-Look verleiht. Die Sonne brennt, Mbos Schweiß läuft in Streifen durch den Staub, der seinen muskulösen Körper bedeckt.

MBO

... aber ich denke, wenn ich den Gehörschutz immer aufbehalte, wird das Geräusch eines Tages verschwinden.

Die äußeren Geräusche der Steinsäge und der Stadt werden schwächer. Der Tinnitus bleibt. Der Bildschirm wird weiß.

Titelsequenz: DEATHBOX

Der Piepton verwandelt sich langsam in die Eingangsmelodie; der Sound der seltsamen Musik verändert sich und geht von den höchsten Pieptönen langsam in einen tiefen, bedrohlichen, subsonaren Ton über, während der Titel des Spiels erscheint. Die Musik geht nach und nach wieder in ein grelles Piepen über. Weißer Bildschirm.

Überblenden auf:

EXT. EINKAUFSSTRASSE, PARIS – MITTAG

Mbo steht noch immer nach vorn gebeugt da und sägt Stein in der Sonne. Er richtet seinen Oberkörper auf, hält die Steinsäge in der Hand. Wir können sehen, dass er unter seiner Staubmaske hustet. Unter der Staubmaske sehen wir jetzt eine Nahaufnahme von schrecklichen Hustanfällen, begleitet von heftigem Keuchen.

CLOSE UP – MBOS GESICHT

Mbos gelbliche Augäpfel tränen, so sehr hustet er. Kleine Blut-brocken dringen durch den Stoff seiner Staubmaske.

MBO

Während meines ersten Jahrs als Straßenarbeiter haben sie mir auch keine Staubmaske gegeben …
(*Hustet*)
… aber ich vermute, wenn ich meine Maske dauernd trage, wird der Husten vergehen.

Mbo beugt sich wieder nach vorn und sägt weiter. Das Piepen lässt nach. Der Bildschirm wird weiß.

Überblenden auf:

EXT. STRASSE, PARIS INNENSTADT – MITTAG

Wir folgen drei jungen Franzosen entlang der Straße, zwei Männer und eine Frau, Bade-Apart-Stil, wahrscheinlich Studenten. Die Männer tragen geschmackvolle Lederschuhe und haben dichtes, dunkles Haar, sorgfältig gekämmt. Einer von ihnen trägt eine Brille. Die Frau ist hübsch, vornehm gekleidet, mit hohen Absätzen.

JEAN-JACQUES

… wenn 50% aller Amerikaner glauben, dass der Satz Jeder nach seinen Fähigkeiten, jedem nach seinen Bedürfnissen aus der US-Verfassung stammt …

BÉRANGÈRE

… dies zeigt uns, dass die Leitsätze des Marxismus …

NICOLAS

… ja, aber die Linke ist gescheitert und scheitert weiterhin …

BÉRANGÈRE

… die Linken begehen noch immer dieselben lächerlichen Fehler, sei es in Amerika, Frankreich oder Kambodscha …

NICOLAS

Genau …

JEAN-JACQUES

… Wenn also das radikale Gedankengut des neuen Jahrtausends im Sumpf der Selbstgefälligkeit der Linken stecken bleibt, wird es …

BÉRANGÈRE

… keinen wahren Fortschritt geben …

Pull out. Überblick über die Straße. Die Unterhaltung wird schwächer. Der Bildschirm wird weiß.

Überblenden auf:

EXT. EINKAUFSSTRASSE, PARIS – NACHMITTAG

Die Sonne steht tief über den Dächern. Stadtlärm. Mbo macht eine Pause. Er steht reglos mit der Steinsäge da. Die Leute gehen an ihm vorbei, wir sehen, dass er ihnen nachsieht. Nie-

mand bemerkt Mbo. *Der Tinnitus wird lauter und verdrängt die Geräusche der Stadt. Wir sind wieder in Mbos Kopf.*

Mbo steht in der Mitte des Bildes, verschwitzt, verstaubt, muskulös, schwarz. Jumpcut zu einer Nahaufnahme seiner Augen, die der Menge folgen. Wir können seinen Gesichtsausdruck nicht erkennen – die Staubmaske verdeckt seine Züge. Die Kamera verweilt bei Mbo, der die Vorübergehenden beobachtet.

MBO

Die Franzosen … die Franzosen …

Wir hören das Klappern von hohen Absätzen auf dem Pflaster.

MBO

Die Steine … die Steine …

Jean-Jacques, Bérangère und Nicolas nähern sich. Mbo beobachtet sie still, und als sie vorbeigehen, bewegen sich die Bilder in ZEITLUPE. Jean-Jacques gestikuliert und redet, Bérangères Schokoladenlocken hüpfen beim Gehen, Mannequin-artig. Nicolas rückt seine Brille zurecht.

Mbo fängt wieder an zu husten. Wir hören ekelhafte Geräusche aus dem Inneren seines Kopfes. Noch mehr Blut erscheint auf seiner Staubmaske. Mbo hustet, bis er vornüberkippt. Der Bildschirm wird rot. Als das Bild zurückkommt, sehen wir alles aus Mbos Perspektive.

Wir sind jetzt Mbo mit der Steinsäge in der Hand. Links von uns verschwinden die drei Studenten am Ende der Straße. Wir können tun, was wir wollen.

Ich suche Atals Nummer heraus, während ich die Treppe hinabsteige und aus dem Haus trete. Wie üblich hebt er nicht ab; ich rufe also Wataman an. Es regnet. Es klingelt bei Wataman, auch er hebt nicht ab. Scheißjungs, denke ich, ehe ich denke, dass ich nicht gewusst hätte, was ich sagen soll, wenn sie drangegangen wären.

An der Ecke beim Fast-Food-Restaurant Delien hat sich eine Pfütze auf dem Bürgersteig gebildet. Ich gehe nach rechts um die Pfütze herum, aber mein Körper geht nach links. Ich halte an und gehe zurück. Ich gehe wieder nach rechts, aber mein Körper geht nach links. Ich gehe zurück und gehe nach links, und da fügen sich die Dinge zusammen.

Das Hotel Domino liegt ganz am Ende der verhurten Einkaufsstraße, die sich vom Zentrum bis an den westlichen Rand der Stadt erstreckt. An der Rezeption steht der Typ mit Locken und Lippen und Adamsapfel, mit dem ich bereits drei-viermal geredet habe. Er wählt sofort Castellanetas Zimmernummer, als er mich sieht, und sagt, dass ich einfach hochgehen kann, Zimmer 309, dritte Etage. Im Aufzug sind an drei der vier Wände Spiegel angebracht. Mein rechter Ärmel ist dunkel vom Blut. Ich kremple ihn hoch und streiche mir ein paar Haare aus der Stirn, ich atme eine Spur zu heftig, vielleicht weil ich von der Wohnung hierher gelaufen bin, ich bin nicht durchgeschwitzt, mir ist nicht kalt, mein Blick ist klar. Ich habe keine Farbe verloren. Ich bin dünn, das bin ich. Ich habe meinen Mund leicht geöffnet, damit die Luft besser rein und raus kann, ja, das habe ich. Meine Nasenlöcher weiten sich jedes Mal ein bisschen, wenn ich atme. Das Gefühl, mich erbrechen oder rülpsen zu müssen, steigt in meinem Hals hoch, und ich öffne den Mund noch weiter, um rauszulassen, was da kommt; es ist Gelächter, natürlich.

Ich lache mein eigenes Spiegelbild an. Meine rechte Gesichtshälfte hängt wieder ein bisschen, die Zähne sind schön, ich war schon immer zufrieden mit meinen Zähnen. Sie sind nicht nur weiß und ebenmäßig, sie gehen zudem elegant ins Zahnfleisch über. Ich kann mir tatsächlich nicht vorstellen, wie Zähne eleganter ins Zahnfleisch übergehen könnten. Ich beiße die Zähne zusammen und lächle breit und gehe ganz nah an den Spiegel heran, um mich dessen noch einmal zu versichern. Ja. Bling, sagen die Zähne.

»Pling«, sagt der Aufzug.

Die Tür geht auf. Da stehen der AD und der junge Programmierer. Ich winke sie in den Aufzug herein, sie gehorchen.

»Du auch, Lucy?«, ist alles, was der AD hervorbringt, ehe ich ihm den Hals aufschlitze und das Messer in derselben Bewegung zum Gesicht des Programmierers schwinge. Ich treffe seine Wange, die teilt sich, sein Mundwinkel reicht jetzt bis zu den Ohren, und ich sehe die ganze Reihe seiner Backenzähne. Die Aufzugtür schließt sich wieder, der AD gurgelt und sinkt in sich zusammen, der Programmierer hebt die Hände zum Kopf und winselt, er schnallt nichts, ich steche unter seinem linken Arm in den Brustkasten, das Messer gleitet tief hinein, er fällt direkt auf die Knie. Wieso hattet ihr nichts Besseres zu tun, als Bugs zu produzieren?, denke ich und drücke auf den Türöffner.

»Pling«, sagt die Tür.

251

Links 324–352, rechts 301–323, ich wende mich nach rechts, 305 ... 307 ... 309, ich bleibe vor 309 stehen und atme vier-fünf-sechs Mal tief durch, ehe ich anklopfe. Castellanetas Stimme klingt fröhlicher als sonst, er hat sich wohl einen genehmigt.

»Enter«, sagt er heiter.
Auf der Bettkante sitzt Taiwo und glotzt mich an. Das Zimmer ist klein und gewöhnlich, es sieht aus wie Hotel-zimmer in dieser Preisklasse auf der ganzen Welt aussehen, ein ordinäres Zimmer in einer ordinären Welt. Taiwo hält ein Glas in der Hand, Castellaneta sitzt im Rollstuhl neben dem Bett und schnippt Eiswürfel aus einer Tüte in das Glas des Nigerianers. Ein paar Flaschen und mehrere Gläser ste-hen auf der Ablage über der Minibar, neben der unver-meidlichen Informationsmappe, mit der die Hotelverwal-tungen die Leute plagen. Ich sehe keine Tasche, kein Koks, kein Gras, keine Pillen. Der LCD-Schirm zeigt anständige Bilder, die Tapete ist nicht anständig; die Motive an der Wand sehen aus, als wären sie von einer geistesgestörten kleinen Sau mit dem Pinsel gemalt worden; Castellanetas und Taiwos Augen verraten mir, dass sie sich mehr als nur einen genehmigt haben.

»Hej, Lucy ...«, sagt Taiwo etwas schüchtern, »your boys ... they just went out to buy that ... that ...«

Ich sehe ihn an, ohne ihm zu helfen.

»... that suus«, unterstützt ihn Castellaneta. »That snuff-thing. Snos.«
»Yes, snos. Snoos«, lächelt Taiwo.

Ohne meine rechte Gesichtshälfte bewegen zu können, bringe ich die Andeutung eines Lächelns hervor, es wird schief. Zuerst Taiwo, dann Castellaneta. Taiwo ist bestimmt stark wie ein Ochse, er muss zuerst dran glauben, danach Castellaneta, Castellaneta kommt ja ohnehin nicht weit. Ich überbrücke die drei-vier Meter vom Flur bis zu Taiwo, der die Arme ausbreitet und sich auf eine Umarmung einstellt, mein rechtes und linkes Bein haben den Platz getauscht, er blickt mich seltsam an, als ich meinen Pulli hochziehe, raus mit dem Messer aus dem Hosenbund, keine sehr geschickte Bewegung, ich lächle ihn an und tue so, als würde die Umarmung noch kommen, aber es wird Penetration, keine Umarmung; mit dem rechten Arm stoße ich das Messer geradewegs und mit aller Kraft in seine Brust. Ich habe den Stich mehr schlecht als recht unter Kontrolle, aber die Klinge gleitet problemlos bis zum Schaft hinein, direkt unter seiner Negertitte, reines Glück, und ein perfekter Stoß, ein Stierkämpfer hätte es nicht besser machen können, denke ich und ziehe die Klinge wieder raus, der verdammte Castellaneta fängt bestimmt gleich zu schreien an. Es ist das Einzige, was er zu seiner Verteidigung tun kann, denke ich, was soll er sonst tun – mich mit dem Rollstuhl überfahren? Taiwo geht auf die Knie und seine Stirn sinkt ohne einen Laut zu Boden, ja, jetzt schnappt er nach Luft und ich höre, wie seine Beine beginnen zu zucken. Noch mehr Zappeln.

»What, what, Lucy … äää ÄÄÄ!«, schreit Castellaneta und schlägt wild um sich, an ihn ranzukommen ist leichter gesagt als getan, er ist nicht besonders kräftig, aber sein Gefuchtel ist effektiv. Da ich keinen besseren Plan habe, fange ich einfach an, auf ihn einzustechen und einzuhacken, ich treffe vor allem seine Arme und Beine, ich glaube, sein kleiner Finger wird dabei irgendwann abgetrennt, aber verdammt, er soll seine Klappe halten, ich muss ihn umschmeißen, das ist meine größte Chance, ich steche noch einmal in die Luft und treffe seine Schulter, sein linker Arm erschlafft und sinkt wie eine Wurst am Rollstuhl herab. Ich kontere und ziele auf sein Gesicht, er senkt den Kopf, so dass die Klinge seinen Scheitel streift und einen Hautlappen von der Größe eines *Atomkraft Nein Danke*-Ansteckers abschneidet. Der Hautlappen klebt am Messer fest, folgt den Bewegungen, löst sich wieder, fliegt durch den Raum wie eine Frisbee und landet mit einem leisen Klatschen auf dem LCD-Schirm, wo im Wetterbericht gerade mal wieder schlechtes Wetter vorhergesagt wird. Castellaneta ist jetzt zu einem Heulen übergegangen, dass nicht mehr ganz so durchdringend ist wie die Schreie, die er gerade noch von sich gegeben hat, er sitzt da, den Kopf zwischen den Beinen, den verbliebenen rechten Arm schützend über dem Kopf, seine Glatze blutet und sein ganzer Rücken ist ungeschützt, ich brauche nur noch loszustechen, er bleibt in derselben Stellung, während ich ihm 12–14 Hiebe in den Rücken verpasse. Zum Schluss treibe ich das Messer mit aller Kraft in seinen Hinterkopf, liegt dort nicht das Sprachzentrum? Die Klinge steckt so fest im Schädel, dass ich mein Knie gegen sein Ohr stemmen und seinen Schädel gegen die Armlehne quetschen muss, um sie wieder herauszukriegen.

»Mensch, Mama, oh Mann!«, ruft Wataman hinter mir.

»MAMA, OH MANN!«, schreit Atal. Ich drehe mich um und schaue die Jungs an. Sie sehen mich aus vor Schrecken geweiteten Augen an und lächeln breit, sie haben Snusschnäbel wie zwei Kakadus, in den Armen halten sie jede Menge Mischgetränke und General-Snus.

»He he he«, lache ich.

»OH VERFLUCHTE SCHEISSE! HAHA!«, ruft Atal.

»Psssst«, sage ich und lege einen Finger auf den Mund.

»Der hat noch nicht ausgeblutet …!«, hustet Atal. Er lässt die Mischgetränke und den Snus auf den Teppichboden fallen.

»Castellaneta ist skalpiert!«, ruft Wataman.

»More bald!«, heult Atal.

»Psssst«, versuche ich sie erneut zum Schweigen zu bringen.

»Ooooh … haben sie dich angegriffen, Mama?«

Ich kriege kein Wort raus, ich bewege mich auf sie zu, beide sehen das Messer in meiner Hand, sie sehen mir in die Augen, sie bemerken, dass meine rechte Gesichtshälfte erschlafft ist, sie reagieren wie Hunde, sie drücken sich aneinandergedrängt an der Wand entlang und rutschen rückwärts zur Tür. Atal packt die Klinke und zerrt daran, er wirft sich, gefolgt von Wataman, in den Flur, ich bleibe wieder stehen und höre, wie sie unter brüllendem Gelächter nach unten rennen.

Wohin hauen sie ab? Wohin hauen sie jetzt ab? Ich finde sie. Ich habe genug Zeit. Ich finde sie immer. Sie gehen nicht zu den Bullen, so viel ist sicher. Tief in sich drin wissen sie, dass sie unter keinen Umständen die kalte Faust des Gesetzes aufsuchen dürfen, das haben Slaktus und ich immerhin geschafft, ihnen zu vermitteln. So sicher wie

Dan Castellaneta da drüben sitzt und aus der Glatze blutet, rennen sie nicht zu den Bullen. Und *speaking of* Castellaneta – hier kommt ein Rülpsen oder ein Röcheln, Jesus an deinem verfickten Kreuz! –, ich drehe mich um und begreife, dass der Laut aus einer der Stichwunden kommt. Was ist das denn? Sitzt der da und rülpst mit dem Rücken? Ja, das Rülpsen, das sich anhört wie ein Pferdewiehern, kommt aus dem Rücken, Castellanetas Stimme entweicht durch die Stichwunde, die Stimme verlässt den Körper durch das Loch. Ich stutze. Ist es ein Saugen? Geht das Geräusch nach innen? Sitzt er hier mit offenem Rücken und versucht, die Umgebung zu schlucken? Meine Hose ist okay, aber sowohl der Pullover als auch die Schuhe sind voller Blut, ich muss mich umziehen. Ich wasche mir die Hände und das Gesicht im Bad, wobei ich mich ständig im Spiegel beobachte, ich lächle, das Lächeln ist schief. Dann ziehe ich Castellanetas jämmerliches Köfferchen der Marke *Rochelle* aus dem Schrank und wühle in seinen Kleidern, ja sieh mal, ist da nicht ein Simpsons-T-Shirt mit einem Bild von Homer und einem Donut? Das nehme ich. Ich ziehe es an. Meinen eigenen Pullover lasse ich auf Taiwos Hinterkopf fallen. Er liegt auf den Knien, die Stirn zu Boden gepresst, wie ein Muslim beim Beten. Für was betet er denn jetzt, oh Gott? Für einen Schwanz im Arsch?

Shopping stellt ein Verhältnis zwischen dir und einem Objekt oder einem Gegenstand her, wodurch sich eine Art Raum außerhalb von dir öffnet, an dem du das Objekt treffen kannst und ihr zusammenfinden könnt. Das ist positiv. Shopping ist eine vereinfachte Variante dessen, was es bedeutet, einen Gegenstand mit den eigenen Händen hervorzubringen, es ist eine Art und Weise, sich selbst aus dem Weg zu gehen, indem man ein Verhältnis zu einem oder mehreren Objekten herstellt. In dem Raum, der sich zwischen einem selbst und dem Objekt öffnet, kann man sich vorübergehend etwas aneignen, vorübergehende Kontrolle, vorübergehenden Sinn, vielleicht vorübergehenden Verlust des Ichs, du bekommst Respekt für etwas, das sich außerhalb von dir befindet. Warum hat Shopping bei mir nie funktioniert? Dass man von Konsum überzeugt ist, hat mich nie angeekelt, aber als Handlung hat er mich immer angeekelt. Ich krieg es nicht hin zu konsumieren, nicht *ordentlich* zumindest, und das hat mich immer gequält. Lange Zeit war ich nicht in der Lage, irgendetwas zu kaufen. Das ist natürlich problematisch, wenn man davon abhängig ist, Dinge zu kaufen, wenn man gezwungen ist, Dinge zu kaufen. Aber jetzt spüre ich den Drang, ich muss neue Schuhe haben. Zum ersten Mal seit vielen Jahren werde ich mir wieder Schuhe kaufen. Ich gebe dem Taxifahrer das Zeichen, die verhurte Einkaufsstraße, in der alles die ganze Nacht offen hat, hochzufahren, und bitte ihn, vor einem Laden zu warten, der massenweise Sneakers in der Auslage präsentiert; die bitten und betteln geradezu darum, gekauft zu werden. Ich probiere Paar um Paar. Das letzte Mal, als ich Schuhe gekauft habe, nahm ich einfach das erstbeste Paar, ich hatte keine Lust abzuwägen, jetzt lasse ich mir Zeit, jetzt wäge ich ab, ich ziehe sie oft am falschen Fuß an und muss wechseln, ganz wie in meinen jungen Jahren, ich checke nicht, welcher Schuh an welchen Fuß gehört. Der kleine Trottel, der als mein Schuh-Butler fungiert, ist unermüdlich, ich schicke ihn die Treppen rauf und runter, auf die Jagd nach der richtigen Größe, der richtigen Farbe und lande am Ende bei einem Paar olivgrüner Nikes in limitierter Auflage, die perfekt sind, sie sind einfach fantastisch. Ich bezahle bar, jetzt gehören sie mir, ich behalte sie gleich an und bitte den Butler, die alten wegzuwerfen, sie sind mit Blut durchtränkt. Ich mache gerade die Taxitür auf, als hinter mir jemand »Hallo« sagt. Es ist Mbo, Slaktus' Trainingskamerad. Er lässt die Sporttasche von der Schulter in die Hand gleiten, so als wolle er etwas sagen, vielleicht will er sich unterhalten. Ich wäge die Lage ab, es ist eine besondere Lage, noch dazu regnet es; ich nicke ihm zu und setze mich ins Auto.

Hier ist »KLONK« Nummer drei. KLONK! ist das Geräusch eines Schraubenschlüssels auf Pavels Stirn. Pavel sieht weder mehr noch weniger unbeholfen aus als sonst, als er rücklings in den Flur seiner Wohnung plumpst. Ich stelle mich über ihn und schlage ihm mit dem dicken Ende des Schraubenschlüssels ins Gesicht, bevor ich das Messer rausfische und mich daranmache seinen Adamsapfel damit zu bearbeiten, um ihm die Luft abzuschneiden. Das ist schwerer, als ich dachte. Ich muss vor und zurück sägen, stoßweise, um durch den Kehlkopf zu kommen. Ich hätte es mir eigentlich denken können; schon allein um einem Fisch den Kopf abzuschneiden, muss man sich ordentlich ins Zeug legen. Der Fisch zappelt, ja, aber er hat keine Arme. Pavel schon. Er benutzt sie. Noch mehr Zappeln. Erst versucht er, das Messer wegzuschubsen, schneidet sich dabei aber nur in die Finger. Dann benutzt er seine blutigen Finger, um am Simpsons-Hemd zu zerren, verdammt, Pavel, jetzt muss ich mich wieder umziehen. Etwas Blut kommt auf Homers Donut. Der Kehlkopf öffnet sich, und das Gegrapsche geht über in eine Art Gefuchtel mit gestreckten Armen. Das Blut spritzt, ja, buchstäblich gesprochen, ich hätte nicht gedacht, dass es so spritzt. Es wird herausgepumpt, wie man ja weiß, man stellt es sich aber nie so vor. Wo ist seine Frau? Verflucht noch mal, jetzt ist auch noch die Hose im Arsch, Pavel kann seine Finger nicht im Zaum halten. Wo ist seine Frau? Ich versuche, »Hallo« zu rufen, aber es kommt kein Hallo, ich drehe eine Runde in der Wohnung. Niemand in der Küche, niemand im Bad. Niemand im Schlafzimmer. Wo ist sie? Wo ist die Frau mit dem Hautfetischismus? Wo ist die Frau mit dem lockigen roten Haar? Wo ist die Frau, mit der Pavel sein Leben geteilt hat? Wo ist die Frau, mit der er heute Abend den Tod teilen wird? Sie kann nicht ausgegangen sein. Es ist zu spät. Um solch eine Uhrzeit ist sie nie aus. Sie ist hier. Wohnzimmer? Nein. Gästezimmer? Nein. Waschküche? Ha.

»Neeeeein …«, weint sie und verbirgt das Gesicht zwischen den Händen, als ob ihr das helfen würde.

Hätte ich etwas sagen können, so hätte ich gern erwidert »Aber ja doch«.

»Neeeeein …«, heult sie, als antworte sie auf das »Aber ja doch«, das ich nicht gesagt habe.

Wie soll man diese Frau attackieren? Sie bietet irgendwie keinerlei Angriffsfläche. Was ist los? Ich rolle das Messer in den Händen hin und her. Was ist los? Verflucht. Ich schaffe es nicht, sie abzustechen.

»Neee-heein …«, heult sie wieder, und hätte ich etwas sagen können, so hätte ich erwidert »Dann halt nicht«; meine Augen suchen die Waschküche ab, ein Schlüssel steckt im Schloss auf der Innenseite der Tür, ich ziehe ihn raus, knalle die Tür zu und sperre sie ein. Verfickte Scheiße. Was ist los? Warum habe ich nicht zugestochen? Ich trete von außen gegen die Tür. Ich trete mit dem rechten Bein, aber es ist mein linkes, das zutritt. Okay, lass sie da drin weiterheulen. Ich hau ab. Ich habe Wichtigeres vor. Jetzt sind die flehenden Schluchzer in eine Art Geheul übergegangen, ein Geheul, aus dem man mit Sicherheit schließen kann, dass sie inzwischen im Schockzustand ist; die Gefahr ist vorbei, aber das Trauma entfaltet sich, der Schrecken formuliert sich in einem unkontrollierten Heulen, eine Art Ich-lebe-aber-es-wäre-wohl-besser-gewesen-ich-wäre-gestorben. Ich schließe wieder auf, gehe geradewegs auf sie zu und steche ihr ins Gesicht. Die Nase hängt nur noch an einem Hautfetzen, und ihr linkes Auge platzt, aus dem Geheul wird ein Brüllen, und aus dem Brüllen wird ein Kreischen, das verstummt, als ich ihr so oft ich kann in den Bauch steche, bis sie auf die Knie fällt. Sie kippt um und bleibt auf der Seite liegen und zuckt; ich steche ihr das Messer mehrmals in den Hals, muss aber einen Schritt zur Seite gehen, um mir meine neuen Schuhe nicht total vollzusauen. Die Pfütze, die unter ihr wächst, hat beinahe meine Sohle erreicht, als ich es bemerke, verdammte Schweinerei, ich ziehe mich zurück. Aus ihrer Brust oder ihrem Hals ertönt eine Art Klicken, das ertrage ich nicht. Ich gehe raus und schließe die Frau ein. Warum schließe ich ab? Tja. Wieso schließt man Türen ab? Damit die Sachen bleiben, wo sie sind.

Ich mache nie was zu essen, nicht freiwillig zumindest, mein Körper zwingt mich, aber jetzt ich stehe hier in Pavels Küche und mache was zu essen. Ich schmiere drei doppelte belegte Brote, eins mit Butter, Salami und Käse, eins mit Butter und gekochtem Schinken, und eins mit Eiern. In einem Fach in der Kühlschranktür liegen ein paar hart gekochte Eier, ich prüfe das, indem ich sie auf der Ablage kreiseln lasse, ehe ich sie schäle, im Eierteiler in Stücke schneide und hübsch auf dem Brot verteile. Das letzte Sandwich kröne ich mit ein paar Tomatenscheiben. Salz streue ich auch noch drauf. Verdammt, manchmal übertreffe ich mich selbst. Ich packe die Scheiben in Aluminiumfolie und lege das Essenspaket in eine Plastiktüte, die ich in einer Schublade gefunden habe. Ich nehme auch einen Liter Tropic-Nektar mit und zwei Colaflaschen, die im Gemüsefach des Kühlschranks liegen. Ein Frechdachs, dieser Pavel, Cola im Kühlschrank und alles. Der erlaubt sich was. Ich kichere ein bisschen, als ich auf dem Weg nach draußen über ihn hinwegsteige; er liegt auf dem Rücken mit den Armen über dem Kopf, der kleine Finger und der Ringfinger seiner linken Hand haben sich zusammengekrümmt, es sieht so aus, als mache er das V-Zeichen.

Ist dies eine Art und Weise, Nein zu sagen? Ja. Ich frage wieder. Ist dies eine Art und Weise, Nein zu sagen? Ja, das ist es. Ist nein das einzige Wort, das ich wieder besitze? Ja. Nein zu allem, auch zu mir selbst. Ich frage mich, ob die Jungs hungrig sind. Das sind sie bestimmt. Seit sie klein sind, fressen sie wie Wölfe. Als hätte sich die Angst der Iks vor dem Verhungern in ihren Chromosomen abgelagert, zusammen mit Gelächter und Gewaltbereitschaft. Zusammen mit der Tendenz, Krisensituationen auszukosten. Plus dem idiotischen Impuls, »nach Hause« zu laufen, wenn sie in Gefahr sind. Zu Hause ist nicht zu Hause bei mir oder in ihrer beschissenen kleinen Wohnung. Ich weiß, wo zu

Hause ist. Ich weiß, wohin sie abgehauen sind. Ich weiß, wo sie sich verstecken. Sie haben sich nach Hause zum Geld verzogen. Sie haben sich zur Bank verzogen, weinend, lachend. Sie sind zu der Hand gelaufen, die sie ernährt, zur Druckerpresse. Sie sind zu ihrem eigenen kleinen Finanzzentrum gelaufen. Dorthin, wo Geldwert produziert wird. Sie sind dahin gelaufen, wo sie sich sicher fühlen. Sie sind zum Kapital gelaufen, und jetzt sitzen sie da und kichern und verstecken sich hinter ihrem Geld. Jetzt komme ich, Jungs. Ich komme.

»Was wirst du danach machen?«, fragt Atal.

Ich schaffe es nicht zu antworten, ich kann nichts sagen, ich kann nur handeln. Atal sitzt auf seinem Hinterteil und hält sich den Bauch, dort, wo ich ihn gestochen habe; er blutet nicht sehr stark, aber stark genug, um die Geldscheine zu besudeln, die über den Boden verstreut liegen. Die Scheine kleben an seinen Sohlen fest, sodass er jedes Mal, wenn er die Füße bewegt, einen kleinen Schneeschuh aus Cash mitzieht.

»Warum antwortest du nicht, Mama? Bist du taub?«

Ich gebe eine verwirrte Antwort, eine Mischung aus Kopfschütteln und Nicken, so was wie ein Ja und ein Nein in einem. Eine Bekräftigung und Entkräftigung in ein und derselben Bewegung. Zum Schluss kichere ich und hole das Essenspaket hervor, das ich ihnen zubereitet habe. Schöne, schöne kleine Ik-Konferenz, das hier.

»Sie hat einen Blackout, Atal, spar dir das«, sagt Wataman.

Ihn habe ich noch nicht gestochen. Er sitzt am Tisch gleich neben der Kombüse, die Ellbogen auf die Knie gestützt und die Hände gefaltet. Im Moment gibt's keine Action mehr, nur noch Stillstand. Pause. Gerade noch hatte ich das Gefühl von Progression, einer Art negativer Progression, als ich ein Plastikboot im Kleinboothafen geklaut habe und zu ihrer Fähre getuckert bin. Ziemlich heftig ging es auch zu, als ich im Dauerregen über die Reling geklettert und Atal und Wataman bis unter Deck gefolgt bin, rein in die Kantine, wo ich es geschafft habe, Atal das Messer in die Seite zu rammen, sodass er mit Lachkrämpfen auf den Hintern gefallen ist, genau wie er es als kleiner Junge immer getan hat, wenn ich ihn herumgejagt habe. Jetzt herrscht Stillstand, jetzt sitzen wir hier. Ich halte das Messer in der einen Hand und das Essenspaket in der anderen, Wataman sitzt auf der Bank, Atal auf dem Boden, das herumliegende Geld stammt aus einer Tasche, die sie vollgestopft hatten, und die Wataman von sich schmiss, als wir in die Kantine gestürzt kamen; die Tasche öffnete sich und Geldscheine in allen Größen segelten durch die Luft und legten sich auf die Tische, die Stühle und den Boden. Es sieht so aus, als hätte sich ein Berserker ein Monopoly-Spiel vorgenommen. Es tropft von mir herab auf die Scheine, im Moment gibt es nur ein Geräusch im Raum: das Tropfen des Regenwassers aus meinen Haaren und Klamotten und das des Blutes aus Atals Stichwunde. Ich fühle mich etwas ratlos. Was werde ich nach dem Massaker tun? The whole point of destruction is to make space, hat ein Idiot mal gesagt. Ich kann mir selbst *space* geben, aber deshalb habe ich noch lange keinen Raum. Das Nein öffnet und schließt den Raum simultan.

Atal zieht sein kariertes Hemd hoch und blickt auf die Wunde. Sie ist 6-7 cm lang, eine kleine Öffnung, nicht besonders tief, sie blutet inzwischen ein wenig stärker, vielleicht ist sie doch tiefer, als es den Anschein hat? Ich weiß nicht. Atal grapscht sich eine Handvoll Geldscheine, mit denen er das Blut abwischt, und wirft sie wieder weg, neues Blut kommt raus, er nimmt eine neue Handvoll, presst die Scheine zusammen und drückt sie wie eine Kompresse auf die Wunde.

»Tut's weh?«, fragt Wataman.

»Hehe, nee, ein bisschen vielleicht«, antwortet Atal.

»Mit dem Messer da hast du oft essen gemacht, Mama«, sagt Wataman.

»Haha!«, lacht Atal.

»Es hat so maaaanch eine Speckscheibe geschnitten«, grinst Wataman.

»HAHAHA«, lacht Atal und krümmt sich stöhnend über seiner Stichwunde.

»Speck, shit. Geil. Und Hähnchenflügel.«

»Ja, scheiße, Hähnchenflügel«, stimmt Atal zu, »das Beste, was ich kenne.«

»Komisch«, sagt Wataman. »Hä?«

»Du bist Neger«, lächelt Wataman.

»Hehe, ja«, nickt Wataman.

»Wirst du uns umbringen, Mama?«, fragt Wataman. Ich zucke mit den Schultern.

»Sie weiß es nicht!«

»HAHAHA!«

»Hehe«, lache ich.

»Tun, nicht tun, töten, nicht töten«, kichert Atal und sieht auf das Geldbündel, das jetzt von Blut durchtränkt ist.

Ich setze mich ein Stück von Wataman entfernt an den Kantinentisch und lege das Messer vor mir ab. Atal rafft ein neues Bündel Geld zusammen und presst es gegen die Wunde. Meine Jungs und ich unterscheiden uns dadurch, dass sie Unsinn und/oder Falschheit unter die Werte mischen, während ich genau das loswerden möchte. Sie lachen, sie fälschen, sie machen die Werte lächerlich und setzen sie herab. Ich sage einfach nur Nein. Sich über alles lustig zu machen, ist eine Art, Nein zu sagen. Atal und Wataman lachen nur trottelig über alles, was getan und gesagt wird, sodass es in sich zusammenfällt und komisch wird und leer. Ich sage Nein, das ist langweiliger, aber vielleicht konsequenter. Es ist nicht angenehm, Nein zu sagen, es ist anstrengend, langweilig, ermüdend, aber es ist das Einzige, das ich sagen kann.

Wataman formt sich eine Prise, während ich zur Tiefdruckpresse rübergehe, die zwischen zwei Kantinentischen steht. Auf dem einen Tisch thront eine Kiste mit unbedrucktem Papier, auf dem anderen liegt ein kleines Bündel Fehldrucke, auf dem Boden stehen fünf Kisten voller Scheine. Ich hebe ein Blatt unbedrucktes Papier hoch und hätte sie gern gefragt, woher sie das haben – aus Nordkorea vielleicht? Lustig, dass man das Gefühl hat, Geld in der Hand zu halten, obwohl das Papier leer ist. Das Blatt sagt gewissermaßen »Geldschein«, ohne einer zu sein, die Illusion des Wertes wird vermittelt, ohne dass er drauf gedruckt ist, fast fühlt es sich an, als wäre man blind, ich spüre, dass ich einen Geldschein in den Fingern habe, aber der Anblick entspricht dem nicht, ich fühle den Wert, aber ich sehe ihn nicht. Hier sitzen wir in einem Meer von Falschgeld. Einer Pfütze von Blut. Einem Ozean von Möglichkeiten. Das reine Potenzial ist finster, glaube ich.

»Nimm dir von den Kröten, wenn du was brauchst«, sagt
Atal und wirft das blutdurchtränkte Geldbündel neben das
andere auf den Boden.
    »Nein«, sage ich.
    »Schau, sie spricht!«, grinst Wataman.
    »Man braucht immer Geld, Mama.«
    »Nein«, sage ich wieder.
    »Ehh … ja?«, sagt Atal.

Ich greife nach dem Messer. Atal ist ganz bleich im Gesicht,
er hat wohl mehr Blut verloren, als ich dachte. Sein sonst
goldbraunes Gesicht ist jetzt gelbgrau. Er lächelt schwach.
Er legt sich zur Seite und lässt den Kopf zu Boden sinken.
Wataman wirft den Snus von sich, ich gehe zu ihm rüber,
er sitzt mit steifem Rücken da, die Hände auf den Oberschenkeln. Seine Hose ist verdreckt, ein halb schlaffer Packen Geld hängt aus seiner Hemdtasche. In dieser Stock-
finsternis sieht man keine Hindernisse. Das ist irgendwie
das Gegenteil von Erhellung.

»Bringst du uns um, Mama?«
    »Nein«, sage ich und steche Wataman in den Bauch. Er
krümmt sich mit einem Stöhnen zusammen und gibt ein
Gurgeln von sich, das wie ein Kichern klingt. Kichert er
noch immer? Ja, er lacht tatsächlich.
    »Au … hehe, verdammt, Mama«, grinst Wataman,
»bringst du mich jetzt um?«
    »Nein«, sage ich und steche erneut zu.

INHALT

TUCK	9
PATSCH. SPUCK. VIER FINGER.	13
CASTELLANETA	24
SCHWARZER WALD	35
BALDIUS	44
GEWALTINTELLEKTUALISMUS	51
DEATHBOX	65
IK	79
THE CENSOR SHIP	90
WORKOUT	105
TABOO FOOD	114
THIÊN NGA	123
RAPEFRUIT	134
ZU HAUSE	145
LEICHEN	159
AUSSICHT	173
CHUCKLE CLUB	180
BUGGY	202
TIERE	216
DIE STIMME	222
MR PENIS	232
FINAL GIRL	241

Der Verlag dankt NORLA für die Förderung der Übersetzung.

© für die deutsche Ausgabe
by Blumenbar Verlag, München 2009
1. Auflage 2009

Die Originalausgabe ist unter dem
Titel »Unfun« erschienen
© by Cappelen, Oslo, 2008

Alle Rechte vorbehalten

Coverdesign: Chrish Klose, die Sachbearbeiterinnen, Berlin
»Unfun«-Schriftzug: Matias Faldbakken
Lektorat: Hendrik Rohlf
Typografie + Satz: Frese, München
Druck und Bindung: Freiburger Graphische Betriebe
Printed in Germany

ISBN 978-3-936738-51-3

www.blumenbar.de